. 캐나다 횡단 기행 에세이 .

지상에 펼쳐놓은 하늘나라 캐나다

캐나다 횡단 기행 에세이

지상에 펼쳐놓은 하늘나라 캐나다

발행일	2023년 2월 15일		

지은이   김정구

펴낸이   손형국

펴낸곳   (주)북랩

편집인   선일영   편집   정두철, 배진용, 김현아, 윤용민, 김가람, 김부경

디자인   이현수, 김민하, 김영주, 안유경   제작   박기성, 황동현, 구성우, 권태련

마케팅   김회란, 박진관

출판등록 2004. 12. 1(제2012-000051호)

주소   서울특별시 금천구 가산디지털 1로 168, 우림라이온스밸리 B동 B113~114호, C동 B101호

홈페이지 www.book.co.kr

전화번호 (02)2026-5777   팩스   (02)3159-9637

ISBN   979-11-6836-690-9 03810 (종이책)   979-11-6836-691-6 05810 (전자책)

(주)북랩 성공출판의 파트너

북랩 홈페이지와 패밀리 사이트에서 다양한 출판 솔루션을 만나 보세요!

홈페이지 book.co.kr   •   **블로그** blog.naver.com/essaybook   •   **출판문의** book@book.co.kr

작가 연락처 문의 ▶ ask.book.co.kr

작가 연락처는 개인정보이므로 북랩에서 알려드릴 수 없습니다.

• 캐나다 횡단 기행 에세이 •

지상에 펼쳐놓은 하늘나라
캐나다

김정구 지음

북랩

| 추천사 |

　사람은 누구나 미지의 세계에 대한 동경이 있습니다. 그래서 여행을 통해 그 호기심을 충족시키곤 합니다. 여행을 간다는 것 자체는 가슴 설레는 일입니다. 코로나19가 극성이던 시기에 한때는 비행기를 타고 허공을 한 바퀴 돌아 제자리에 다시 내려 여행 기분만 내는 상품이 인기를 끌었던 적도 있었습니다.

　최근 출입국 규제가 풀리자마자 해외여행에 대한 수요가 폭발적으로 증가하고 있습니다. 이런 현상은 사람들이 언제라도 자유롭게 여행을 떠나고 싶다는 징표입니다. 하지만 생각이 있다는 것과 이를 구체적으로 실천에 옮기는 것은 다른 이야기입니다.

　세계 구석구석의 다양한 지역에 대한 정보를 얻는 방법도 실로 다양하고 이를 통해 호기심을 충족시키는 방법도 다양합니다. 인터넷에 넘쳐나는 정보를 이용할 수도 있고, 여행과 관련된 잘 만들어진 다큐를 시청할 수도 있습니다. 미래에는 훨씬 더 효과적인 방법도 출현하리라고 생각됩니다.

　영화 '토탈 리콜'에는 가격이 너무 비싸 직접 화성에 갈 수 없는 주인공이 화성 여행의 기억을 머릿속에 주입시키는 장면이 나옵니다. 인간의 의식이라는 것도 결국 뇌의 화학적 작용에 의해 형성되는 것이기 때문에 기억을 주입시켜 실제 여행한 것과 똑같은 효과를 만들어낼 수도 있습니다. 그런데 이는 먼 미래에나 가능한 일입니다.

여행을 떠나기 전에 여행지에 대한 정보를 미리 얻거나, 여행하지는 못하지만 어떤 지역에 대해 알아보고 싶을 때 가장 많이 이용하는 것은 여전히 책입니다.

이 책은 캐나다의 태평양에 접한 밴쿠버 아일랜드로부터 동쪽 끝에 있는 노바스코샤주 케이프브레턴 섬에 이르기까지 우리나라의 100배가 넘는 광대한 나라에 관한 흥미로운 이야기입니다. 저자의 여행 경험에 기초하고 있지만 단순한 여행 기록은 아닙니다. 각 지역의 역사, 경제, 사회, 문화적 상황까지도 상세하게 기록한 역사서이자 인문지리서에 가깝다고 할 수 있습니다. 이 책 한 권으로 캐나다에 대한 이해의 지평을 넓힐 수 있다고 해도 과언이 아니라고 생각됩니다.

이 책은 한때 직장동료였던 저자의 다섯 번째 기행 에세이입니다. 경험한다는 것과 경험을 정리한다는 것은 아주 다른 일입니다. 어떤 경험이든 이를 정리해서 한 권의 책으로 출간한다는 것은 쉬운 일이 아닙니다. 이러한 작업을 다섯 번이나 한 저자의 열정이 부럽기도 하고, 우리에게 이런 책을 읽을 수 있는 기회를 만들어준 저자에게 고맙기도 합니다.

　이 책을 읽는 동안 번잡한 일상에서 벗어나 훌쩍 캐나다로 여행을 떠나고 싶다는 생각이 문득문득 들기도 했습니다. 이러한 설레는 경험을 많은 사람들과 함께 나눌 수 있으면 좋겠습니다.

2023년 1월

연세대학교 총장

서 승 환

| 추천사 |

여행이란 경험해보지 않았던 새로운 세상을 조금씩 알아가는 과정이다. 여행을 통해 아름다운 경치를 감상하고 지역 특산 음식을 맛보며 새로운 체험을 하는 것도 즐거운 일이지만, 무엇보다 큰 행복은 현지 문화를 체험하며 의미 있는 경험을 해보는 것이다. 유익한 경험은 기억의 영역에 저장되어 있다가 필요할 때마다 긴요하게 재생되고, 통찰력 깊은 지혜의 샘이 되어준다.

가족과 함께 독일에서 여행할 때 일이다. 뮌헨 시내 공영버스 정류장에서 목적지로 가기 위해 현지 청년에게 가는 길을 물었다. 도중에 몇 차례 버스로 갈아타라며 친절히 설명해주었다. 그런데 버스가 다음 정류장에 도착했을 때, 조금 전 길을 가르쳐준 젊은이가 자전거를 타고 헐레벌떡 쫓아와 버스 창밖에서 잘못 안내했다며 정정해서 다시 가르쳐주는 것이었다. 사소한 일일지라도 가볍게 보지 않는 그 독일 청년의 책임감에 당시 초등학교에 다니던 두 아들을 포함한 우리 가족 모두는 크게 감명을 받았다. 자전거를 타고 땀을 뻘뻘 흘리며 버스를 뒤쫓아 오는 일이 쉽지만은 않았을 텐데, 자신이 잘못 가르쳐준 정보를 바로 고쳐줌으로써 외국인 초행자에게 올바른 정보를 제공해주고자 했던 그 청년의 따뜻한 배려가 오랫동안 기억에 남는다.

오래전, 캐나다 서부 밴쿠버에서 열린 국제학술대회에 참석하고 자투리 시간 동안 계획에 없던 밴프 국립공원을 여행할 수 있는 기회가 있었다. 캘거리공항에서 내려 서쪽으로 120여 ㎞ 떨어진 밴프 국립공원을 향해 가는 동안 좌우로 펼쳐지는 로키의 멋진 풍광은 태초의 모습이 이랬을까 싶을 만큼 아름다웠다. 그뿐만 아니라 신비로운 산, 수많은 빙하와 협곡, 에메랄드 빛깔의 신비로운 레이크 루이스와 모레인레이크는 아름다움의 극치였다. 그래서 캐나다의 청정한 대자연은 언제든 편안한 마음으로 다시 가고 싶은 여행지 가운데 으뜸이다.

이 기행문의 저자는 평생 나와 함께 일했던 직장의 동료였다. 그는 은퇴 후, 10여 년간 국내는 물론 세계 여러 나라를 부인과 함께 여행하면서 현지에서 찍은 사진과 소식을 종종 휴대폰으로 보내오곤 했다. 최근, 캐나다 서부 브리티시콜롬비아에서 출발하여 캐나다 드넓은 대지를 횡단하여 노바스코샤주 핼리팩스에 이르기까지, 무려 100여 일 동안 여행하면서 보고 느낀 체험담을 보내왔다. 캐나다에 대해 모르고 있던 이모저모를 알게 되면서 그의 흥미로운 이야기에 빠져들었다.

캐나다는 나의 주변 친구나 지인들이 많이 이민 가서 사는 나라이다. 전 세계 100여 개 민족의 다양한 사람들이 모여 사는 캐나다는 이질적인 문화가 모자이크처럼 혼재되어 정치, 경제, 문화가 독특한 화합의 하모니를 이루는 사회다. 세계 경제를 리드하는 G-7 국가인 캐나다는 석유, 포타시, 금, 구리, 주석, 우라늄 등 천연자원의 부국이며, 넓은 땅에서 산출되는 농산물과 임산물은 세계인의 먹거리 문제 해결과 경제발전에 크게 기여한다. 인구 대비 대학생 비율이 세계에서 가장 높은 캐나다는 기초과학, 의생명과학, 항공우주산업이 발달해 있으며 토론토 대학교, 맥길 대학교, 브리티시 콜롬비아 대학교와 같이 세계적으로 우수한 연구 중심 대학교가 많아 캐나다의 앞날은 무척이나 밝다.

한때 '열심히 일한 당신, 떠나라'라는 광고 문구가 유행한 적이 있다. 저자는 은퇴 후 세상을 여행하며 제2의 멋진 인생을 살고 있다. 그는 여행하는 동안 아무리 작은 것이라도 무심코 지나치지 않고, 여행지에 관한 다양한 정보를 토대로 느낀 것을 기록으로 남겼다. 독자에게 이 책이 몰랐던 세상을 좀 더 가까이 알아가게 해주는 나침판이 되길 바란다. 아울러, 김정구 작가가 앞으로도 더 많은 여행 에세이를 남겨 기쁜 소식을 전해주길 기대하며, 사랑과 응원을 보낸다.

2023년 1월

연세대학교 명예교수
(전 연세대학교 경영대학장·경영대학원장)

김 준 석

꿈을 간절히 소망하면 꿈을 닮아가는 삶을 살게 된다. 인류 역사 속에 이루어진 모든 발전과 진보는 상상 속의 꿈을 현실화하기 위해 끊임없이 도전하고 노력한 사람들에 의해 이루어졌다.

어린 시절 한국 최초의 세계여행가 김찬삼 님의 세계여행기를 읽은 적이 있다. 우리나라에서 세계여행은커녕 여권을 발급받는 것조차 어려웠던 시절, 김찬삼 님은 1958년부터 배낭을 메고 세계를 여행하며 그 내용을 기록으로 남겼다. 나에게 그의 세계여행기는 보지도 듣지도 못한 세상 사람들의 신기한 이야기였다. 그래서 나는 어린 시절부터 우리와는 다른 모습으로 살아가는 사람들의 세상을 머릿속으로 그리며, 훗날 그런 신기한 세상을 탐방할 즐거운 꿈을 상상으로 키워왔다.

그런 꿈을 실현하기 위해 그동안 유럽, 아시아, 아프리카, 아메리카, 호주, 뉴질랜드, 알래스카, 북극해 등 여러 나라 여러 지역을 다녀왔다. 여행하는 동안 각 지방 사람들의 삶의 모습을 관심 있게 지켜보았다. 각 나라의 역사적·문화적·지리적 특성에 따라 살아가는 모습과 삶의 방식은 미세하게 달랐다. 그렇지만 인간을 존중하는 방식이나, 행복을 추구하고 복된 미래를 열어가는 삶의 지향점은 대동소이했다.

캐나다는 세계 최대 밀과 카놀라 생산국이다. 샌드오일을 포함한 석유 매장량은 세계 3위이고, 각종 지하자원과 관광자원이 풍부한 자원 부국이다. 의생명과학과 IT, BT, NT 등 기초과학도 발달해 있으며 영화산업 강국인 동시에 성장 잠재력이 넘치는 매력적인 나라다.

　　캐나다를 이해하려면 식민지 개척사를 알아야 한다. 과거사를 알아야 역사에 담겨 있는, 깊이 있는 내용이 보이고 여행이 즐거워진다.

　　오늘을 살아가는 젊은이들은 참 행복한 세대다. 마음만 먹으면 누구든지 언제라도 배낭을 메고 지구촌 곳곳을 다녀올 수 있기 때문이다. 수년 전 체코슬로바키아 프라하 까를 교를 지나다가 깜짝 놀란 적이 있다. 볼타바 강이 황혼에 잠길 무렵 까를 교 위를 걷는데, 사방에서 한국 젊은이들의 활기찬 목소리가 들려왔다. 대부분이 배낭 하나 메고 온 젊은 학생들이었다.

　　그런 현상은 프라하뿐만이 아니다. 부다페스트 도나우 강변, 마드리드 마요르 광장, 파리 몽마르트 언덕, 런던 웨스트민스터 사원, 로마 프로로마노 광장, 보스톤 찰스 강가, 매사추세츠 케임브리지의 하버드 대학교 캠퍼스 타운, Massachusetts Institute of Technology 캠퍼스 거리, 퀘벡 시내 등 세계 곳곳에서 한국인의 활기찬 목소리가 들려왔다.

여행 온 젊은 친구들에게 물었다. "젊은 나이에 시간을 어떻게 내고, 또 여행경비는 어떻게 마련해서 왔는가?" 하고. 대부분이 "휴학을 하고 6개월 혹은 1년 동안 아르바이트를 해서 비용을 모았다"라고 대답했다. 심지어 어떤 친구는 "직장을 휴직하거나 퇴직하고 왔다"라는 젊은이도 있었다. "조금이라도 젊을 때 세계를 폭넓게 경험하고, 자신의 미래를 충실하게 준비하기 위해서"라고 말했다. 그들의 꾸밈없고 발랄한 용기가 부러웠다.

이 책은 캐나다에 대한 이해의 지평을 넓혀 젊은 친구들의 캐나다 여행에 도움을 주고, 캐나다의 풍요로운 황금어장에서 밝은 미래를 열어가면 좋겠다는 취지에서 기록한 기행 에세이다. 거대한 나라의 여러 가지 이야기를 한 권의 책에 담아낸다는 것은 도저히 무리이고, 무모한 도전임을 백번 인정한다. 하지만 책은 사람이 만들고, 사람이 만든 책은 세상을 변화시킨다.

『지상에 펼쳐놓은 하늘나라 캐나다』를 출간하는 데 그린월드㈜ 김의배 회장님과 서울 종로약국 최은 사장님의 조언과 후원이 있었기에 이 자리를 빌어 감사드린다. 부족하지만, 이 책이 젊은 후배들에게 미래를 열어가는 징검다리 역할을 하면 좋겠다는 즐거운 상상으로 서문을 연다.

2023년 1월

김정수

CONTENTS ✈

1 PART

태평양에 접한 BC주 ─19

2 PART

캐나다 중부 ─101

Alert

Ellesmere
Island

QUEEN ELIZABETH
ISLANDS

Resolute

Banks
Island

Victoria
Island

Cambridge Bay

Inuvik

Dawson

Echo Bay

YUKON
TERRITORY

NORTHWEST
TERRITORIES

NUNAVUT

Whitehorse

Watson
Lake

Yellowknife

Kangiqcliniq
(Rankin Inlet)

Prince
Rupert

Fort
Nelson

Hay
River

Fort Smith

BRITISH
COLUMBIA

Prince
George

ALBERTA

SASKATCHEWAN

Churchill

Victoria

Vancouver

Edmonton

Flin Flon

MANITOBA

Calgary

Saskatoon

Lethbridge

Regina

Mc

Winnipeg

ONTARIO

Thunder Bay

Canada trip

affin
and

Iqaluit
(Frobisher Bay)

ivik

NEWFOUNDLAND
AND LABRADOR

Schefferville

Island of
Newfoundland

Happy Valley-
Goose Bay

Gander

Chisasibi
(Fort George)

St. John's

QUEBEC Sept-lies

Gulf of
St. Lawrence

St. Pierre and
Miquelon(France)

Chibougamau

PRINCE
EDWARD
ISLAND

Sydney

NEW
BRUNSWICK

Charlottetown

Quebec

Fredericton

Sherbrooke

Saint

Halifax

Montreal

John

NOVA SCOTIA

Ottawa★

oronto
ilton

dsor

Part 1

태평양에 접한
BC주

1. 비상飛上하는 밴쿠버

비행기에서 바라보는 밴쿠버

비행기에서 바라보는 밴쿠버는 한 폭의 군청색 조감도다. 투명한 하늘에 손을 쭉 내밀면 파란색 물감이 스르륵 스며들 것만 같다. 2010년 동계올림픽 스키와 스노보드 경기가 열렸던 사이프러스 산이나 멀리 보이는 베이커 산 설경까지도 그 자태가 창문을 통해 선명하게 드러나 보인다.

우리나라도 한때는 공기가 이렇게 청정했던 시절이 있었음을 상기하며 앉아 있는 동안 비행기는 밴쿠버국제공항에 안착했다. 입국장에 들어서니 우뚝 솟은 토템폴이 먼저 반겨준다.

토템폴은 캐나다 원주민들이 동네 입구나 집 앞에 세워두었던 것이며 나무기둥으로 만든 장식물인데 부족이나 가족의 혈통 혹은 자신들의 역사를 나타내는 상징물이다. 밴쿠버에서 흔히 보이는 토템폴은 북아메리카 여타 지역에서 보이는 것들과는 형상이 조금 다르다. 더욱이 그 외양은 우리나라 근세 초기까지 동네 입구에 서 있던 천하대장군이나 지하여장군 모습과도 흡사하다.

영국 경영컨설팅업체 머서Mercer가 세계 주요 기업 주재원들의 해외파견 평가를 바탕으로 「세계 삶의 질 보고서」를 발간했다. 보고서는 밴쿠버를 오스트리아 빈, 스위스 취리히에 이어 독일 뮌헨, 뉴질랜드 오클랜드와 함께 세계에서 가장 살기 좋은 5대 도시라고 발표했다. 온화한 날씨, 수려한 환경, 우수한 교육시스템, 안정된 정치와 경제 때문이다. 거기에 하나 덧붙인다면 여성과 어린이들의 천국이며, 치안이 좋다는 점도 선정 이유 가운데 하나다.

밴쿠버 하면 2010년 동계올림픽 개막식이 열렸던 BC(British Columbia, 이하 BC) 플레이스 스타디움, 돛단배 형상의 캐나다 플레

2010년 동계올림픽 개막식이 열렸던 BC 플레이스 스타디움

이스, 콜 하버가 떠오른다. 공기부양 방식의 흰색 돔 지붕을 가진 캐나다 플레이스는 세계에서 가장 큰 미식축구장이다. 6만 석 규모를 갖춘 이 경기장에서는 풋볼 경기뿐만 아니라 대규모 행사와 공연도 자주 열린다.

스카이 트레인을 타고 워터프론트 역에서 내려 스탠리파크까지 해안가 산책로를 걸었다. 밴쿠버가 서울보다 훨씬 더 국제화되어 있고, 살기 쾌적한 도시라는 보고서가 사실임이 실감된다.

게다가 대중교통 시스템도 북아메리카에서는 꽤 좋은 편이다. 우리 지하철과 비슷한 스카이 트레인과 순환 버스가 공항에서부터 밴쿠버 다운타운과 광역 밴쿠버까지 수시로 오간다. 하루권 표One Day Pass 하나면 스카이 트레인, 시내버스는 물론 콜 하버를 건너는 페리선도 횟수 제한 없이 탑승할 수 있는 편리한 교통 시스템이다.

도시 개척과 번영

밴쿠버에 영국인이 정착한 것은 불과 164년 전 일이다. 우리나라 조선 말기인 1858년(철종 9년) 프레이저 강변 예일 모래언덕에서 금이 발견되었다. 이 소식을 접한 영국과 미국 골드 드리머들이 프레이저 강을 따라 예일 역사지구로 몰려들었다.

그랜빌에는 1865년 영국 사업가 에드워드 스탬프가 제재소를 세우면서 유럽인 정착이 시작되었다. 밴쿠버에는 크고, 굵고, 질 좋은 나무가 많아 이를 가공하여 수출하는 사업이 과거는 물론 지금까지도 번성하고 있다.

밴쿠버 다운타운이 오늘의 상업 거리로 번성한 것은 증기 보트 도선사인 존 데이튼에 의해서다. 그가 1867년 양주 1통을 들고 개스타운에 들어와, 선원과 부두·철도 노동자들을 위해 문을 연 숙박업소 겸 선술집이 번창해서 현재의 상업 거리로 발전했다.

태평양철도는 밴쿠버에서 몬트리올까지 대륙을 관통하는 문명의 혈류다. 열차 개통은 밴쿠버가 물류와 유통의 중심지로 성장하는 지렛대 역할을 했다. 캐나다 퍼시픽철도 서부 터미널이 1884년 그랜빌 아일랜드에 세워지면서 밴쿠버는 인구 2,000명이 상주하는 마을로 커졌다.

건축물 대부분이 목재로 지어졌던 밴쿠버 올드타운은 1886년 발생한 대화재로 타운 전체가 완전히 잿더미로 소실되는 아픔을 겪었다. 재건을 거쳐 10,000명이 거주하는 타운으로 성장한 밴쿠버는

1901년 26,000명, 1911년 100,000명, 1931년에는 250,000명으로 인구가 늘어났다. 불과 100여 년이 지난 2023년 1월 현재 광역 밴쿠버시는 약 2,643,825명이 거주하는 대도시로 팽창했으며, 최근 보고

개스타운 명물 증기시계

과학박물관 사이언스 월드

밴쿠버 다운타운

된 예측 통계에 의하면 2050년 광역 밴쿠버시 인구는 3,800,000명에 이를 것으로 보도되었다.

세계 100여 개 민족이 사는 캐나다에는 다양한 문화와 시설이 혼재하지만, 아시아 인종 비율이 높은 밴쿠버에는 유럽계 백인 1,200,000명 외에 중국인 50만 명, 인도인 40만 명, 한국인 7.5만 명, 베트남인 6만 명 등 아시아 이민자들도 많이 살고 있다. 그런 관계로 밴쿠버는 아시아 문화와 전통에 친화적 양상을 보인다.

밴쿠버 명소 개스타운을 걸었다. 이곳에 온 첫 번째 이유는 밴쿠버가 태동한 현장이기 때문이다. 18세기 풍의 오래된 상점, 개척 당시 분위기가 느껴지는 카페, 당시 유행했던 부츠 가게, 레스토랑, 갤러리, 기념품점이 많아 흥미롭다. 그런 까닭인지 거리와 상가는 호기심 많은 탐방객의 열기로 낮에는 물론이려니와 밤늦게까지 흥청거린다.

이 거리를 개척한 개시 잭 동상과 개스타운 증기시계는 명물이다. 증기압력으로 작동되는 커다란 시계가 네거리 모퉁이에 세워져 있어 멀리에서도 눈에 잘 뜨였다. 1977년 시계 제작자 레이몬드 사운더Raymond Saunders가 만든 이 시계는 외양도 고전적이거니와, 매 15분마다 증기를 내뿜으며 마치 증기선에서 울리는 듯한 뱃고동 소리가 울린다. 시계에서 "삐삐" 하는 소리가 울려 나올 때마다 사람들은 옛 시절로 돌아간 듯 환호한다. 거리 풍경과 가스등도 고풍스러운 분위기를 느끼게 하는 데 일조한다.

워터프론트 전철역에 인접한 콜 하버에는 밴쿠버의 아이콘인 캐나다 플레이스, 세계무역센터, 컨벤션센터가 있고 근처에는 수많은 고층건물, 호텔, 박물관, 근린공원, 전문식당이 숲을 이루고 있다.

콜 하버에 있는 돛단배 형상의 캐나다 플레이스는 밴쿠버의 상징이다. 캐나다 플레이스 양옆으로 알래스카를 왕복 운행하는 크루즈 유람선이 정박해 있다. 알래스카 관광이 한창인 6월~8월 사이에는 LA, 샌프란시스코, 시애틀, 밴쿠버에서 출발하여 앵커리지까지 왕복하는 대형 크루즈 유람선 3~4척이 매일 캐나다 플레이스 항구에서 북적인다.

유람선 사업은 17세기부터 해양을 통해 세계를 경영해온 영국, 네덜란드, 노르웨이 선박업체들이 단연 선두주자다. 한번 탑승하면 짧게는 7일에서 15일, 길게는 1달 이상씩 유명 관광지를 순회하는 크루즈여행은 모든 여행자가 바라는 꿈의 여행이다. 유람선 1척 수용 인원이 보통 3,000명~4,000명이니, 한꺼번에 일만 명 이상 되는 관광객이 호기심 가득한 눈을 반짝이며 배에서 내리면 항구는 관광객과 비즈니스맨으로 인산인해를 이룬다. 쇳덩이로 만들어진 큰 배가 물 위에서 떠다니는 것은 과학적 원리를 떠나 생각하면 할수록 참 신기하다.

콜 하버에서 수상비행기가 "윙" 소리를 내며 이착륙할 때마다 엄청난 소음이 하늘을 가른다. 30여 분 동안 콜 하버 상공을 날며 밴쿠버 시내를 보여주는 수상비행기는 관광객에게 꽤 인기가 있다. 하지만, 개인적으로는 국제선을 타고 하늘 높은 곳에서 내려다보았던 밴쿠버가 훨씬 멋지다고 생각된다.

지구처럼 둥근 형상의 과학박물관인 사이언스 월드가 BC플레이스 경기장 건너편에 있다. 밴쿠버의 유명한 과학박물관이자, 유명 전시회를 개최하며 흥미로운 게임과 여러 가지 과학 원리를 체험할 수 있는 체험 교육관이다. 세계에서 가장 큰 규모의 돔 스크린에서는 영화를 관람할 수도 있고, 옴니맥스 극장에서는 만화부터 다큐멘터리까지 다양한 장르의 영상물도 상영된다. 이곳 스크린 돔에서 상영되는 영상물 가운데는 캐나다 명승지를 모두 둘러볼 수 있는 다큐멘터리 영상물도 상영되는데, 캐나다의 웅장한 자연, 진귀한 영상, 아름다운 환경에 탄성이 절로 나온다.

지식과 자본과 젊은 두뇌가 몰리는 밴쿠버는 캐나다 서부 물류의 중심도시이자 비즈니스, 금융, IT의 첨단도시다. 태평양 왕래 수출입 물동량이 많고, 국제 비즈니스가 집중되어 있기에 돈과 사람과 정보가 몰린다.

밴쿠버 증권거래소는 캐나다를 대표하는 3대 증권거래소 가운데 하나다. 컨벤션센터나 세계무역센터에는 세계 금융기관들이 경쟁적으로 입점해 있으며, 국제회의나 전시회가 자주 열리기에 국제적 비즈니스와 우수한 두뇌들이 모일 수밖에 없다.

*
*
기회, 성장 그리고 새로운 가능성

한 나라의 미래를 알려면 그 나라 교육과 도서관을 먼저 보아야 한다. UBC 대학교, 사이몬프레이저 대학교, 빅토리아 대학교에서 배출된 젊은 영재들은 밴쿠버를 활력 있고 매력 넘치는 도시로 만드는 데 일조한다.

UBC는 맥길, 토론토, 퀸스 대학교와 함께 캐나다를 대표하는 명문대학교다. 1908년 창립 이래 100년이 넘는 동안 노벨상 수상자 10명, 올림픽 메달 65개가 UBC 출신들에 의해 기록되었고, 4명의 캐나다 수상이 배출되었다. 2010년 이래 US News and World Report와 영국 고등교육 평가기관 QS의 평가에서 세계적으로 우수한 대학 가운데 하나로 선정되었으며, 의학·약학·경제학·경영학·심리학 분야가 강한 것으로 인정받고 있다.

BC주 소재 대학 가운데 주지사를 가장 많이 배출한 SFU는 의과대학이 없는 학부 대학 순위에서 1990년 이래 언제나 캐나다 1위를 유지하고 있다. SFU의 범죄학과 신문방송학은 캐나다 최고 수준으로 평가된다.

관광객이 즐겨 찾는 그랜빌 아일랜드와 퍼블릭 마켓에는 캐나다 최고 수준의 미술대학인 에밀리카종합예술대학교Emily Carr University of Art and Design가 있어, 근처에 가면 예술적 재능이 뛰어난 학생들의 영감 넘치는 창작품도 덤으로 볼 수 있다.

관광지에서는 재래시장 구경만큼 재미있는 구경거리도 없다. 먹거리와 볼거리가 넘치는 재래식 시장 퍼블릭 마켓에는 다양한 종류의 싱싱한 과일, 야채, 생선, 치즈, 케이크, 스낵바가 있고 근처에는 항구에 접한 멋진 식당까지 있어 눈과 입이 심심할 겨를이 없다. 시장을 둘러본 후, 항구 건너편 예일 타운을 바라보며 밴쿠버가 태동한 예일과 그랜빌 발전사를 더듬어보았다.

밴쿠버 공립 중앙도서관이 웨스트조지아 스트리트 사거리에 있다. 밴쿠버에는 총 22개 공공도서관이 있는데, 다운타운에 있는 밴쿠버 도서관이 22개 도서관을 총괄하기에 중앙도서관이라 불린다. 외양이 로마 콜로세움을 닮은 도서관에는 도서와 자료를 검색할 수 있는 검색대와 멀티미디어 시설이 각 층마다 갖추어져 있다. 6층으로 된 도서관에서 책을 읽거나 정보를 검색하고, 보고서를 작성하는 사람들의 표정이 수험생처럼 진지하다.

정자세로 앉아 책을 읽든, 세상에서 가장 편한 자세로 책을 읽든 분위기가 자유로워 이곳이 도서관인지 집 안 거실인지 구분하기 쉽지 않다. 도서관이 이렇게 자유롭고 쾌적하다면 도서관에 가지 않을 이유를 찾기 어려울 것 같다.

밴쿠버 공립 중앙도서관

밴쿠버는 할리우드에 버금가는 영화제작 명소다. 할리우드 명화의 상당 부분은 캐나다에서 촬영된다. 고풍스러운 개스타운, 그랜빌 스트리트, 콜 하버, 스탠리파크, 그라우스 산으로 이어지는 아름다운 경관, 고급 호텔과 아파트가 숲을 이룬 항구는 영화촬영에 매력 넘치는 소재다.

6월부터 8월까지 해가 길고 시원한 여름날 밴쿠버 밤거리는 세계적 거장들의 음악회, 코미디페스티벌, 재즈페스티벌, 영상축제의 뜨거운 열기로 밤잠을 이루기 쉽지 않다. 밴쿠버 미항에 거주하는 세계 유명 배우나 영화제작 전문가, 문화예술계 인사들 이름을 열거하면 참 많다.

영화, 뮤지컬, 뮤직비디오에 디지털 기술이 응용되어 쓰인 지 오래고, 컴퓨터 그래픽이나 영상제작을 지원하는 전문 기관도 많다. 또 그런 고급 전문 인력을 키우는 Film School, 디지털 디자인, 애니메이션, InFocus 분야별 전문 교육기관도 10여 곳이나 된다.

관광과 여행에서 먹을거리는 빼놓을 수 없는 즐거움이다. 여행이 좋은 이유는 볼거리와 즐길거리도 있지만, 맛있는 먹을거리가 있기에 유쾌하지 않을 수 없다. 또 여행을 통해서 얻어지는 만남과 체험은 평생토록 마르지 않는 지혜의 샘이 되어준다.

밴쿠버에는 세계인들의 입맛을 만족시키는 레스토랑과 펍이 백화점처럼 몰려 있다. 고급 레스토랑에서부터 햄버거나 피자 한 조각을 저렴하게 먹을 수 있는 간이 매점까지, 고급 사교 클럽에서부터 맥주 한잔 즐길 수 있는 펍까지, 온갖 종류의 카페와 주점과 레스토랑이 곳곳에 널려 있다.

질 좋은 앨버타 쇠고기 스테이크나, 드넓은 땅에서 햇빛을 듬뿍 받고 자란 농산물은 타의 추종을 불허한다. 바다에 접한 도시이기에 싱싱한 해산물이 풍부하며, 세계 최고 요리사들이 모여 있기에 해산물 요리 수준도 훌륭하다.

나름대로 미식가라고 자처하는 나는 롭슨, 예일, 개스타운, 퍼블릭 마켓의 레스토랑과 음식 종류에 놀랐다. 가성비 좋은 레스토랑으로 가득한 밴쿠버 밤거리는 음식·문화·먹거리로 불야성을 이룬다.

중국, 인도, 한국, 일본, 태국, 베트남, 말레이시아, 캄보디아, 터키, 이탈리아, 프랑스, 벨기에, 그리스, 우크라이나, 멕시코, 캐나다 음식점 외에도 해산물 요리 전문식당, 스테이크 전문식당, 스파게티 전문식당, 치킨 요리 전문식당 등 그 이름을 다 열거하기에는 숨이 벅찰 것 같고 그 많은 음식점을 다 섭렵하면 위가 놀랄 것 같다.

매콤한 맛을 좋아하는 나는 그 많은 음식점 가운데 한국음식점 담소, 해산물 요리로 유명한 Cardero, Pelican, Sun Sui Wah, 그리고 퀸 엘리자베스 공원에 있는 Seasons in the Park을 즐겨 찾았다.

매운맛에는 두뇌를 자극하고 도전의식을 고취시키는 성분이 들어 있나 보다. 평소 김치나 매운 음식을 그리 즐기는 편이 아니지만, 비행기에 올라타는 순간부터 고추장이 그리워지는 것은 한국인에게만 내재되어 있는 특별한 음식 코드인가 보다.

다운타운에는 소문난 수제맥주집도 많다. 그 가운데 스팀웍스는 맥주 애호가들에게는 지나칠 수 없는 명소다. 개스타운 입구에 있는 전설적 맥주집인 스팀웍스는 일반 맥주 제조공정으로는 도저히 흉내 낼 수 없는 풍미 가득한 맛을 창조하여, 밴쿠버는 물론 전 세계

킹크랩 요리

맥주 애호가들이 즐겨 찾는다.

스팀웍스에서 소믈리에로 일하는 Carno에게 "가장 인기 높은 맥주를 추천해달라"라고 요청했다. 그는 "본래 직업은 관광전문대학교 교수"라며 Flagship/IPA, Pilsner, Summer Ail을 추천해주었다. IPA는 향이 진하고 쓴맛이 강했고, Summer Ail에서는 풀꽃의 풋풋한 향기가 느껴졌다.

내 느낌을 말하자 자신도 취향이 나와 같다며, 향이 무척 강하고 맛이 특이한 Double Dry Mopped Pale을 건네주며 시음을 권했다.

킹크랩 요리 전문 중식당 Pelican Seafood Restaurant

"9월 5일부터 2주 동안만 출시되는 특별 상품입니다"라고 한다. 양의 동서를 막론하고 마음의 벽을 낮추고 말 한마디 잘 건네면 어디서나 좋은 친구를 만날 수 있나 보다. 그와 대화를 나누며 나는 스팀웍스의 독특한 맥주 제조공정을 자세히 보고 들을 수 있었다.

시내 중심가 호텔은 손님이 붐비지 않는 오후 3시부터 6시까지 정상가격의 30~50%를 할인해주는 Happy Hour 제도를 시행한다. 대중음식점이나 칵테일 바조차도 할인을 적용한다. 그래서 주머니 사정이 넉넉지 않은 사람들도 이 시간대에 유명 레스토랑이나 바를 찾아 평소 접하기 어려운 고급 메뉴를 저렴한 비용으로 즐긴다.

밴쿠버는 신흥 항구도시이기에 다이내믹한 힘이 느껴진다. 젊은 도시이기에 하늘로 힘차게 비상하는 힘이 서려 있다. 밴쿠버 올드타운은 물론이러니와 용이 여의주를 물고 있는 길지吉地 형상이라는 리치먼드에서는 그런 느낌은 더욱 확연해진다.

나는 여행할 때 차를 타기보다는 트레킹 여행을 선호한다. 여행지 구석구석에 숨어 있는 아름다움을 살피며 사람들과 소통하기 위해서는 걷는 것보다 더 좋은 방법이 없다. 내일은 스탠리파크에 갔다가 UBC 캠퍼스를 돌아보려고 한다. 태평양에 접한 UBC 대학교는 밝고 청순한 학생들이 청운의 꿈을 키우며 활보하는 공간이다. 젊은이들의 총기 넘치는 눈빛을 바라보면 나에게도 젊음의 에너지가 전달되어 도전의 힘이 꿈틀꿈틀 용솟음친다.

2. 브리티시콜럼비아주 발전사

*
허드슨베이 컴퍼니

연 매출이 70억 달러에 이르던 캐나다 최대 백화점 기업 허드슨
베이 컴퍼니(Hudson Bay Company, 이하 HBC)가 미국 NRDC Equity
Partners 그룹에 매각되었다. 1670년 설립 이후 330년간 모피 교
역, 식민지 통치, 농업 이민을 주도하며 캐나다 역사를 이끌어왔던
HBC가 코스트코나 월마트 등 대형 할인매장 업체들과의 경쟁에 견
디지 못하고 전자상거래 조류에 밀려 결국 경영권을 넘겼다.

캐나다 역사에 HBC만큼 큰 영향을 끼친 회사나 조직도 없다. 북
미 대륙에서 가장 오래된 기업인 HBC는 허드슨 만에 접한 광대한
지역에서 무역을 통해 북아메리카 북·중부를 통치했던 영국 국책
회사이자 통치기구다. 1670년 5월 영국 국왕 찰스 2세는 북아메리
카의 1/3에 해당하는 150만 평방마일을 영국 식민지 루퍼트랜드로
선언하고, 그의 사촌 동생인 루퍼트 공작이 책임 통치토록 했다.

당시 우리나라는 조선 18대 왕 현종 재위 시대로, 남인과 서인 간

당파싸움과 권력투쟁이 극심했던 때다. 현종 부친 효종이 승하했을 때 효종 계모 자의대비 복제 문제를 두고 아들 상중에 계모가 상복을 몇 년간 입을 것인가에 대한 예송禮訟 문제로 서로 충돌하여 서인이 7년간 득세했다. 인선왕후였던 모친이 사망한 1674년에는 자의대비가 며느리 상중에 상복을 얼마 동안 입을 것인가를 두고 다시 격돌하여 서인이 몰락하고 남인이 정권을 장악했다. 표면적으로는 예송논쟁禮訟論爭이지만 사실은 권력 장악을 위해 목숨을 걸고 벌인 권력투쟁이었다.

조선 정세가 그처럼 어수선할 때 스페인, 네덜란드, 프랑스, 영국은 세계로 눈을 돌리고 식민지 개척 대열에 뛰어들었다. 프랑스는 영국보다도 일백여 년 전인 1534년부터 캐나다 동부에서 모피 교역과 농업 식민지 개척에 심혈을 기울였다.

당시 북극해 인근에서 나오는 비버, 북극곰, 북극여우, 순록, 들소 가죽은 질이 매우 우수하고 보온력이 뛰어나 캐나다 동부지역 모피보다 귀하게 대접받았다. 그 가운데 비버 털모자, 비버 담요, 비버 털코트는 단연 최고 인기 상품이었다. 하지만 영국은 소요량 대부분을 러시아와 프랑스로부터 수입에 의존했고, 이들을 수입하는 데 비싼 비용을 지출했다.

프랑스의 피에르 에스프릿 래디슨Pierre-Esprit Radisson과 메다르 그로제이Médard C. Groseilliers는 북극해에서 구한 모피를 유럽에 판매하는 모피 상인이었다. 프랑스는 이들의 자국 내 모피 거래를 금지하고 그들이 수집한 모피를 압수하는 한편, 북극해 출항까지도 금지했

16세기 영국 상류층 최고 인기 제품
비버 털모자, 비버 털코트, 모피

다. 극지방과의 모피 교역을 위해 재정적 후원자를 찾던 이들은 영국으로 건너가 영국 국왕의 사촌 동생 루퍼트 공작을 설득하고 끌어들여 HBC를 설립했다.

HBC 개척자들은 북극 항로를 이용하여 허드슨 만을 통해 매니토바주 북쪽 처칠로 들어왔다. 그들은 처칠 강과 헤이스 강을 따라 남하하며 원주민과 모피를 교류하는 동안 모피 무역 거점을 점진적으로 확대하여 서쪽으로는 태평양까지, 남쪽으로는 미국 영역인 아이다호주와 오리건주까지 루퍼트랜드를 관할했다.

HBC는 초기에는 칼, 의복, 구슬 등을 가져와 털모자 소재가 되는 모피로 교환했으며, 동인도 회사와는 비교도 되지 않을 만큼 미미한 규모였다. 하지만 HBC는 설립 이후 허드슨 만 전 지역에 대한 모피 교역 독점권과 실질적 통치권을 행사하면서 캐나다 발전 역사를 이끌었다. HBC가 사업을 하면서 남긴 식민지 통치·지도·인구통계·원주민 언어·의학·학술·주민 생활·기업운영 등의 기록은 캐나다 사회, 역사, 문화 연구에 귀중한 역사 사료로 활용된다.

프레이저 강

BC를 관통하여 흐르는 강이 있다. 프레이저 강이다. 길이가 자그마치 1,368㎞나 된다. 로키 산맥 롭슨 산에서 발원하여 BC주를 지나 조지아 해협을 통해 태평양으로 흘러나가는 강 총면적은 220,000㎢로 한반도보다도 넓다. 유럽인들이 정착하기 이전 캐나다 토착민들은 강이나 바닷가에서 사냥하거나, 고래·해달·연어를 잡고 식물을 채취하며 일만 년 역사를 이어왔다.

연어는 먼 옛날부터 수천 년 동안 토착민들에게 중요한 식량이었다. 7~9월이면 산란하기 위해 전력을 다해 프레이저 강을 따라 모천으로 회귀回歸하는 연어를 볼 수 있다. 다음 세대로 생명을 전하기 위해 태평양에서부터 먼 길을 헤엄쳐 돌아오는 연어의 모습은 숭고하다. 그런데 사투하며 태평양과 프레이저 강을 따라 올라온 연어는 낚시꾼과 강가를 어슬렁거리며 먹잇감을 찾는 곰으로부터 살아남아야 한다. 또 살아왔을지라도 모천으로 돌아와 산란을 마친 후에는 죽음이 기다린다. 이런 연어를 볼 때마다 미물일지라도 연어의 운명이 참 기구하다는 생각이 든다.

강가에서 잡은 연어를 훈제하기 위해 해체 작업을 시연하는 애서배스카 여성

강이 지나가는 곳에는 HBC에

등장하는 사람 이름을 따라 지은 지명이 많다. 프레이저 강, 맥켄지 강, 프레이저 하이웨이, 밴쿠버, 빅토리아, 프린스조지, 프린스루퍼트, 바커빌 등. 그 외에도 수없이 많은 사람 이름을 딴 지명을 바라보면서 지난 역사를 돌이켜보지 않을 수 없다.

*
*
서양인의 BC주 상륙

18세기 초까지 BC주를 거들떠본 사람은 북아메리카 토착민 외에 아무도 없었다. 아름다우나 접근할 수 있는 길이 없고, 겨울이 길며 눈과 얼음으로 뒤덮인 산야는 서구인이 다가갈 수 있는 영역이 아니었다.

BC주에 상륙한 첫 서양인은 잉글랜드 탐험가 제임스 쿡이다. 그는 태평양, 대서양, 남극을 탐험하는 동안 오스트레일리아, 뉴질랜드, 하와이 제도, 태평양에 있는 많은 섬을 발견했다. 그는 항해하면서 발견한 처녀지를 잉글랜드 땅이라고 선언함으로써, 영국의 해외 식민지를 확산시키고 세계에 불이 꺼지지 않는 대영제국을 건설하는 데 기여했다.

항해술과 측량에 조예가 깊은 쿡 선장은 1778년 밴쿠버섬 서해안으로 들어왔다. 그가 항해하는 동안 선원들은 밴쿠버섬 원주민에게 칼과 구슬을 전해주고 모피와 해달을 얻어 중국과 유럽에 파는 수

완을 발휘하여 무역 거래의 선구자 역할을 했다.

탐험가이자 해군 장교 조지 밴쿠버George Vancouver는 제임스 쿡 선장과 함께 밴쿠버 섬을 탐사하고, 미국 샌디에고부터 알래스카까지 북아메리카 서해안을 측량했다. 그리고는 당시까지 이름이 알려지지 않았던 해안과 지역 이름을 명명했다. 밴쿠버시, 밴쿠버 아일랜드는 그의 이름에서 따온 것이다.

스코틀랜드 탐험가 알렉산더 맥켄지Alexander Mackenzi의 이름도 역사에 자주 등장한다. 그는 백인으로서 북아메리카 대륙을 횡단한 최초의 인물이다. 몬트리올 모피 교역자로 활동했던 그는 1788년 아싸바스카 호수 근처에 무역 거래소 포트치페와이언을 설립했고, 그레이트슬레이브 호수로부터 맥켄지 강을 따라 북극해까지 탐사했으며, 로키 산맥을 넘어 태평양까지 발자국을 남겼다. 캐나다 서부에서 가장 긴 강 맥켄지와 윌리스턴 호수 근처 도시 맥켄지도 그의 이름에서 유래되었다.

프레이저 강과 프레이저 대학교Simon Fraser University는 모피 교역자 사이먼 프레이저Simon Fraser의 이름에서 유래되었다. 북미 지역의 전설적 탐험가였던 프레이저는 바다로 이어지는 수로를 찾기 위해 1808년 프레이저 강과 네차코 강을 탐사하고 수많은 경험을 기록으로 남겼으며, BC주의 지도를 그렸다.

나도 BC주에 머무르는 동안 눈을 크게 뜨고 내 이름자로 부를 땅이나 섬이 남아 있지 않을까 하는 기대로 BC를 샅샅이 살폈다. 하지만, 아무리 두리번거려도 그런 땅이나 섬을 아직까지는 찾아내지 못했다.

프레이저 강이 태평양으로 빠져나가는 조지아 해협

*
*

BC의 아름다움

　BC주의 모든 자동차 번호판에는 'Beautiful British Columbia'가
푸른색으로 쓰여 있다. BC주에서 아름다운 도시를 들라면 그 이름
을 일일이 열거할 수 없다. 밴쿠버, 휘슬러, 빅토리아, 나나이모, 토
피노, 칠리왁, 오카나칸, 호프, 켈로나, 캠룹스, 프린스조지, 프린스

앨버트, 퀸 샤롯 제도 등. 그러나 뭐니 뭐니 해도 북아메리카의 지붕 로키를 첫 번째로 꼽지 않을 수 없다.

BC주 북부 노던 로키 산맥 주립공원에서 발원하여 BC주와 앨버타주를 지나 미국 몬타나주로 연결되어 뉴멕시코까지 이어지는 로키는 단연코 세계 최고 경관을 자랑하는 산이다. 절묘하게 솟은 바위, 눈부신 빙산, 햇빛 강도에 따라 색깔을 달리하는 코발트 빛 영롱한 호수, 피톤치드 뿜어내는 숲과 계곡은 숨이 멎을 정도로 아름답다.

BC주는 남한보다 9.4배나 크다. 그 큰 땅에 2023년 1월 기준 5,319,324명이 살기에 인구밀도는 무척 낮다. 넓은 땅에 비해 서울시 인구의 절반에도 채 못 미치는 사람들이 미국과 접한 국경 근처에 살기에, 프린스조지 북쪽으로 올라가면 사람 구경하기도 쉽지 않다.

금 발견과 도시 발전

프레이저 강과 태평양이 만나는 항구도시 밴쿠버나 밴쿠버 아일랜드는 1800년대 초까지만 해도 서양인들에게는 거의 알려지지 않은 땅이었다. HBC의 존 맥러플린이 사업상 목적으로 강을 정비코자 1825년 밴쿠버 항을 교두보로 삼으면서 소규모 인원이 작업을 위해 머물렀다.

프레이저 강이 지나가는 예일 강변에서 금을 채취하는 HBC 직원과 원주민

 HBC Fort Yale 직원이 1858년 어느 날 프레이저 강변 모래언덕에서 점심을 먹던 중 반짝이는 물체를 발견했다. 모래 속에 있던 금덩어리였다. 소문은 HBC 조직을 통해 순식간에 시애틀과 샌프란시스코로 번졌다. 30,000여 명에 달하는 골드 드리머들이 열광하며 미국 서부에서 프레이저 강을 따라 예일 계곡으로 몰려갔다.

 호스플라이에서 금맥을 찾은 빌리 바커Billy Barker에 의해 1861년 바커빌 마을이 생기고, 카리부 골드러시가 시작되었다. 황금이 쏟아져 나온 예일, 바커빌, 그리고 프레이저 강을 따라 형성된 긴 계곡은 일확천금을 꿈꾸는 골드 드리머에게 노다지를 안겨준 꿈의 땅이 되었다.

 현명한 사람은 척 보면 알고, 똑똑한 사람은 한번 들으면 알지만, 어리석은 사람은 손에 쥐어줘도 모른다. 당시 사람들은 황금을 찾아 밴쿠버를 지나면서도, 불과 2세기 후에 다가올 황금보다도 훨씬 값진 이 땅의 가치를 내다본 사람이 없었다. HBC가 활동 영역을 태평양까지 넓히고, 영국 사업가 에드워드 스탬프가 1865년 프레이저 강가에 목재소를 세우면서 밴쿠버에 영국인 정착이 시작되었다.

매니토바, 서스캐처원, 앨버타에서 모피를 거래하며 식민지를 넓혀온 무역업자들 눈에 비친 BC주나 밴쿠버는 지상낙원이나 다름없어 보였을 것 같다. 사계절 풍광이 수려하고, 겨울에도 영하로 내려가는 일이 거의 없으며, 목재와 광물자원은 천지에 널려 있다. 강과 바다에는 어족자원까지 풍부하기에, 그들의 시각에서 볼 때 BC주는 기회의 보물창고라고 여겼을지도 모를 일이다.

일백 년 전 우리가 한양이라고 불렀던 서울은 지금처럼 넓은 서울특별시가 아니라 사대문 안에 국한되었던 것처럼, 밴쿠버도 원래는 개스타운, 예일타운, 그랜빌 아일랜드에 소수의 사람들이 사는 작은 마을로 출발했다. 그러나 1960년대 이후 인구가 증가하고 도시가 급팽창하여 밴쿠버웨스트, 밴쿠버, 노스밴쿠버, 리치몬드, 뉴웨스트민스터, 델타, 화이트락, 랭리, 써리, 포트무디, 코퀴틀람, 포트코퀴틀람, 매플릿지, 애보츠포드 인근 지역으로 주거지가 확산되었다. 오늘날에는 이 지역 모두를 광역 밴쿠버로 부른다.

*
*

도전과 기회

다민족·다문화 도시 밴쿠버는 인종 백화점을 방불케 한다. 주류는 영국을 비롯한 유럽계지만, 태평양을 마주하는 영향 때문인지 동양계 주민이 절반 가까이 된다. 동양계 주민은 중국계와 인도계가 대부분이지만, 그 가운데 한국인도 빠르게 증가하고 있다.

　다운타운과 리치몬드에는 중국인이, 사우스밴쿠버에는 중국인과 인도인이, 노스밴쿠버에는 중동계 민족이, 써리에는 인도계 민족이, 버나비·써리·코퀴틀람에는 한국인이 모여 산다. 이들 다양한 국적의 이민자들은 서로 이질적이지만 서로 갈등하지 않고, 서로 다름을 존중하며, 미국과는 또 다른 모자이크 문화를 형성하며 화합을 이루어나간다.

　종래 밴쿠버 근교 농장과 목장에서 생산되는 농축산물은 BC주 창고업과 식품가공업 발달을 이끌었다. 태평양에서 쏟아져 나오는 연어, 광어, 게 등 수산물은 수출과 수산식품 가공업을 번성케 했다. 가문비나무, 삼나무, 전나무, 낙엽송 등 양질의 목재는 목재 가

BC 목재산업

공업과 종이산업 발달을 가져왔다. 우리가 일상에 사용하는 신문용지나 복사용지는 물론 휴지나 일회용 기저귀도 목재 가공을 통해서 얻어지는 것이다.

앨버타, 서스케처원, 매니토바, 온타리오 광활한 평원에서 수확된 농산물은 철도를 통해 밴쿠버로 운송되어 전 세계로 수출된다. 이 과정에 물류 유통업, 무역업, 해운업, 항공 운송업 발달이 촉진되었다. 넓은 땅에서 마구 토해내는 천연가스, 석유, 석탄, 구리는 원자재산업과 채굴산업 발달을 견인했고, 각종 산업 발달로 돈이 넘쳐흐르자 세계 금융기관들이 밴쿠버를 주목하고 앞다투어 지점을 설치했다.

돈이 몰리고 사람이 몰리니 항공 수요가 늘어나고, 밴쿠버와 BC주의 아름다운 자연환경은 관광객을 불러와 각종 서비스업과 식음료산업의 발달로 이어졌다.

*
*

관광

BC는 관광산업의 보고다. 드넓은 땅 곳곳에 아름다운 원시 자연이 산재해 있다. 2010년 동계올림픽의 주 무대였던 휘슬러는 세계적으로 널리 알려진 스키장이며, 연중 각광받는 휴양지다.

남한 1/3 크기의 섬 밴쿠버 아일랜드에는 7만 평에 이르는 부차드가든을 비롯하여 우클루릿과 토피노가 있다. 태평양 바다의 거센 파도에 부딪쳐 부서지고 침식된 험한 바위와 원시림은 보는 순간 감동의 파도가 물결치게 하며, 퍼시픽 림 국립공원이 이어지는 토피노, 우클루릿, 롱비치군, 브로큰 아일랜드 그룹은 다른 곳에서는 경험할 수 없는 비경으로 가득 채워진 휴양의 보고寶庫다.

퀸샬렛 섬과 알래스카의 접경을 이루는 마운트 산 엣지자 주립공원의 눈부신 비경에 들어서면 다시는 문명 세계로 나오고 싶지 않을 만큼 아름답다.

오카나칸 호수는 수영, 요트, 카누, 수상스키 등 수상스포츠의 요람이기도 하지만 호수 주변은 캐나다 최고·최대 과수 단지이자 양질의 포도주를 생산하는 캐나다 최대 와이너리 단지다.

BC주 북서쪽에 있는 조프리 주립공원의 조프리 호수나 더피 주립공원의 더피 호수는 로키에 비견될 만큼 아름다워 작은 로키라 불린다.

영화산업과 IT 등 각종 산업이 만들어내는 넓은 취업 시장은 젊은 기술 인력을 흡수하는 용광로다. 기회의 땅을 찾던 영국인, 미국인, 중국인, 인도인 등 이민자들이 신흥 밴쿠버 개발 대열에 합류했다. 이 대열에 한국의 유능한 인력들이 참여했음은 물론이다.

전 세계 사람들이 각기 다양한 이유로 이주해 왔지만, 자신들의 고유 문화를 지키고 서로가 다름을 존중하며, 함께 공생하는 밴쿠버는 전 세계인들을 캐나다 모자이크 문화 속으로 부르는 화합의 용광로다. 더구나 유능하고 풍부한 인적자원, 무한대에 가까운 해양자원, 넓은 땅에서 토해내는 광물자원, 그리고 교육과 문화예술

신흥 시장은 지난 160년 동안 기적적으로 성장한 밴쿠버나 BC보다도 더 큰 매력으로 미래를 향해 가슴 뛰게 손짓한다.

21세기 선도 분야인 AI, 빅데이터, 나노 복합 연구, 의생명공학, 컴퓨터공학에서도 강한 면모를 보이는 BC주는 사람과 자원과 기술이 네트워크를 형성하여 새로운 시대를 견인하고 미래의 황금 시장을 향하여 질주하고 있다.

관광지 휘슬러 타운

Duffey Lake 주립공원

토피노 해안가 미들비치

Joffre Lakes 주립공원 Upper Lake

3. 태평양에 접한 밴쿠버 아일랜드

밴쿠버 아일랜드 동부

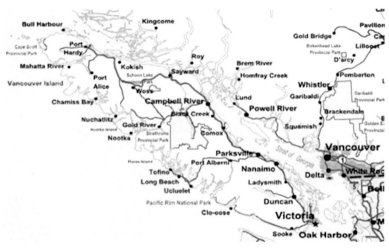

밴쿠버 아일랜드 지도

　밴쿠버 아일랜드는 캐나다에서 날씨가 가장 온화하고 환경이 쾌적하여 북아메리카는 물론 유럽에서도 은퇴자들이 가장 선호하는 장소다. 태평양을 건너 맨 먼저 마주치는 밴쿠버 아일랜드는 남한 1/3 크기에 길이 460㎞, 폭 80㎞인 북아메리카 서해안의 가장 큰 섬이다. 여름 평균기온은 17℃로 시원하고, 겨울 평균기온은 5℃로 한국보다도 따뜻하다. 5,500만 년 전 쿨라 지각판이 북미 대륙판과 충돌하는 과정에서 생긴 고구마 형상의 긴 섬에는 주민 90여만 명과 외국인 및 주변 작은 섬 거주민을 포함하여 약 130만 명이 섬 여러 곳에 흩어져 생활한다.

사람들은 밴쿠버를 BC주 주도州都로 알고 있다. 그러나 미국 수도는 뉴욕이 아니라 워싱턴이고, 캘리포니아 주도도 LA나 샌프란시스코가 아닌 작은 도시 새크라멘토인 것처럼, BC주 주도도 밴쿠버가 아니라 밴쿠버 아일랜드에 있는 빅토리아다.

밴쿠버 아일랜드에는 세계적 관광지인 빅토리아, 부차드가든, 나나이모, 텔레그래프 코브, 토피노 이외에도 태고의 신비를 간직한 퍼시픽 림 국립공원, 포트알버니, 우클루릿, 포트렌프류, 수크 등 천혜의 원시 자연이 품어내는 진귀한 아름다움으로 가득 차 있다.

밴쿠버에서 밴쿠버 아일랜드까지 비행기로는 20분 걸린다. 하지만 많은 사람은 트와슨베이나 호슈베이에서 나나이모나 스와츠베이로 가는 페리선을 이용한다. 승용차나 화물차는 물론 캠핑카까지도 옮겨주는 페리선에 올라 밴쿠버 아일랜드로 가는 1시간 45분 동안 조지아 해협과 하로 해협 사이에 펼쳐지는 수많은 섬과 섬 주변 풍경은 바라보는 것만으로도 가슴 설레게 한다.

기록에 의하면 이 섬은 러시아 모피 상인들이 스페인에 탐사대 파견을 요청하여, 1774년 후안 호세 페레즈 에르난데스가 산티아고호를 지휘하여 섬 주변을 최초로 탐험했다. 스페인 해군제독 디오니시오 갈리아노와 그의 동료 카에타노 발데스도 1792년 배로 섬을 일주하고, 갈리아노 섬에 일시 상륙하여 프레이저 강 북쪽 입구에 닻을 내린 적도 있다.

밴쿠버 아일랜드는 제임스 쿡 영국 해군 선장이 1778년 3월 31일 밴쿠버 아일랜드 서쪽 누트카 섬에 상륙하여 이 지역을 영국령으로 선포한 이후부터 세계인의 주목을 받았다. 이 섬의 아름다운 풍경, 양질의 모피, 풍부한 목재자원에 주목한 영국은 누트카 섬 원주민 마을 유콧에 모피 교역소를 세우고, 빅토리아에 식민지 교두보를 마련하여 밴쿠버 아일랜드로 발전하는 계기가 되었다.

수천 년 동안 타 문명과 교류 없이도 잘 살아왔던 아일랜드 원주민들에게 신문명과의 접촉은 축복이라기보다 저주였다. 중남미와 알류산 열도 원주민들이 유럽인들의 강압에 의해 식민지 피착취민으로 전락하고, 그들이 퍼트린 전염병으로 주민 80% 이상이 사망했듯이, 유럽형 질병에 면역력이 없었던 밴쿠버 아일랜드 토착민들도 유럽인들과 접촉 후 성병, 말라리아, 홍역과 문화적 소용돌이로 90% 이상이 사망했다. 코스트 살리쉬 부족도 1862년 성행한 홍역으로 인구가 절반으로 줄었고, 콰크 와카와크 부족도 유럽인이 퍼트린 전염병으로 상당수가 사망하는 가슴 아픈 일을 겪었다.

토템폴의 도시 던컨에는 여러 가지 형상의 토템폴과 코위찬 뮤지엄이 그들 종족의 문화적 잔재를 애잔하게 지켜가고 있다. 지금도 슈메이너스, 코위찬, 제발로스, 토피노, 우클루릿, 포트하디 등 바닷가에 접한 해안에 토착 원주민이 집단을 이루어 살아가는 모습을 볼 수 있다.

밴쿠버 아일랜드 남쪽 항구도시 빅토리아로 향했다. 영국 역사상 최전성기를 구가하며 빅토리아 시대를 이끈 위대한 여왕 빅토리아

Alexandrina Victoria Hanover의 이름을 따서 지어진 도시다. 도시 전체에 영국 색채가 물씬 풍기는 빅토리아시 이너하버 중앙에는 BC주의회 의사당이 있고, 의사당 중앙에 세계에 해가 지지 않는 대영제국을 건설한 빅토리아 여왕 동상이 우뚝 솟아 있다.

그 우측에는 제1·2차 세계대전과 한국전쟁 및 아프가니스탄 참전용사 기념탑이 있다. 세계 평화를 위해 피 흘렸던 참전용사의 뜻을 기리고 그들에게 감사와 존경을 드리는 캐나다 사람들의 뜻에 감격하지 않을 수 없다. 애국심이나 참전용사에 대한 존중은 말이나 구호로만 외쳐서는 안 된다는 교훈을 가슴으로 새겨듣는 듯하다.

의사당 옆으로는 Royal BC Museum, 해양박물관, 더 베이 센터, 크라이스트처치 대성당, 시청, 호텔 등 역사적 건물들이 도시 외곽을 가득 채우고 있다.

빅토리아시

제임스 쿡 선장 동상

항구에 접해 있는 엠프레스 호텔 앞에는 북아메리카 서부를 영국령으로 귀속시키는 데 공헌한 제임스 쿡 선장 동상이 서 있다. 제임스 쿡 선장은 240년 전 밴쿠버 아일랜드에 상륙하여 이 섬을 영국령으로 선포한 인물로서, 그의 왼손에는 해도가, 오른손에는 항해용 컴퍼스가 들려 있다.

전 세계를 항해하며 신대륙을 발견하고, 수정된 세계 해양지도를 그린 제임스 쿡 선장의 프론티어십은 인류 역사에 빛나는 업적이다. 쿡 선장은 생전에 위대한 업적을 남겼지만 말년을 불행하게 마감했다. 쿡 선장과 일행이 하와이를 처음 발견했을 때 하와이 원주민들은 쿡

밴쿠버에서 밴쿠버 아일랜드 인근 섬을 운항하는 페리선

선장과 그의 일행을 칙사로 대접했다. 원주민들은 먼 나라에서 온 방문자를 자신들이 오랫동안 신앙으로 섬겨왔던, 하늘로부터 강림해온 신의 사자로 믿고 술과 음식을 정성껏 대접했다. 심지어는 사랑하는 여자들까지도 아낌없이.

쿡 선장과 그의 일행이 두 번째로 하와이를 방문했을 때 그들은 술과 여자를 여전히 과하게 탐했다. 오랜 항해로 심신이 지칠 대로 지친 선원들의 정황은 충분히 이해되지만, 지나치다 싶으리만큼 난잡한 방문자들의 품행을 보고 그들의 신성神性을 의심한 주민들은 방탕을 즐기던 선원들을 살해하기에 이르렀고, 쿡 선장은 전신의 뼈가 으스러지고 살과 뼈가 분리된 사체로 되돌려보내졌다고 한다. 그 기록을 읽다가 위대한 인물의 비참한 말로에 몸서리쳐졌다.

엠프레스 호텔 앞에서 빨간색 관광버스에 올랐다. 2층으로 된 관광버스는 하루 티켓을 사면 당일에는 언제든 자유롭게 오르내릴 수 있다. 빅토리아 시내를 돌며 자세한 설명까지 곁들여주기에, 도시 사정을 잘 모르는 초행자들이 도시를 돌아보는 데 이보다 더 유용한 프로그램도 없다. 나는 버스가 주요 포인트에 정차할 때마다 타고 내리며 유서 깊은 도시의 맛 기행, 멋 기행으로 행복 에너지를 눈과 입과 마음에 가득 채웠다.

시내 순회를 마친 후 빅토리아시 해안가를 돌며 피셔맨스워프공원, 베콘힐공원, 아브카지공원, 빅토리아 대학교를 차례로 탐방했다. 빅토리아시는 경관이 뛰어나기도 하거니와, 환경친화적 도시 설계, 미려한 건축물로 가득하다. 예술품처럼 아름다운 거리를 거닐다 보니 도시를 정원처럼 꾸민 이곳 시민들의 고매한 정서에 박수를 보내지 않을 수 없다.

빅토리아 대학교 캠퍼스는 대학 캠퍼스라고 하기에는 조경이 아주 잘된 정원이라고 해야 더 어울릴 것 같다. 아름다운 캠퍼스는 학업에 정진해야 할 학생들에게 축복임이 분명하다. 하지만, 너무 매혹적인 환경 때문에 감수성 예민한 학생들이 학업에 지장을 받지 않을까 우려된다.

물류의 도시 나나이모로 올라오는 길에 부차드가든에 들렀다. 부차드가든은 밴쿠버섬의 또 다른 볼거리다. 밴쿠버 패키지 투어 프로그램에 콜 하버, 개스타운, 스탠리파크와 함께 필수 순방코스에 속하는 이 정원은 마치 동화 속에나 존재하는 무릉도원 같다.

제니 부차드Jenny Buchart가 그녀 남편이 운영하다 폐쇄된 채석장의 흉한 모습을 가리기 위해 1904년 꽃과 나무를 심기 시작했는데, 규모가 점차 커져 지금의 정원으로 발전했다. 설립 이후 현재까지 부차드 가문의 가업으로 운영되는데, 매년 백만 명 이상 관광객이 찾아와 캐나다 역사유적지로 지정될 정도로 유명한 공원이다.

공원 주차장을 지나 입구로 들어서는 순간부터 꽃향기가 진동하고, 꽃, 나무, 동물, 악기를 형상화한 조형물이 여느 공원과는 달리 예술적 영감이 풍부한 인상을 준다. 안내 직원에게 꽃 종류와 수량을 물었더니 브로셔를 건네주고는 계면쩍게 웃으며 큰 눈을 깜박였다.

천사의 나팔꽃

베고니아

부차드가든 공원 입구

슈메이너스 벽화마을 벽화

7만 평에 꾸며진 선큰가든, 장미정원, 지중해정원, 이탈리아정원, 일본정원은 화려하기 그지없다. 연못과 분수로 특색 있게 꾸며진 정원에 발길이 닿을 때마다 탄사가 터져 나왔지만, 압권은 선큰가든이다. 채석으로 흉하게 패여진 곳에 꽃과 나무를 심고 산책로를 조성했는데, 많은 사람이 와서 가장 오랫동안 머무르는 장소다.

벽화로 유명한 마을 슈메이너스가 갈리아노 섬을 마주 보고 있다. 노랑 발자국을 따라가는 길가 담장이나 주택 벽면에 그려진 벽화로 마을 전체가 야외 미술관이다. 슈메이너스는 이 지방에서 가슴에 상처를 입고도 살아난 전설적 무속인 이름이라고 한다.

경치가 빼어나고 목재가 풍부한 슈메이너스는 1856년 이래 목재산업이 마을의 주요 소득원이었다. 목재산업이 점차 쇠퇴하여 지역 경제가 위축되고 마을이 점차 활력을 잃어가자, 쇠락해가는 마을을 살리기 위해 마을 주민들이 1982년부터 벽화를 그리기 시작했고, 주정부가 지원한 데서 유래되었다. 개발 시대 마차, 벌목공 일상, 나무를 수송하는 기관차, 주민 생활상 등의 모습에서 이 마을 과거 생활 모습이 머릿속에 그려졌다.

슈메이너스 뮤지엄에서 자원봉사를 하는 한 노인을 만났다. 그는 우리가 한국인임을 한눈에 알아보고는 자신도 한국전쟁 참전용사라면서 무척 반가워했다. "한국전쟁에서 자유와 평화를 위해 피땀 흘리며 싸운 것은 내 평생의 가장 자랑스러운 업적이다"라고 강조하고 "한국의 놀라운 발전상을 관심 있게 지켜보고 있다"라며, 발전된 한국 모습에 기뻐했다.

캐나다는 6·25 전쟁 때 군인 2만 6천 명을 파병하여 한국을 도왔고, 그 전쟁에서 군인 516명이 전사했다. 한국전쟁이 일어나기 이전 캐나다는 한국과 아무런 이해관계가 없는 나라였다. 아무 이해나 대가 없이 남

한국전쟁 참전용사와 함께

을 위해 피 흘리거나 목숨 바치는 일이 정의롭고 올바른 일일지라도 쉬운 일은 결코 아니다.

그 노인의 참전용사 제복과 훈장이 걸려 있는 전시관 앞에서 노인과 함께 기념사진을 찍었다. 지난날을 회상하는 노인의 눈시울이 붉어졌다. 그가 한국을 위해 헌신한 지난날의 노고에 대한 감사 인사로 손을 굳게 잡고 다시 한번 악수했다.

나나이모는 빅토리아 섬에서 빅토리아시에 이어 두 번째로 큰 물류 도시다. 밴쿠버 아일랜드에서 다른 동네로 가려면 반드시 거쳐야 하는 길목인 나나이모 주변에는 수많은 낚시터가 있다. 연어, 도미, 우럭은 주변 바다낚시터마다 널려 있으며, 해안을 따라 길게 연결된 갯벌을 뒤적이면 버터크랩이나 코끼리 조개도 캐낼 수 있다. 코끼리 조개는 음식점에서 회나 조리용으로 쓰이며 아주 귀하게 대접받는다.

명심할 것은 장난삼아 하는 낚시든, 어패류 채취든 미리 면허를

취득해야 한다는 점이다. 낚시해서 잡을 수 있는 어류나 채취할 수 있는 수산물 크기와 수량도 종류별로 정해져 있다. 탐스러운 조개나 게 또는 어류가 욕심나서 규정 이상의 것을 채취했다가 어디서 나타나는지도 모를 레인저가 슬며시 다가와 확인할 경우 곤란에 처할 수도 있다. 그때 외국인 관광객이라서 몰랐다는 항변은 옹색한 변명이 된다.

그런데, 법의 규제가 아무리 정교해도 법을 뛰어넘는 꼼수는 항상 있게 마련인가 보다. 어느 약삭빠른 친구는 "들통과 버너를 슬며시 들고 가서, 코끼리 조개나 던지네스 게를 실컷 삶아 먹고, 들통에 양념으로 버무린 장을 가득 담그고, 나올 때는 한 사람당 큰 조개나 게를 2마리씩만 가지고 나온다"라고 한다. 현장에서 먹었거나 조리된 음식은 마릿수 계산에서 제외된다고 하니, 기발한 아이디어에 폭소가 튀어나왔다.

밴쿠버 아일랜드는 모든 동네가 바다에 접해 있기에 배를 타고 접근할 수 있다. 또 섬 주변 모두가 관광지이자 바다낚시 명소다.

Parksville Rathtrevor 코끼리 조개 채취

바닷가에서 채취하여 크기별로 분류한 코끼리 조개

그렇지만 배로 접근할 수 없는 내륙마을이 한 곳 있다. 원목 생산 마을 와쓰다. 와쓰는 섬 최북단에 있는 도시 포트하디, 포트맥닐, 텔레그레프 코브로 가는 길목에 있어 규모는 작을지라도 밴쿠버 아일랜드 동서남북으로 가는 교통 요충지다.

와쓰에서 사업체를 운영하는 유일한 한국인이 있다. 30여 년 전 이곳에 정착하여 모텔, 주유소, 편의점을 운영하는 김좌진 사장이다. 그의 사업장 인근 사방 70㎞ 이내에는 어떤 모텔, 주유소, 편의점도 없다. 그는 섬 서쪽 60~90㎞에 원주민 마을 제발로스와 페어하버 지역 고립된 원주민 1,500여 명에게 생필품을 제공하고 문명의 온기를 넣어주며 외부 세계와의 접촉 창구 역할을 하는, 성공한 스몰 비즈니스 사업가다.

섬 안에서 차로 접근할 수 있는 아일랜드 최북단 도시 포트하디가 와쓰 북쪽 100㎞에 있다. 유럽이나 미국에서 온 여행자는 이곳에서 페리호를 타고 알래스카나 프린스루퍼트로 장거리 여행을 떠나는 출발점이기도 하다.

포트하디에서 알래스카까지는 크고 작은 섬 20,000여 개가 내륙을 따라 점점이 이어져 있다. 그 섬들은 원주민 몇몇 사람만 사는, 무인에 가까운 원시림이다. 그 원주민들 외모가 한국인들과 너무도 흡사하여, 대항해 시대에 그들의 선조가 한국에서 배를 타고 온 사람들이 아닌가 의심이 들 때가 많다. 어린이들의 외양이나 밖에서 뛰노는 모습은 영락없는 한국 시골 어린이다.

밴쿠버 아일랜드 서부와
웨스트코스트 트레일

그림엽서에나 등장하리만치 아름다운 밴쿠버 아일랜드는 동부와 서부의 느낌이 사뭇 다르다. 밴쿠버 아일랜드 서부는 태평양을 따라 천혜의 원시림이 끝없이 이어져 있고, 거대한 해안 원시림 안에는 비경 트레일이 서로 연결되어 있으며, 태평양 바다는 온갖 해양 생물이 풍부한 바다낚시 보고다. 팔백 년 거목이 어우러진 맥밀런 공원, 퍼시픽 림 국립공원, 토피노, 우클루릿, 롱비치군, 브로큰 아일랜드 그룹, 그리고 웨스트코스트 트레일은 밴쿠버 아일랜드에서도 압권이며, 그 가운데 최고 비경은 웨스트코스트 트레일이다.

태평양을 따라 이어진 77㎞의 웨스트코스트 트레일은 세계 최고 비경 루트다. 유쿠룰렛에서 배를 타고 퍼시픽 림 국립공원 보호지역으로 건너가 뱀필드로부터 포트렌푸류까지 서해안을 따라 이어지는 500㎢의 원시림 속에 있는 이 길은 아름다움이나 모험적 측면에서 명실공히 전 세계 트레커들이 최고로 꼽아주는 길이다.

웨스트코스트 트레일은 5월 1일부터 9월 30일까지 연중 5개월만 개방된다. 이 트레일로 가는 길은 세 가지 루트로 접근이 가능하다. 우클루릿에서 배를 타고 브로큰 아일랜드섬 그룹을 지나 뱀필드로 들어가서 렌푸류로 빠져나오거나, 렌푸류에서 보트를 타고 산후안 항구를 가로질러 뱀필드로 가서 우클루릿으로 빠져나오는 역코스를 택하거나, 파체나에서 출발하는 방법이다. 어느 코스를 택하든

완주하는 데는 일주일 이상 소요된다.

웨스트코스트 트레일에는 77㎞ 트레일 전 구간에 숙소나 휴게소는 없고, 햄버거나 게 등 간단한 스낵을 파는 가게만 2개소가 있다. 트레일 참가자는 모두 트레일에 필요한 캠핑 장비, 식수, 비상식량, 의류, 구급약, 쓰레기봉투 등 35㎏ 내외 짐을 자신의 어깨에 메고 걸어야 한다.

태평양에 접한 웨스트코스트 트레일

나는 8월 15일 아침 8시 30분 파치닷트 캠프그라운드에서 트레일을 떠나는 팀과 하루 일정으로 합류했다. 산후안 항구에서 보트를 타고 강을 건너 트레일을 떠나는

트레일 중간에 있는 게 판매소

트레커들의 눈빛은 다가올 모험에 대한 호기심 가득한 기대로 번득였다. 놀라운 점은 트레일에 참여하는 7명 가운데 4명이 여성인데, 모두가 남성들 못지않게 큰 배낭을 메고 있었다는 점이다.

참가자는 출발에 앞서 자신의 배낭 무게를 계측했다. 모두가 35㎏이 넘었다. 특히 캘거리에서 왔다는 여성 첼시 키퍼Chelsey Keefer는 배낭 무게가 40㎏이 넘었지만, 누구보다 쾌활하게 트레킹을 주도했다.

문득 『빛과 그림자』로 일본 최고 대중문학상인 나오키상을 받은

웨스트코스트 트레일 출발에 앞서 기념촬영

의사이자 에세이 작가 와타나베 준이치의 말이 떠올랐다. 그는 "순
간적인 힘을 발휘하는 파워는 남성이 강하지만, 극한 상황을 맞이
했을 때 인내하고 생명을 유지하는 신체적 능력은 여성들이 남성들
보다 훨씬 탁월하다"라고 한다.

　외과 의사인 그의 말에 따르면 "남성은 혈액 가운데 1/3만 출혈되
어도 목숨을 잃는데, 여성은 1/2이 출혈되어도 생존하며, 피하지방
층이 두꺼워 추위를 견디는 능력과 지구력도 남성보다 월등하다"라
고 한다. 오늘날 법대나 의대에 입학하는 학생들의 1/2 이상이 여
학생이다. 판사나 검사로 임용되는 법관들의 절반 가까이도 여성이
다. 여성들이 약하다는 생각, 그것은 위험천만한 편견이다.

　비경 속 트레일을 지나는 동안 아슬아슬한 절벽과 험난한 진흙투
성이 길을 통과하기도 하고, 썰물 동안에만 잠깐 나타나는 바닷길
을 지나거나, 수많은 다리를 건너고 케이블카까지 타야 한다. 때로

웨스트코스트 트레일 원시림

는 원주민 마을을 지나기도 하고, 곰과 늑대나 쿠우거가 출몰하는 위험도 본인이 판단하여 본인 스스로 감수하고 지나야 한다. 이곳 쿠우거는 사자만큼이나 크며, 때로는 사람을 공격하기도 한다.

국립공원 관리사무소는 공원 보호와 안전을 위해 하루 70명에게만 트레킹을 허락한다. 웨스트코스트 트레일은 트레킹 참가 신청자가 많아 사전에 신고해야 하고, 허가받기까지 6개월 이상 소요되기에 생각만 해도 가슴 설레게 하는 길이다. 태고의 원시림 트레일을 걸을 때는 정신 바짝 차리고 끊임없이 사방을 경계하며 조심스럽게 걸어야 하지만, 몸과 마음과 정신은 물론 미세혈관까지도 맑게 세척되는 느낌이다.

후안 데 푸카 트레일

태평양에 접한 해안가에는 웨스트코스트 트레일만 있는 것이 아니다. 포트렌푸류에서 해안선 남쪽을 따라 솜브리오 해변까지 내려가는 64㎞의 후안 데 푸카 트레일도 비경이기는 웨스트코스트 트레일 못지않다. 또 솜브리오에서 아일랜드 남서해안을 따라 빅토리아시까지 이어지는 길도 숨 막히도록 아름답다.

아일랜드 명소
맥밀란 공원, 우클루릿, 토피노

  밴쿠버 아일랜드에서 관광지를 꼽으라면 대부분 빅토리아시나 웨스트코스트 트레일을 떠올린다. 하지만, 아일랜드에 숨어 있는 또 다른 보석 맥밀란 공원, 우클루릿에서 토피노로 이어지는 태평양 해안 절경, 그리고 바닷가 트레일을 떠올리지 않을 수 없다.

후안 데 푸카 마린 트레일이 지나가는 태평양 해안가

태평양의 거센 파도

맥밀란 공원

맥밀란 공원은 포트 렌프류에서 우클루릿으로 가는 원시림 숲속에 있다. 하늘을 찌를 듯 꼿꼿하게 솟은 나무 숲속에 숨어 있는 원시림 공원과 캐씨드럴 트레일은 아무리 갈 길 바쁜 여행자일지라도 그냥 지나칠 수 없다.

우클루릿에서 토피노까지 구불구불하게 이어진 20여 ㎞의 와일드퍼시픽 트레일, 레인포리스트 트레일, 통킹 만 트레일은 세상 트레일의 진주다. 태평양 거센 바람을 타고 온 거대한 파도의 힘은 어마어마하다. 하늘을 가르는 듯 무시무시한 굉음을 듣고 산산이 부서지며 일으키는 포말을 바라보노라면 자연은 정복할 대상이 아니라 순응하며 살아가야 할, 하늘이 주신 선물이라고밖에 달리 생각할 수 없다.

캐나다는 영국 식민지 시절인 1846년 6월 미국과 맺은 오리건 조약에 따라 북위 49도 선을 경계로 미국과 국경을 확정했다. 이 조약에 따라 매니토바주 버펄로 포인트부터 밴쿠버까지 일자로 수평선을 그리듯 미국과 남북으로 국경을 나누었다.

이 논거에 따르면 49도선 아래에 있는 우클루릿 이남의 밴쿠버 아일랜드는 미국 영토가 되어야 마땅하다. 하지만 국경을 확정할 당시 캐나다는 우클루릿 남쪽의 밴쿠버 아일랜드 영유권을 주장하고 국경 협상을 유리하게 이끌기 위해 BC주 주도를 밴쿠버에서 밴쿠버 아일랜드 49도선 아래에 있는 빅토리아로 옮겼다. 그리고는 주도는 절대로 미국에 양보할 수 없다고 우겨 캐나다 의견을 관철시켰다. 그렇게 큰 땅을 소유한 나라도 자신들의 이익을 위해 주도 면밀하게 머리 굴렸던 사실이 흥미롭다.

우클루릿에서 와일드퍼시픽 트레일을 따라 태평양 바닷가를 걸었다. 오랜 세월 태평양 거센 파도와 풍상을 견뎌온 바위가 격랑의 시간을 거쳐 거칠게 부서지고 깎여 변형된 모습은 자연의 힘이 얼마나 크고 위대한지 짐작게 해준다.

　이 지역은 조수 간만의 차가 15m 이상 된다. 썰물 때 잠깐 드러내는 태평양 해안가 심연까지 걸어 들어갔다. 보라성게, 고동, 말미잘, 다시마 등 좀처럼 보기 힘든 바닷속 진귀한 생명체가 보였다. 이렇게 깊은 바다 깊은 심연까지 들어와 있다가 갑자기 태평양 바닷물이 거세게 밀려오면 어찌 되나 두려운 생각도 들었지만, 다른 곳에서는 겪을 수 없는 신선한 체험이다.

　우클루릿 앞바다가 북미 최고 해변 휴양지라는 사실이 백번 공감된다. 파도가 거칠게 일렁이는 해안가 곳곳에는 서핑을 즐기는 친구들이 많다. 해안을 따라 길게 펼쳐진 테라스비치나 롱비치는 태평양에 몸을 던져 젊음을 즐기는 서퍼나 수영하는 사람들에게 인기 1순위 포인트다.

　명심할 것은 트레킹이든, 서핑이든, 수영이든, 야외 스포츠 활동은 자신의 판단과 책임하에 목숨을 잃을지도 모를 위험까지도 본인

우클루릿 바다 서핑

스스로가 감수해야 한다는 사실을 잊지 말아야 한다.

　백사장과 원시림을 산책하며 세상을 빨갛게 물들이는 낙조나, 황홀한 일몰을 바라보며 해변을 걷는 것은 건너뛸 수 없는 체험이다. 삼나무, 전나무, 헴록 우거진 숲속에서 나무숲 향기에 취하거나, 밤하늘에 무수하게 반짝이는 별을 바라보며 캠프파이어를 했던 추억은 오랫동안 가슴에 지워지지 않을 기억으로 남을 것이다.

　해가 질 무렵 빅비치 바다에 몸을 풍덩 던지고, 태평양 도도한 파도에 몸을 맡겼다. 그 거대한 힘에 맞서거나 거역하기에 인간은 너무나 나약한 존재다. 한순간, 무엇인가 빠른 속도로 발을 스치며 헤엄쳐 지나갔다. 새끼 가자미다. 호기심에 움켜잡아보려 무진 애써봤지만, 만물의 영장인 인간이라 할지라도 물속에서는 한낱 물고기보다도 나약한 존재라는 사실에 웃음이 터져나왔다.

　미국과 국경을 맞댄 BC주 지도를 보면 참 재미있다. 알래스카와 캐나다를 나누는 국경이 북극해와 보퍼트 해에서부터 알래스카를 관통하여 수직 일직선으로 내려온다. 알래스카 서쪽으로는 알류산 열도 섬들이 점점이 캄차카 반도까지 가늘고 길게 이어져 있다. 그

알래스카 지도

러나 알래스카 동쪽으로는 글래치어베이 국립공원에서부터 캐나다
유콘준주나 BC주 속에 포함되어 있을 법한 프린스루퍼트 앞까지
이만여 개의 섬 전체가 미국령에 속해 있다.

　18세기 러시아인들은 알래스카를 거쳐 밴쿠버 아일랜드를 지나
미국 샌프란시스코까지 내려왔다. 러시아가 1867년 10월 알래스카
를 720만 달러에 미국에 팔 때 이 지역까지 포함하여 팔아넘긴 것이
다. 그 모습이 마치 캐나다 영역으로 침투해온 침략자 같다.

　이 구역은 헤인즈, 주노, 차차코프 섬, 애드미럴티 섬, 베러노프
섬, 프린스 오브 웨일스 섬 등 알래스카에서 가장 따뜻하고 살기 좋
은 곳이며, 알래스카 크루즈 유람선이 지나가는 알래스카 관광에서
최고로 아름다운 섬들이 모여 있는 곳이다.

　밴쿠버 아일랜드 주민들 말에 의하면, 토피노 항구 북쪽 섬이나
포트 하디 북쪽의 사람 발길이 닿지 않는 섬은 진귀하고 아름답기
그지없다고 극찬한다. 다음에 방문할 버킷 리스트에 프린스 루퍼

트, 퀸샬렛 제도, 프린스 오브 웨일즈 아일랜드 북방 섬들을 추가
했다.

밴쿠버 아일랜드를 알아갈수록 호기심은 점점 커지고 발길은 떨
어지지 않는다. 앞으로 캐나다 중부 앨버타주와 매니토바주를 지나
퀘벡과 캐나다 동부 케이프브레턴 섬까지 가야 할 거리를 생각하니
갈 길이 너무 아득하다.

이쯤 해서 밴쿠버 아일랜드 미탐사 지역은 미래에 가야 할 숙제로
남겨놓은 채 아쉬운 발걸음을 돌려 동쪽으로 발걸음을 서두른다.

통킹 만 방파제 낚시

4. 캐나다 서부 개척 요람 예일

예일Yale 하면 머릿속에 예일 대학교가 먼저 떠오른다. 예일 대학교는 미국 동부 코네티컷주 뉴헤이븐에 있는 세계 최우수 대학 가운데 하나다.

캐나다 서부 발전사에 빼놓을 수 없는 이름도 예일이다. 밴쿠버 시내에도 예일타운이 있으며, 프레이저 강이 지나가는 밴쿠버 동쪽 187㎞ 숲속에도 예일 역사지구가 있다. 예일 역사지구는 동화 속에서나 등장할 만큼 고즈넉한 마을이다. 마을에 들어서면 풍광이 수려한 산속에 캐나다 서부 개척 시대 애환이 듬뿍 녹아 있는 박물관을 마주하게 된다.

예일은 1808년 6월 사이몬 프레이저Simon Fraser가 노스웨스트 회사의 모피 무역 거점을 확보하기 위해 프레이저 강을 따라 들어와 이 지역에 살던 원주민 타이트Tait 족과 만나면서 역사의 무대로 등장했다. 모피 교역을 위해 이 땅에 들어온 교역자들은 강변에 천막을 세우고, 예일 포트라 부르며 원주민들과 모피를 거래했다. 모피 무역 전진기지로서 출발한 예일은 1800년대 중반 한때는 샌프란시스코 북부와 시카고 서부에서 가장 크게 번창했고, 캐나다 서부가 오늘의 발전된 모습으로 탄생하는 지렛대 역할을 한 지역이다.

예일 역사지구 지도상 위치

예일 역사지구

＊
＊

골드러시 열풍

1858년 6월 예일 포트 모래언덕에서 점심을 먹던 HBC 직원이 모래 속에서 반짝이는 물체를 무심코 집어들었다. 확인 결과 금으로 판명되었다. 금덩어리는 수만 년 동안 로키의 빙산 얼음을 쪼개고 강물을 따라 흘러와 예일 강변 속에 쌓여 있었다.

황금의 소문은 삽시간에 미국 서부로 퍼졌다. 금을 찾으려는 30,000여 명의 골드 드리머들이 비좁은 계곡으로 몰려들었다. 이 계곡에서만 1톤 이상의 금이 쏟아져 나왔다. 황금으로 부를 이루려는 많은 사람들이 금을 찾아 강과 계곡을 누비고 다녔다.

예일에서 멀지 않은 윌리엄레이크 근처 한 원주민이 황금이 묻혀 있는 고급 정보를 금을 찾아다니는 개척자에게 넌지시 암시해주었다. 이 정보에 힘입어 골드 드리머 가운데 빌리 바커Billy Barker가 1861년 호스플라이에서 금맥을 발견했다.

금맥 발견 이후 칼리브 골드러시 시대가 활짝 열렸다. 금광이 발견된 곳에 바커빌 마을이 생기고, 다량의 금을 실어 나르기 위해 예일까지 칼리브 왜건도로가 건설되었다. 황금이 쏟아져 나온 예일과 바커빌 그리고 프레이저 강을 따라 형성된 긴 계곡은 일확천금을 꿈꾸며 몰려온 60,000여 명의 광부에게 노다지를 안겨준 꿈의 땅이 되었다.

프레이저 강과 바커빌에서 금이 쏟아져 나오자 이번에는 더 많은 골드 드리머들이 황금을 찾아 미개척지 탐사에 나섰다. 1896년 8월 16일 다슨시티 클론다이크에서 깜짝 놀랄 만큼 엄청난 양의 금이

1870년대 골드러시 당시 예일

금이 발견되었던 프레이저 강가 모래언덕

발견되었다. 금 소식은 전 미국인을 열광케 했으며 알래스카 금광 시대를 활짝 열었다.

수많은 미국인이 프레이저 강변과 알래스카 동토로 금을 찾아 달려갔다. 알래스카 스캐그웨이에서부터 다슨시티까지 클론다이크 골드 트레일이 생기고 겁 없는 젊은이들이 이 대열에 합류하여 골드 광풍이 일었다.

노다지 꿈에 가슴이 터질 것 같은 많은 영국인과 미국인이 광분하듯 알래스카로 향하면서 알래스카 골드러시 열기가 활활 타올랐다. 광분하는 골드러시 대열에 광부, 술장사, 퇴역군인, 학생, 의사, 전직 권투 선수, 총잡이, 건달, 노름꾼, 심지어 매춘부까지 합류했다.

황금!

황금이 무엇이기에 사람을 그토록 열광시키는가? 노란색으로 반짝이며 영원히 부식되지 않는 금속! 원자번호 79번 화학기호 Au로 표기되는 양질의 전도체! 경제적으로는 최고의 실물자산이자 인류 역사 이래 가장 오랫동안 화폐 기능을 수행해온 최상의 통화수단! 밀수꾼과 도굴꾼들에게 은밀히 추파를 던지며 유혹하는 위험스러운 광물질!

인류 역사에서 황금이 언제부터 매력 있는 상품으로 등장했는지는 모르나, 고대 수메르 문명 시대부터 귀하게 다루어온 것으로 추정된다. 금은 BC 3,000여 년 전부터 이집트 왕가 무덤에서 주요 부장품으로 출토되었으며, 로마 시대 이전부터 화폐로 통용된 것으로 미루어 적어도 BC 6,000년경부터 귀하게 쓰였을 것으로 추측된다.

금괴

금은 천년이 지나도 변치 않는다. 영원히 부식되지도 않는다. 연성이 뛰어나 고급 건축물이나 장식물의 외장재로 쓰인다. 엄지손가락만 한 크기로 3층 건물 전체를 덧입힐 수도 있다. 양질의 전도체이기에 컴퓨터 핵심부품이나 휴대폰 등 정밀전자 부품으로도 긴요하게 쓰인다. 많은 사람이 반지나 목걸이 또는 황금열쇠로 한 개쯤은 소지하고 있다. 친지나 자녀들의 돌잔치 때 축하로 건네는 선물이기도 하다. 그것은 귀금속으로서 소장 가치 이전에 화폐로서의 통용 가치에 모두가 동의하고 있다는 징표다.

*
*

예일의 흥망성쇠

프레이저 강이 지나가는 예일은 빙하기 이래 일만 이천여 년 동안 토착 원주민 타이트Tait 족과 나카파묵Naka'pamux 족들이 수렵 생활을 하고, 연어를 잡으며 원시공동체 생활을 해왔던 땅이다.

프레이저 강은 로키 산 롭슨 계곡에서 발원하여 1,368㎞를 구불구불 흘러 예일 앞 계곡을 지나 밴쿠버 조지아 해협으로 빠져나간다. 강이 지나가는 예일 역사지구는 산이 높고 골이 깊어 근대화 이전에는 외부 세계와 교류가 거의 불가능했을 것 같다.

이 땅에서 살아온 타이트 족과 나카파묵 족들은 12,000년 역사 이래 처음으로 예일 강변을 지나던 사이몬 프레이저와 조우했다.

사이몬 프레이저는 모피 교역 루트를 개척하며 프레이저 강을 따라 캐나다 내륙을 탐사한 최초의 유럽인이다. 토착민들은 1808년 6월 생애 처음 만난 서양인들을 극진히 환대했다. 프레이저의 표현에 의하면 "마치 몇 년 동안 잊고 지내왔던 절친한 지인과 단절된 관계를 회복한 것처럼 융숭하게 대접받았다"라고 한다.

허드슨 만을 통해 캐나다로 들어온 HBC 개척자들은 매니토바 북부 처칠 강과 헤이스 강에서부터 동부로는 몬트리올까지, 서부로는 캐나다 서해안까지, 남부로는 미국 몬타나·아이다호·오레곤·워싱턴주까지 무역 전진기지를 확대하며 교역지를 넓혀나갔다. 북아메리카 서해안 모피 무역은 HBC의 이러한 정책에 따라 1850년대 골드러시 때까지 이어졌다.

금은 토착민들의 삶에 커다란 변화를 가져왔다. 금 발견 이전 예일은 인정 깊고 평화로웠던 마을이었다. 금 발견 이후 예일 좁은 계곡에는 30,000여 명의 골드 드리머가 몰려들어 경제는 호황을 이루었지만 도박, 절도, 분쟁이 끊이지 않았다. 마을 인심도 흉흉해졌다. 강변에 쌓였던 금이 소진되자 예일 경제도 급격하게 시들해졌다.

1861년 바커빌에서 엄청난 규모의 금광이 발견되자 예일은 금광 개발물자를 공급하고, 캐낸 금을 수송하는 지원도시로 급부상했다. 바커빌에서 생산된 금은 마차를 통해 육상 험로를 거쳐 예일로 운반되었으며, 이 금은 배에 실려 밴쿠버 항구로 이송되어 예일은 다시 활기를 띠었다.

1880년대 포트무디부터 캠룹스까지 태평양철도가 건설되면서 예일은 태평양철도건설 서부 지원기지가 되었다. 철도건설에는 수많은 건설인력이 필요했다. 철도건설 주요 임무는 영국 기술자들이 담당했지만, 6,500여 명의 중국인 노동자들이 도로와 철도건설에 투입되어 마을은 더욱 활기를 띠었다.

기록에 의하면 칼리브 왜건도로와 태평양철도건설은 세계 6대 불가사의 공사 중 하나였다고 한다. 험산 계곡에 터널을 뚫고 바위를 쪼개어 1㎞의 길을 내는 데 수십 명의 사상자가 발생했다. 사상자는 주로 바위산 발파 충격이나 작업 중 추락하는 사고로 일어났다. 예일 역사지구 박물관에 남아 있는 당시 기록과 사진을 보면 그 공사가 얼마나 어렵고 힘든 공사였는지 미루어 짐작된다.

1808년 원주민 안내로 Hell's Gate 계곡을 건너던 사이먼 프레이저 일행

예일 역사지구에서 북쪽 20㎞ 상류에 급류가 흘러가는 헬스게이트Hell's Gate가 있다. 태평양철도와 칼리브 왜건도로가 지나가는 통로다. 길을 지나다가 바라보기만 해도 오금이 저리다. 하물며 장비도 기술도 열악했던 시절 그런 험지에 도

칼리브 왜건도로

로와 철로를 개설했다니, 그 공사가 얼마나 힘든 난공사였을지 짐작하기조차 쉽지 않다.

헬스게이트라는 이름은 탐험가이자 모피 교역자인 프레이저가 1808년 카누를 타고 이 급류 계곡을 사투 끝에 간신히 지나간 후 붙인 이름이다. 헬스게이트를 지나는 강폭은 33m. 1분당 2억 갤런의 물이 빠른 속도로 강을 지나가다가 깊고 좁은 계곡에 이르면 총알처럼 굉음을 내며 쏜살같이 지나간다. 강물이 소용돌이치며 바위에 부딪칠 때 나오는 빠른 유속이 무시무시한 소리를 낸다.

이곳을 지나는 물의 순간 수량은 나이아가라 폭포에서 떨어지는 수량의 2배라고 한다. 그런 물이 갑자기 좁은 계곡 바위를 때리며 광속도로 지날 때 나오는 소리는 마치 지옥문을 통해서 나오는 소리처럼 으스스하게 들린다. 그런데 태평양에서부터 프레이저 강을 따라 먼 길을 헤엄쳐온 연어는 거칠고 무섭게 소용돌이치는 헬스게이트를 점프하기도 하고 사투하며 뛰어넘어 모천을 향해 거슬러 올라간다. 자신이 태어난 모천에 찾아와 산란하기 위해서다.

프레이저 강은 캐나다 서해안에서 연어가 가장 많이 올라가는 산란지 통로다. 연어는 어류 가운데 몸에 피가 가장 많은 생명체다. 그런 연어가 태평양에서 모천까지 헤엄쳐 돌아오는 모성애는 감탄스럽다.

1800년대 후반 골드러시, 칼리브 왜건도로의 영광, 태평양철도 건설 시대의 영화가 지나가자 예일은 역사 무대에서 조용히 퇴장했다. 한때 60,000여 명에 달했던 광부와 수백 명의 학생들로 북적였던 예일도 쇠락하여 이제는 모두 떠났고, 불과 수십 명 주민이 쓸쓸한 예일의 옛 영광을 지키며 관광객을 맞이하고 있다.

이제는 개척 시대 예일의 모든 영광은 박물관 속 유물로만 남아 지난날의 애환을 말해준다. 예일 골드러시를 이끌었던, 칼리브 왜건도로나 철도건설에 참여했던 초기 개척자들도 모두 고인이 되어 예일 역사지구 양지바른 언덕에 말없이 누워 있다.

일부 탐방객들은 지금도 옛 시절 영화를 생각하며 찾아온다. 그들은 칼리브 왜건도로를 따라 프레이저 강변을 탐사하기도 하고, 강가 언덕에 두껍게 쌓인 모래층을 뒤적여 금을 찾으며 옛 추억을 재현해보려 하기도 한다.

때마침 대륙 횡단 열차가 험준한 헬스게이트 계곡을 지나갔다. 200여 량의 차량을 매달고 느린 속도로 구불구불 지나가는 열차를 바라보면서, 캐나다 발전을 견인해온 예일과 프레이저 강의 영광스러웠던 날들을 더듬어본다.

예일 전성기 시절 예일 개발을 이끌었던 가족들

칼리브 왜건도로를 견인한 마차

예일 역사지구 박물관에 있는 칼리브 왜건도로를 견인한 마차 실물

예일 개발을 견인했으며 헬스게이트를 지나가는 태평양철도

5. 오카나칸 밸리 와이너리

　와인의 수도 오카나칸 밸리는 암반 사막지대다. 오카나칸 호수 주변에는 포도밭이 끝없이 펼쳐져 있고, 거리 곳곳에는 와이너리를 안내하는 선간판도 수없이 세워져 있다.

　암반 사막은 이곳에서 멀리 떨어진 BC 북중부에서 발원하여 바위산을 따라 폭넓은 띠를 이루며 캠룹스, 메리트, 오카나칸 밸리, 오소유스를 지나 미국 오카노건까지 길게 이어진다. 암반이 지나가는 산과 계곡에는 그 흔한 나무나 초목조차도 잘 자라지 않는다.

　언덕 위에서 바라보는 오카나칸 호수는 맑고 푸른 북아메리카 정기를 듬뿍 받아 빛나고, 호숫가에 점점이 들어선 별장인지 주택인지 모를 고급 저택이 호수 풍광을 더욱 운치 있게 한다.

　호수 주변은 수영, 요트, 수상스키, 골프, 트레일 체험 등 야외 스포츠 활동 천국이다. 호수를 따라 길게 이어진 드라이브 길을 지나다 보면 켈로나부터 펜틱턴, 올리버, 오소유스까지 이어지는 길 양옆이 온통 과수원이다. 연중 따가운 햇빛이 300일 이상 비추고, 년중 평균 강수량이 315㎜나 되며, 여름 기온이 14~31℃, 겨울 기온이 -4~4℃이기에 과수 재배에 최적의 환경을 유지한다.

오카나칸 밸리 과수 단지

NK'Mip 족 마을 Cultural Center 앞에 있는 원주민 동상

NK'Mip 포도밭

NK'Mip 와이너리

오카나칸 유기농 포도밭

오소유스는 캐나다에서 기온이 가장 높은 호반 도시다. 이곳 호수는 캐나다에 있는 호수 가운데 가장 따뜻하여 캐나다인들이 휴양지로 즐겨 찾는다. 오소유스 호수 동쪽 산 아래에는 오래전부터 이 땅 주인으로 살아왔던 원주민 NK'Mip 족 마을이 있다. 북아메리카에 있는 원주민 대부분은 자신들만의 촌락을 이루고 자기들끼리만 교류하며 살아간다. 하지만, NK'Mip 족 마을 사람들은 자신들의 정착촌을 외부 방문객에게 개방하여 방문객과 사이좋게 공생한다.

그 마을에 인접한 오소유스 호숫가에는 NK'Mip 족이 운영하는 골프장과 RV park & Campground가 있고, 마을에는 NK'Desert Cultural Center, 레저타운, NK' 와이너리, 레스토랑이 있으며, 마을 입구에는 자신들이 경영하는 포도밭도 있다. NK'Mip 와이너리는 오소유스에서도 꽤 품질 좋은 와인을 생산해내기에 이곳을 찾는 외부인의 발길이 끊이지 않는다.

*
*

무농약·유기농 과일 경작

캐나다에서 가장 고온 건조한 오카나칸 일대는 일조량이 많고 일교차가 커서 포도, 사과, 체리, 복숭아, 자두, 아보카도가 잘 자란다. 이곳 과일은 햇빛을 풍성하게 받아서인지 크기도 크거니와 색깔조차도 선명하고 아름답다.

오카나칸 일대 과수 농가 대부분은 농약을 사용하지 않고 유기농법으로 작물을 경작한다. 유기농법으로 과일 농사를 짓기는 쉽지 않다. 달콤한 과일에 찾아드는 병충해 때문이다. 특히 1900년대 초에 발생했다고 알려진 코드린 나방은 사과나 배에 치명적이다. 암컷 해충이 과일나무나 열매에 알을 까고 부화하면 유충은 나방이 될 때까지 과일 속에서 과일을 파먹으며 자란다. 농약을 아무리 퍼부어도 과일 속 해충은 죽지 않는다.

28년 전까지만 해도 이곳 농민들은 병충해 때문에 골머리를 앓았다. 병충해 방제를 위해 해가 지날수록 더 자주, 더 많은 농약을 사용해야만 했다. 계속되는 농약 과다 살포에 대한 우려와 자성의 목소리도 높았다. 농민들은 자진해서 주정부와 연방정부 합작으로 농

유기농 사과밭

약을 쓰지 않고 첨단과학을 이용하여 병충해를 이겨낼 방법을 연구
했다.

　동물이나 식물에 유전자 조작을 통해서 크기를 키우고 질병에도
강한 품종을 개발하는 일은 오래전부터 영농에 적용해왔다. 우장춘
박사에 의해 개발된 씨 없는 수박이나 씨 없는 포도가 우리 식탁에
오른 지도 오래되었다.

　코드린 나방은 수컷과 교미한 암컷이 알을 낳음으로써 번식하는
데, 암컷은 평생 1차례만 교미한다. 수컷 해충에게 번식을 억제하는
감마 방사선放射線을 쏘이면, 방사선에 쏘인 수컷은 생식기능을 상
실한다. 이 수컷을 방사放飼하면 수컷과 교미한 암컷은 무정란을 낳
고, 이 과정이 되풀이되면 해충 개체 수가 점진적으로 줄어든다. 이
런 과정을 수년간 되풀이하면서 해충 개체 수가 현저히 줄어들어
결국 해충이 박멸되었다. 화학 농업으로 찌들었던 오카나칸 일대가
무농약·유기농으로 경작 방법이 바뀌었다.

　오카나칸 밸리 과일 수확기는 대부분 6~9월이다. 빨갛게 익어가

는 사과, 체리, 자두, 복숭아, 포도밭을 지나면 군침이 절로 돈다. 유
기농법으로 재배되어서인지 당도가 높고 맛과 향도 뛰어나다.

여름 수확기에는 과수원 입구에 세워놓은 'You Pick' 안내문을 심
심치 않게 볼 수 있다. 일손이 바쁜 농가에서는 과일 따는 아르바이
트 일손을 구하기에, 사정이 빠듯한 유학생들은 용돈을 벌기 위해
과수원 아르바이트에 나서기도 한다. 싱싱한 과일을 실컷 먹는 것
은 덤으로 주어지는 혜택이다.

*
*

오카나칸 와인

남북으로 180여 ㎞나 길게 이어진 오카나칸 호수 주변에는 까베
르네 쇼비뇽, 멀롯, 피노누아, 쉬라즈, 샤도네 등 다양한 종류의 포
도가 재배된다. 포도밭 주변에는 250개의 와이너리가 있다. 일교차
가 큰 이 지역에서 생산되는 와인은 세계적으로도 품질이 우수하다
고 평가받아 프랑스 보르도, 스페인 라 리호아, 혹은 미국 나파 밸리
산만큼이나 좋은 와인으로 인정받는다.

이 지역 와인 중에는 프랑스의 'AOC(Appellation Origina Controlee)'
나 이탈리아의 'DOC(Denomination di Origine Controllata)'와 같이, 캐
나다 정부가 품질을 보증하는 'VQA(Vintners Quality Allianc)' 인증을
받는 와인을 생산하는 곳도 있다. 한여름의 풍부한 일조량은 레드

와인 제조에 적합한 포도를 생산해내고, 겨울에 수확한 포도는 아이스와인 제조에 적합하기 때문이다.

이곳에서 11월에서 2월 사이 영하의 날씨에 수확하여 생산된 아이스와인은 세계적으로도 명성이 높다. 놀라운 사실은 포도뿐만 아니라 체리, 자두, 복숭아, 배 등 모든 과일로도 와인이 만들어진다는 점이 흥미롭다.

신의 물방울! 적갈색 영롱한 빛깔을 띠며, 농익은 과일 향기인 듯, 꽃향기인 듯, 아니 목욕을 마친 선녀가 머릿결 휘날리며 하늘로 올라갈 때 풍기는 은은한 비누 향인 듯 오묘한 맛을 내는 와인!

포도가 언제부터 술로 제조되어 식탁에 올랐는지 기원은 확실치 않다. 그러나 BC 7,000년 경부터 터키, 아르메니아, 이란, 코카서스 지역에는 포도를 재배한 흔적이 남아 있다. 그곳은 성서 기록상 홍수가 끝난 뒤 노아가 정착하여 포도를 심었다는 아라라트산 근처다. 노아는 배에서 나오자마자 포도나무를 심고 열매로 술을 만들어 마셨다고 기록은 전한다.

유기농으로 재배되는 오카나칸 포도

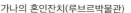

가나의 혼인잔치(루브르박물관)

포도주 통 앞에서
연주하는 악사
(루브르박물관)

　고대 미술사에 등장하는 와인에 관한 최초 묘사는 앗시리아 유적
상형문자에서 약 3,500년 고대 사람들이 와인을 마신 기록이다. 또
고대 이집트의 귀족 나크트의 묘에서 발견된 벽화에는 포도를 수확
하고, 와인 담그는 모습과 와인 마시는 모습이 그려져 있다.

　터키 톱카프 궁전박물관에도 2,500년 전후 고대인들이 포도주를
거래하고, 보스포러스 해협을 통과하는 포도주에 1/10의 통관세를
현물로 부과했다는 기록이 점토판에 쐐기문자로 남아 있다. 이런
사실로 유추해보건대 최소한 5,000년 전부터 포도주가 제조되고 상
품으로 유통되었을 것으로 추정된다.

　루브르박물관에 벽 한 면을 가득 채운 유명한 그림이 있다. 박물
관에서 가장 커다란 그림으로, 파울로 베로네세가 팔레스타인 땅인
가나 지방 결혼식 풍경을 그린 '가나의 혼인잔치'다.

　몇 년 전 루브르박물관에 갔다가 가로 10m, 세로 6.7m의 이 거대
한 그림 앞에 서서 한동안 작품 속 사람 132명의 표정 하나하나를

흥미롭게 바라본 적이 있다. 흥미로운 사실은 이 그림을 그린 파울로 베로네세가 그림 중앙에 자신이 흰옷을 입고 악기 연주하는 모습을 그림 속에 그려 넣어서, 그림 주인공이 예수 그리스도인지 파울로 베로네세인지 헷갈렸다.

예수님은 이 땅에 사는 동안 7가지 기적을 행했다. 그중 첫 번째가 결혼식 피로연에서 물로 포도주를 만든 기적이다. 혼인잔치에 포도주가 등장했던 사실에 비추어 보아 포도주는 귀족뿐만 아니라 서민들의 축제나 만찬 음료로도 널리 애용된, 신이 인간에게 내려주신 최고의 선물이다.

오카나칸 일대에는 와이너리마다 다양한 와인 투어 프로그램이 있다. 관광객은 $20 내외 비용을 지불하고 3~4가지 와인을 테스팅한 후, 저렴한 비용으로 자신의 기호에 맞는 와인을 구입한다. 때로는 몇 시간 동안 포도밭과 와인 제조 전 과정을 보여주고 시음에 이어 식사까지 제공하는 풀코스 프로그램도 있다.

와이너리는 회사가 경영하는 경우가 많지만, 대부분은 가족이나 집안이 운영한다. 나는 펜틱톤, 섬머랜드, 올리버, 오소유스의 수많은 와이너리 가운데 미션힐 와이너리Mission Hill Family Estate Winery를 찾았다. 미션힐 와이너리는 오카나칸 호수 옆 미션힐 언덕 위에 있다. 이 와이너리는 와이너리 상징인 종탑이 언덕 위에 있어 멀리서도 눈에 잘 뜨인다.

진입로로 들어서는 순간부터 드넓은 포도밭, 호수, 호수 속에 풍경화처럼 떠 있는 아름다운 저택이 이곳을 찾는 이의 가슴을 들뜨게 했다. 포도밭 사이를 지나 정문으로 들어서는 순간 조경과 각종 조형

미션힐 와이너리의 장미밭

미션힐 와이너리가 자랑하는 유기농 포도밭 Pinot Noir 경작지

미션힐 와이너리

병충해 감염 여부를 판단하기 위해
Mission Hill Winery 담장에 심은 장미

와이너리 테스팅바 입구

와안 숙성 창고

물이 이 와이너리가 명성만큼이나 품격이 높겠다는 느낌을 주었다.

입구에 들어서자 장미꽃 만발한 화단이 먼저 눈에 뜨였다. 포도밭에 장미꽃이라니, 어울리는 조합은 아니다. 하지만 이유가 있다. 장미는 포도나무 파수꾼이다. 포도나무에 병이 발생할 징후가 생기면 장미가 이를 가장 먼저 감지해서, 경작자는 장미 상태를 보고 포도나무에 어떤 질병이 발생할지를 예견하여 적절한 조치를 취하게 해준다.

와이너리 테스팅바로 들어섰다. 와인 창고에는 수많은 와인이 커다란 오크통에 담겨 숙성되고, 전시실에는 헤아릴 수 없는 그보다 더 많은 와인이 진열되어 있다.

와인샵에 들어서면 당혹스러울 때가 많다. 나라마다 생산하는 와인이 다르고, 산지마다 와인 종류가 다양하며, 와이너리마다 사용하는 포도 종류, 와인 제조법, 숙성 과정이 다르기 때문이다. 거기에다 경작지 토질, 제조년도, 기후, 날씨, 포도 작황 상태까지 따지면서 맛과 향을 거론하면 머리가 아파진다.

아무리 살펴도 어느 와이너리의 몇 년도산 무슨 와인이 좋은지 분간해내기란 쉽지 않다. 이럴 때를 대비해서 진작 와인 공부 좀 해둘 걸 하고 후회가 들기도 한다. 그럴 때 나는 소믈리에에게 좋은 와인을 추천해달라고 솔직히 도움을 청한다.

그곳 소믈리에는 가격대가 다른 3가지 패키지 프로그램을 보여주고 그중 하나를 선택하라고 한다. 서로 다른 6종류의 화이트와인과 레드와인 가운데 4가지를 고르는 패키지다. 나는 저렴한 가격대의 $15짜리 Reserve Tasting 패키지를 선택했다. 화이트와인은 새콤달콤하고 상큼한 맛에 이은 은은한 야생화 향기가 느껴졌고, 레드와인은 오크통 속에서 오랫동안 숙성되었기에 각기 다른 섬세한 맛과 깊은 향을 품고 있었다.

해질 무렵 와이너리 레스토랑 '테라스'에 앉아서 호수를 바라보며, 테스팅바에서 시음할 때 묵직하고 우아하게 느껴졌던 2016 Reserve Cabernet Sauvignon을 시켰다. 오랜만에 풍광 좋은 레스토랑에서 와인을 곁들인 만찬은 여행자의 삶을 더욱 풍미롭게 해주었다.

어둠에 잠긴 미션힐 와이너리
레스토랑 테라스

친절한 소믈리에 Daphne의 설명을 곁들인 와인 테스팅

심리학자들은 사람은 자아自我가 성취되었다고 느낄 때, 먹을 때, 이야기할 때 가장 행복하다고 한다. 여행자에게 조금 사치스럽다는 느낌도 들었으나, 내 인생에 이렇게 행복한 날이 다시 올까 생각하니 비용 절감이라는 용어조차 떠올리고 싶지 않았다. 밤늦도록 레스토랑에 앉아서 와인의 오묘한 맛을 즐기며 저녁의 낭만을 만끽했다.

다음 날 오후 미션힐 와이너리를 다시 방문했다. 전날 시음했던 까베르네 샤비뇽Cabernet Sauvignon의 오묘한 맛을 회상하며 여러 소믈리에 가운데 경험이 풍부하고 인상도 후덕해 보이는 다프네 Daphne에게 다가가 좋은 와인 추천을 부탁했다.

다프네는 2016년 Perpetua Chardonnay Legacy Collection, No. 26 Sunrise Road Chardonnay, 2014년 No. 39 Whispering Hill Organic Merlot, 2012년 Compendium을 추천해주었다. 와이너리 산지 가격으로 한 병에 $200 내외인 고급 와인 4종류를 $20에 시음

하는 Terroier Tasting 패키지다. 다프네는 각 와인의 특징, 제조 방법, 숙성 과정, 맛과 향기, 개봉 후 언제 마셔야 가장 좋은지 하나하나 설명해주었다.

그녀의 설명을 들으며 와인잔을 코끝에 대고 심호흡했다. 와인의 감미롭고 진한 향이 숲속 안개가 밀려오듯 다가왔다. 와인 향과 맛은 종류마다 미세하게 달랐지만, 2012년 Compendium은 아로마 향기, 포도의 농익은 맛, 탄닌의 텁텁 쏩쏠함이 합처저서 오랫동안 혀끝에 무겁게 감돌았다.

지인 중에 와인에 대한 식견이 높은 사업가가 있다. 변기욱 사장이다. 여행사 사장이기도 하며 대한민국 미술 시장을 움직이는 사업가인 그는 사업도 잘하지만, '또레 무가', '로마네 꽁띠', '페트로스' 등 값지고 귀한 와인을 많이 소장하고 있다. 그는 각종 전문가 과정 강좌에 초빙되어 와인 강의를 할 정도로 와인에 대한 지식이 해박하여 내가 와인 사부로 모실 정도로 와인 식견이 높다. 나는 변기욱 사장 덕분에 와인의 섬세하고 심오한 맛에 눈뜨게 되었다.

미션힐에서 시음한 Perpetua Chardonnay나 Compendium은 또레 무가나 로마네 꽁띠에 견줄 만큼 훌륭했다. 와이너리를 나서기 전 주머니 사정을 몇 번이나 확인하고 망설이다가 2016년 Perpetua Chardonnay Legacy Collection과 2012년 Compendium을 두 병씩 샀다. 그동안 신세 진 지인들에게 감사의 마음을 전하고 소중한 추억을 함께 나누고자….

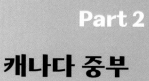

Part 2

캐나다 중부

1. 매력의 땅 앨버타

레이크루이스와 빅토리아 산

페어몬트 샤토 레이크루이스 호텔 창가에서 본 레이크루이스와 빅토리아 산

눈부신 자연! 무한대에 가까운 광물자원! 광활한 땅이 선사하는 풍성한 농·축·임산물! 다이나믹한 역동성으로 활력이 넘치는 앨버타! 앨버타주 주요 산업은 석유산업, 가스산업, 우라늄과 유황 등 천연자원 개발산업, 로키 산을 중심으로 하는 관광산업, 농축산업, 임업, 그리고 이와 관련된 서비스업이다.

앨버타 면적은 661,848㎢로 남한의 6.5배만큼 크다. 2023년 1월 기준 인구는 4,601,314명을 넘어섰지만, 2015년 이후 캐나다에서 인구가 가장 빠르게 증가하는 주다. 그만큼 취업 기회가 많고 개발 가능성이 풍부하며 활력이 넘치는 곳이다. 넓은 땅은 관광, 광업, 농업, 낙농업용으로 활용되며, 수많은 광물자원이 땅 곳곳에 풍부하게 매장되어 있어 앨버타주의 풍요를 이끈다.

앨버타주는 캐나다의 대표적 곡창지대이다. 1947년까지 앨버타주 주요 산업은 밀, 카놀라, 옥수수 등 농업과 낙농이 주를 이루었다. 그 이후 드넓은 땅에서 마구 토해내는 석유, 석탄, 천연가스, 유황 등 자원 개발이 부의 원천으로 바뀌었고, 세계적 관광명소 로키산, 세계 최대 공룡 서식지 드럼 힐러, 공룡박물관인 타이렐 뮤지엄 Royale Tyrrell Museum, 세계 최대 쇼핑몰인 에드먼턴의 웨스트 에드먼턴 몰 등 관광과 서비스업도 주를 부유케 하는 산업으로 자리했다.

드럼 힐러는 고생물학적으로 지구 탄생과 생명체 진화의 비밀을 밝혀주는 매우 중요한 지역이다. 이곳은 6,900만 년 전, 우주를 유영하던 작은 혹성이 지구와 충돌한 후 화산 폭발과 함께 화재를 일으켜 지구상의 대부분 생명체가 멸종될 때 공룡도 땅속에 매몰되었던 곳이다. 드럼 힐러 계곡을 자세히 살피면 백악기 시대의 땅속 화

드럼 힐러에 살았던 세계 최대 공룡의 실물 크기 모형

로열 타이렐 뮤지엄에 전시된 공룡 모형

약 6,900만 년 전 공룡 실제 화석

산재에 묻혀 있던 공룡 화석도 만날 수 있다.

아직도 가슴속에 생생한 감동으로 남아 있는 명화 '쥬라기 공원'은 스티븐 스필버그Steven Spielberg가 드럼 힐러를 보고 아이디어를 얻어 만든 공룡 관련 공상 영화다. 약 6,900만 년 전에 살았던 공룡 화석으로 가득 찬 박물관에 가서 보면 엄청나게 큰 공룡 화석과 다양한 종류의 공룡에 놀라움을 금할 수가 없다.

자연학습장인 박물관에는 당시 살았던 공룡의 뼈, 이빨, 몸체를 실물 그대로 전시해놓고, 심지어 공룡 피부까지도 재생해놓았으며, 공룡의 울음소리까지 들려와 어디선가 갑자기 공룡이 튀어나올 것 같은 느낌이 들었다.

캐나다에서 앨버타, 서스케처원, 매니토바 세 주의 드넓은 평원을 프레리 땅이라고 한다. 넓은 평야라는 뜻의 불어 표현이다. 끝없이 펼쳐진 평원은 어디가 시작이고 어디가 끝인지 분간조차 되지 않는다.

캘거리에서 에드먼턴, 로이드민스터, 메디신햇까지 차를 타고 지나며 사방을 둘러보아도 지평선 끝까지 평평한 평야만 보인다. 에드먼턴 북서쪽 400㎞ 지점에는 그랑 프레리Grande Prairie라는 이름을 가진 도시까지 있다. 아주 넓은 평야라는 뜻이다. 일 년에 300일 이상 햇살이 강하게 내리비치는 앨버타 드넓은 땅에서는 밀, 카놀라, 옥수수, 콩 등 농작물이 따가운 햇살 아래 자란다.

사방을 둘러보아도 하늘과 땅과 지평선만 보일 뿐 끝도 보이지 않는 초원에는 밀밭, 카놀라밭, 콩밭만 끝없이 펼쳐져 있어 이곳이 평원인지, 내가 거대한 그림 속에 있는 것인지 헷갈릴 지경이다.

지평선 너머까지 끝없이 펼쳐진 유채밭

끝이 보이지 않는 밀밭

수확한 농산물을 건조시키고 보관하는 곡물 창고

최고의 육질로 인정받는 앨버타 육우 목장

유전지대에 세워진 Pump Jack

오랫동안 지속되고 있는 우크라이나와 러시아 간 전쟁 소식을 접하면서 우크라이나가 세계 최대 밀 생산지인데 전쟁 여파로 밀 생산에 차질을 빚어 세계 곡물 시장이 요동친다는 보도를 심심치 않게 접한다. 천만의 말씀이다. 캐나다 국토는 우크라이나보다 16배나 넓다.

앨버타주 면적만 해도 우크라이나보다 넓으며, 프레리 땅에서 생산되는 밀의 양만 해도 우크라이나의 밀 생산량을 훨씬 능가한다. 거기에 더하여 온타리오주, 퀘벡주, 뉴브런즈윅주의 방대한 평원에서 생산되는 농산물까지 포함한다면 비교의 대상조차 되지 않는다. 이곳에서 산출되는 농산물은 세계 곡물 시장 가격에 영향을 미칠 정도로 엄청나다.

사방을 둘러보아도 끝이 보이지 않는 앨버타 평원을 바라보면 세상일은 급하게 서둘러서 크게 진전된 일도 별로 없는 것 같고, 서둘러서 될 일도 아닌 것 같다는 생각이 든다. 드넓은 대지가 품고 있는 이러한 여유로움은 캐나다인들의 느긋한 성품 형성에도 영향을 미쳤나 보다.

끝없이 펼쳐진 초지에는 소, 말이 방목되며 그런 초지에 방사되어 영양 많고 싱싱한 풀을 먹고 자란 앨버타산 쇠고기는 레스토랑에서도 최고급으로 대접받는다. 남쪽 지역에서는 기업 형태로 소, 양, 돼지도 사육된다.

내가 만난 앨버타인들은 대체로 솔직하고 예의 바르고 친절하다. 아무리 바쁠지라도 서두르는 법이 없다. 억척스러움도 없다. 정직과 신뢰를 생명만큼이나 소중하게 여기며, 자신에게 주어진 책임과 권리 앞에서는 절대로 물러서거나 타협하지 않는다. 특히 자신의 이익이나 권리가 침해당했다고 느낄 때는 망설임 없이 분노를 표출한다.

모든 앨버타인이 다 그렇다는 뜻은 물론 아니다. 80%는 그러하지만, 갓 이민 와서 현실에 힘들게 적응하며 살아가는 사람들도 있다. 하지만, 그들에게서조차도 삶의 여유로움이 느껴진다.

에드먼턴 인근과 북쪽 지역은 유전지대다. 캐나다가 세계 3대 산유국이라는 사실은 오래전부터 알려졌지만, 이를 구체적으로 알고 있는 이는 그리 많지 않다. 원유나 천연가스는 캐나다 전역에서 뿜어져 나오지만, 가장 많이 생산되는 곳은 앨버타주다.

검은 황금이라 일컬어지는 석유! 앨버타 석유는 주로 펌핑 굴착 방식을 통해서 생산된다. 거대한 양의 또 다른 앨버타 석유는 오일샌드Oil Sands 형태로 매장되어 있다. 오일샌드는 흙모래에 함유되어 있는 석유다. 지하에서 오랜 기간 형성 과정을 거쳐 생성된 원유가 지표면 근처까지 이동하는 동안 수분은 사라지고 원유가 돌, 모래, 흙과 함께 굳어진 상태로 존재한다.

돌과 흙모래 속에 섞여 있는 원유는 별도 정제 과정을 거쳐야 하는데, 펌프로 퍼올리는 방식에 비해 생산 비용이 많이 든다. 이런 이유로 개발을 미루고 있다가 1973년 오일쇼크 이후 오일샌드에서 석유를 추출하는 방식이 도입되면서 자원으로 활용되었다.

앨버타주 유전은 북서부 피이스리버 지역, 북동부 포트맥머리 지역, 남동부 콜드레이크 지역을 중심으로 거대한 유전지대 띠를 이루어 로이드민스터, 메디신햇을 지나 동남쪽으로 이어진다. 이들

유전 단지는 서스케처원주 서스캐툰, 무스자, 웨이번, 에스테반을 지나 미국 노스다코타주로 이어진다.

앨버타 주민 80%는 캘거리, 에드먼턴, 그랑프레리 등 대도시에 모여 산다. 1960년대 이후 석유와 각종 지하자원 개발 붐을 타고 자원개발회사, 금융·보험·유통회사가 들어섰다. 이에 따라 인구 유입이 급속도로 이루어지면서 학교, 병원, 마켓, 편의시설 등 도시 인프라가 대도시 중심으로 갖추어지기 시작했다.

국가 설립 200여 년의 짧은 기간 동안 캐나다에는 밴쿠버, 토론토, 캘거리, 에드먼턴 등 4개 도시가 대도시로 발전했다. 그 가운데 캘거리와 에드먼턴은 글로벌 컨설팅회사인 머서Mercer나 The Economist가 세계적으로 삶의 질이 우수한 도시를 선정하여 발표하는 여론조사에서 항상 4~5위권을 유지할 정도로 각광받는 도시다. 철저하게 계획된 도시 정비, 양질의 의료, 캐나다 최고의 교육 수준과 우수한 교육 환경, 안정된 치안, 각종 편의시설 등이 골고루 갖추어져 있기 때문이다.

더 나아가 취업 기회가 다양하고, 생활비가 저렴하며, 교육비와 병원비가 거의 무료여서 자녀 교육을 앞둔 젊은 부모들이 선호하는 신흥도시다. 시간당 인건비가 캐나다 내에서 가장 높아 오죽하면 "앨버타에서는 강아지도 100불짜리 지폐를 물고 다닌다"라고 말할 정도랴.

어느 국가나 사회도 흥망성쇠와 호경기·불경기는 항상 존재한다. 세계 경제 침체와 2014년 말 유가 폭락으로 앨버타는 2015년

봄부터 불경기에 접어들었고, 2020년의 Covid로 인한 불황의 어두운 그림자가 폭넓게 확산되어 몇몇 예외적 지역과 비즈니스를 제외하고는 대부분 어려움을 겪고 있다. 그러나 앨버타의 젊은 힘과 활력 넘치는 에너지는 이런 어려움에 슬기롭게 대처해 나아가리라 믿는다.

우리 한국 젊은이들도 경쟁이 치열하고 취업 시장이 제한되어 있는 한국보다는 기회와 가능성이 활짝 열려 있는 앨버타주에 주목할 필요가 있다. 300년 전 영국에서 건너온 개척자들이 도전정신과 개척정신으로 이 땅에 들어와서 풍요와 복지가 넘치는 나라를 세웠듯이, 우리 젊은이들도 성장 가능성이 활짝 열린 기회의 바다에 몸을 풍덩 던지고 미래의 황금어장에서 마음껏 활보하며 꿈을 펼치면 좋겠다.

2. 신들의 정원 로키

세상에 아름다운 자연은 참 많다. 알래스카 케나이피오르드 국립
공원, 글래치어베이 국립공원 보호지역, 그랜드 캐니언, 브라이스
캐니언, 세도나, 밴쿠버 아일랜드, 마터호른, 나폴리, 밀포드사운드,
브리스베인의 일출, 황산, 장가계·원가계, 그 외에도 아름다운 곳

로키 최고봉 롭슨 산(3,954m)

을 다 열거하려면 숨이 가쁘고 호흡이 모자란다.

　그동안 가본 곳 가운데 가장 아름다운 자연은 알래스카라고 생각해왔다. 태초의 신비를 가득 머금은 백야의 땅! 얼음 위에 얼음으로 집을 짓고 사는 사람들! 자신의 아내를 멀리에서 찾아온 손님에게 보내어 따뜻한 잠자리를 같이하게 하는 이상야릇한 풍습을 가진 민족!

　알래스카 하면 에스키모, 빙하, 북극곰, 석유, 오로라가 먼저 머릿속에 떠오른다. 흰 장막에 가려진 알래스카는 경이로운 땅이다. 태고의 숲과 빙하 속에 야생동물들이 거친 숨을 토해내는 꿈의 대륙이다. 그런데 알래스카의 아름다움을 한곳에 농축시켜 놓은 듯한 곳이 있다. 바로 로키다.

　로키는 유네스코가 세계 10대 비경 중 하나로 선정한 인류의 자연유산이다. BC주 북로키 주립공원에서 발원하여 앨버타주를 지나 미국 몬태나, 아이다호, 와이오밍, 유타, 콜로라도, 뉴멕시코주까지 2개 나라 7개 주를 지나며 이어지는 로키는 4,500㎞에 이르는 북아메리카의 거대한 지붕이다.

　캐나다 로키만 해도 BC주와 앨버타주에 걸쳐 5개의 국립공원이 있고(재스퍼 국립공원, 밴프 국립공원, 요호 국립공원, 쿠트니 국립공원, 워터톤 레이크 국립공원), 주변에 있는 주립공원까지 고려한다면 한반도보다도 넓다.

　신비스런 형상의 거봉, 만년설 빙하, 태고의 비밀을 간직한 기암괴석, 깎아내린 듯 아찔한 절벽, 빙하 트레일, 에메랄드 빛 영롱한 호수, 야생화 만발한 초원, 피톤치드 내음 가득한 숲, 온갖 동식물에 이르기까지 그 산에는 자연이 가질 수 있는 보물 같은 모든 생태환경이 살아 숨 쉬고 있다. 또 그 산은 하이킹, 등산, 암벽등반, 요트, 카누, 승마, 래프팅, 산악자전거, 스키, 패러글라이딩 등 야외 스포츠의 요람이기도 하다.

그렇게 거대하고 비경으로 가득 채워진 산을 3박 4일 혹은 4박 5일 동안 둘러보고 로키를 다 보았다고 말하는 것은 아무리 생각해도 로키에 대한 예의가 아니다.

로키 지도

로키의 산과 호수와 트레일

로키에는 수백 개의 험산 준령에 거대한 빙하가 도사리고 있으며, 수백 개 트레일이 우리 몸속을 지나는 혈관처럼 서로 연결되어 있다. 짧게는 3~4시간이면 다녀올 수 있는 간단한 하이킹 코스부터 길게는 10여 일 이상 캠핑하며 비경 속을 지나는 300여 ㎞ 트레일까지 그 수는 일일이 열거하기 벅차다.

그래서 나는 내가 아는 모든 지인에게 그가 산을 좋아하든 싫어하든 단 며칠이라도 로키에 머무르며 트레킹에 도전해보기를 권한다. 아름다운 산, 호수, 계곡을 따라 걷는 트레킹에는 수고에 따른 감동이 있고 숲속에서 땀 흘리며 걷는 동안 건강까지 좋아지는 달콤한 보상이 따르기 때문이다.

태고의 침묵과 고요가 흐르는 계곡이며, 심산 속 산 내음이며, 가슴 시리도록 맑은 공기며, 은은한 향기 품어내는 야생화며, 어느 무엇 하나 나무랄 데 없는 녹색 장원이다. 이 세상에 천국이 어디 있으리요만, 천국처럼 보이고 천국처럼 느껴지고 천국처럼 생활할 수 있는 곳! 그런 곳이 있다면 그곳이 천국 아니겠는가? 그런 곳이 바로 로키다.

로키의 비경 속에는 호수와 폭포가 헤아릴 수 없이 많다. 로키의 상징처럼 각종 홍보물에 등장하는 재스퍼 국립공원의 말린 호수, 피라미드 호수, 에디스 호수, 밴프 국립공원의 레이크루이스, 모레인 호수, 보우 호수, 민네완카 호수, 요호 국립공원의 에메랄드 호수, 오하라 호수, 헤밀턴 호수, 워터톤레이크 국립공원의 워터톤 호수 등. 이들 호수는 모두가 나름대로 기묘한 형상의 산과 주변의 비경에 어우러져 각기 특색 있는 매력을 발산한다.

레이크루이스 뒷산 (페러뷰 산, 애버딘 산 미터 산, 빅토리아 산)

센티널 패스 트레일에서 본 라치 밸리와 10 Glaciers

아이스버그 빙하호에서 보우 호수로 유입되는 빙하폭포

말린 호수

민네완카 호수

헤밀턴 호수

보우 호수

에메랄드 호수

스위프트 커런트 호수

세계 10대 비경 중 하나인 레이크루이스

그 가운데 로키 탐방객이 가장 많이 찾는 곳이 레이크루이스다. 로키를 다녀간 사람들에게 가장 인상 깊은 곳을 물으면 레이크루이스라고 대답한다. 접근하기 쉽고, 호수 주변 경관이 아름다우며, 하루 거리로 다녀올 수 있는 트레일이 호수 주변에 산재해 있기 때문이다.

세계 10대 비경 중 하나인 레이크루이스는 호수만 비경이 아니다. 호수를 둘러싸고 있는 주변 산을 바라보노라면, "아!" 하는 감탄사가 절로 나온다. 맑은 날 레이크루이스의 아름다움은 형언하기 어렵다. 푸른 하늘, 눈부시도록 찬란한 빅토리아 산과 페어뷰 산, 호수 속에 풍덩 빠져 버린 듯 투영된 산과 청록색 호수는 호수인지 거울인지 구분하기 어렵다.

또한 날씨와 시간에 따라 영롱한 색조를 띠며, 시시각각 다른 빛으로 변하는 호수의 신비로운 색상을 바라보면 신기하기 그지없다. 전 세계인이 로키에서 가장 인상 깊은 한 곳을 꼽으라면 레이크루이스를 떠올리는 것도 이런 이유 때문이다.

그러나 나는 개인적으로 레이크루이스보다 모레인 호수나 오하라 호수가 더욱 아름답다고 생각한다. 모레인 호수는 찾아오는 사람이 너무 많아 방문객 수를 제한한다. 더구나 모레인 호수로 접근하는 길도 녹록지 않다.

레이크루이스에서 14㎞ 떨어진 산중에 있는 모레인 호수는 보통 오전 6시 전후부터 주차장이 포화 상태가 되어 출입구를 통제한다. 그래서 대부분 사람은 레이크루이스나 근교 임시주차장에 차를 세워두고 셔틀버스로 갈아타고 들어간다. 셔틀버스마저 예약제로 운영되기에, 입장객 수가 제한된 인원을 넘어서면 들어갈 수조차 없다. 캐나다 달러 $20짜리 지폐 뒷면에 등장할 정도로 유명세를 치르는 호수다.

한라산만큼이나 높은 지대에 있는 모레인 호수는 고지대에 있을지라도 높다는 느낌이 전혀 들지 않는다. 왜냐하면 한라산만큼이나 높은 해발 1,887m에 놓여 있는 호수 뒤로는 백두산보다 훨씬 높은 3,234m의 페이 빙하가 호수를 굽어보고 있고, 그 주위로 리틀 산(3,149m), 볼렌 산(3,085m), 알렌 산(3,301m), 투조 산(3,249m), 델타폼 산(3,424m) 거봉이 호수를 내려다보고 있기 때문이다. 그 청록색 호수와 호수 뒤편에 병풍처럼 펼쳐진 장엄한 산을 보는 순간 호수에서 황제의 기품이 느껴져 "아" 하는 감탄사가 절로 나온다. 그래서 나

모레인 호수

오하라 호수

는 이 호수를 황제 호수라고 부른다.

모레인 호수를 찾는 대부분 사람은 호수 옆길을 따라 레이크 트레일을 트레킹하거나 장거리 트레킹 출발점으로 삼는다. 이 호수 주변에는 매력적인 트레킹 코스(콘솔레이션 트레일, 에펠레이크 트레일, 라치 밸리 트레일, 센티널패스 트레일, 피너클 트레일, 웬크챔나패스 트레일, 파라다이스 밸리 트레일)가 너무나 많기 때문이다.

이와 비슷한 느낌은 요호 국립공원에 있는 오하라 호수에서도 느껴진다. 고산지대 산속 호수 주변에는 24개의 크고 작은 호수와 25개의 하이킹 트레일, 거대한 빙하, 캠프사이트, 통나무집, 그리고 그림보다도 아름다운 캐빈이 호숫가에 산재해 있다. 그 안에서는 비경 트레일, 하이킹, 암벽등반, 빙하탐험, 캠핑, 호수낚시, 수영, 카누, 스키, 스케이팅 등 온갖 체험을 다 할 수 있는 야외 활동 천국이다.

요호 국립공원 안내센터 지킴이는 "로키의 숨은 보석은 오하라 호수Lake O'Hara(해발 2,035m)입니다. 산사람이나 트레커에게 오하라 호수와 주변은 산의 성지입니다"라고 말한다. 비밀스럽게 은둔해 있는 호수 뒤편 헝거비 산(3,492m), 캐씨드럴 산(3,192m), 비들 산(3,320m), 후버 산(3,348m), 템플 산(3,544m)은 로키의 백미이기도 하다.

그러나 이 군청색 호수는 누구에게나 열려 있는 공간이 아니다. 청정 구역으로 지정되어 있어서 공원 관리공단이 운영하는 버스 이외에는 승용차, 오토바이, 산악자전거 등 어떤 것도 타고 들어갈 수 없다. 생태환경을 지키고 야생동물을 보호하기 위해 모든 교통편을 제한하며, 공원 관리공단이 운영하는 버스조차도 하루 탑승 인원을 최대 42명으로 제한했기 때문이다.

주차장에서 12㎞ 떨어진 호수까지 가는 셔틀버스는 하루 두 번 운행되지만, 사전 예약에 성공하고 선택받은 소수 사람만이 그 버스에 탑승할 수 있다. 호수로 들어가는 행운을 얻기 위해서는 매년 지정된 날 열리는 인터넷 창구를 통해 버스 탑승 신청을 해야 한다. 하지만, 예약 창이 열린 지 5분도 채 지나기 전에 당해 년의 모든 좌석권이 매진된다.

전화나 인터넷으로도 예약을 받는 통나무집 숙소나 캠프사이트도 상황은 비슷하다. 그 안에는 찻집을 겸한 방갈로 식당 외에는 상가나 음식점조차 없다. 그래서 방갈로든, 캠프사이트든 신청 결과가 발표되면 로또에 당첨된 것만큼이나 기뻐한다.

그렇지만 버스 탑승권을 못 구했다 하더라도 호수로 가는 방법이 전혀 없는 것은 아니다. 부지런히 움직이고 땀 흘리며 방법을 구하는 자에게 하늘은 항상 기회를 열어 두고 있다. 아침 일찍 호수로 가는 셔틀버스 주차장에 가서 기다리다가 만약 표를 예약한 승객이 노쇼할 경우 선착순으로 주어지는 탑승 행운을 얻을 수도 있다. 그게 아니라면 비포장도로 12㎞를 걸어가야 한다. 나오는 길까지 고려하면 왕복 24㎞를 걸어야 하지만, 걸어갈 만한 가치가 충분하고도 넘친다.

로키의 숲, 나무, 야생화

로키 산의 숲, 나무, 야생화의 아름다움은 숨이 멎도록 강조해도 지나치지 않다. 수려한 산에는 침엽수림이 울창하고, 피톤치드 내음 가득한 숲속은 야생화 만발한 생태계의 보고다.

로키에 있는 나무는 대부분이 크리스마스트리처럼 생겼지만 로키에는 다섯 종류의 소나무, 세 종류의 가문비나무, 세 종류의 전나무, 삼나무, 낙엽송, 솔송나무가 있다. 그 숲속을 자세히 들여다보면 미루나무, 포플러, 오리나무, 자작나무, 오크, 단풍나무 등 여러 종류의 수목과 야생화도 눈에 뜨인다.

로키에서 가장 흔히 보이는 수종은 로지폴 파인, 솔송나무, 그리고 삼나무다. 낮은 지역에서는 활엽수가 많이 보이지만 고산지대로 갈수록 침엽수로 바뀐다. 2,000m 이상 올라가면 낙엽송이나 키 작은 나무만이 낮게 자란다. 로키의 생존 한계점인 2,600m 이상 고지대로 올라가면 척박한 환경 속에서 키 작은 식물만이 힘겹게 생존한다.

그 높은 곳에 누가 씨를 뿌리거나 보살피지 않는데도 야생화가 만개한 것을 보면서 자연의 신비에 경외심을 갖지 않을 수 없다. 야생화는 도로 주변은 물론 높은 산, 깊은 계곡, 척박한 골짜기에 뿌리내려 형형색색 아름다운 자태를 뽐낸다. 수많은 꽃이 꽃망울을 터트리고 은은한 향기를 뿜어내는 산에는 신들이 금방이라도 사뿐히 내려와 축제를 벌일 것 같다는 생각이 든다.

요호 국립공원 요호 트레일

로키의 야생화는 키를 높이 세우거나 몸집을 크게 갖지 않는다. 심산에서 긴 겨울 동안 차가운 눈 속에 묻혀 있다가, 짧게 지나가는 여름에 싹 틔우고 꽃피워 열매를 맺고는, 몸을 웅크린 채 동면하며 다시 올 봄을 기다린다.

차가운 비바람을 견디기도 쉽지 않다. 때때로 여름에도 진눈깨비 날리는 열악한 환경에서 생존하기 위해서는 몸을 낮추고 꽃을 조그 맣게 피워야 한다. 그리고 추운 겨울이 오기 전에 재빨리 열매를 맺 어 땅에 흩뿌리고는, 차가운 대지에 낮게 엎드려 숨죽인 채 다시 올 봄을 기다려야만 한다. 그 작은 식물의 놀라운 생명력이 경탄스럽다.

국립공원이 이어지는 아이스파크웨이에도 불꽃, 민들레, 산국화 가 도로 주변에 무성하게 피어 있다. 불꽃이나 민들레는 이곳을 찾 는 사람들을 환영하기 위해 도열해 서 있는 듯하다.

불꽃은 북아메리카 추운 지역에서만 자생하는 야생화다. 꽃 색깔 이 선명한 적보라색을 띠며 멀리서 바라보면 산불이 활활 타오르는 것처럼 붉게 보여 불꽃이라고 부른다. 로키 산에서 단일 꽃으로 가 장 흔하게 보이며, 온 산야를 붉게 물들인 이 꽃의 아름다운 자태는 황홀하기까지 하다.

서양민들레도 도로가와 심산 숲속에 수없이 피어 있다. 우리나 라에서 민들레는 약초로도 쓰이는데, 로키 산 숲속을 샛노랗게 물 들여 장관이다. 컬럼비아 아이스필드 도로를 따라 갓길에 무수하게 핀 민들레는 강한 햇빛 영향으로 일찍 피었는지 벌써 시들하게 져 버렸고, 흰 포자에 싸인 민들레 씨가 길가를 하얗게 수놓아 마치 작 은 백열전구를 흩뿌려놓은 듯하다.

데이지도 빼놓을 수 없는 야생화 가운데 하나다. 파라다이스 밸 리 트레일 숲속이나 로키의 깊은 산속에서 바람결에 흰 꽃잎을 날 리며 눈이 시리도록 피어 있다. 그 모습이 마치 연초록빛 양탄자 위 에 흰 소금을 흩뿌려놓은 것 같다. 데이지는 흰색만 있는 것이 아니

모스캠피온

Bunch Berry

Arrow Leaf Balsam Root

서양가세풀꽃

Pink Arctic Mountain Healther

서양민들레

데이지

안네여왕레이스꽃

라 적보라색 황소눈 데이지, 야산 데이지, 물줄기 데이지 이외에도 유사하게 보이는 별꽃 등 비슷한 야생화들이 무수히 많아 정확히 구별해내려면 한참을 살펴보아야 한다.

서양사새풀꽃이나 안네여왕레이스꽃은 꽃이라기보다는 수백 개의 꽃이 무리를 이룬 꽃 덩이라고 표현하는 편이 알맞을 것 같다. 로키 산 숲속에서 자주 보이는 이 야생화는 하나의 줄기에 여러 개의 꽃송이가 매달려 있어 정교하게 수놓은 공예품처럼 보인다.

트레일에 오르며 숲속 관목 사이를 자세히 살펴보면 진귀한 꽃들이 참 많다. 웨스턴 콜롬비아, 번치베리, 마운틴에번즈, 삭스프리지, 그린델리아 로버스타, 커먼데스카마스, 파셀리아세리세아. 그 외에도 이름 모를 야생화들이 헤아릴 수 없이 피어 있어 그 이름을 일일이 열거하려면 숨이 벅찰 것 같다.

고산지대로 올라갈수록 야생화는 키를 낮추고 잎과 줄기를 작게 가진다. 해발 2,600m 이상 고지대에 오르면 키 큰 관목들은 점차 자취를 감추고, 땅에 깔리듯 낮게 자란 작은 수목만이 생태환경에 온몸으로 저항하듯 자생한다. 그런 수목의 임계지대臨界地帶에서조차 화이트아크틱마운튼헬씨어는 진주알보다도 작은 꽃망울을 작은 가지에 가득 매달고 땅에 깔리듯 누워 있다.

식물의 생명 현상은 참 경이롭다. 온통 바위뿐이어서 한 줌 흙조차 발견하기 쉽지 않은 척박한 돌 틈에 모스캠피온이나 애로우리프 발삼루트가 뿌리를 내려 꽃을 피웠으니 말이다.

지구상 식물의 생존 한계는 북미는 해발 2,600m, 남미는 해발 3,200m까지라고 한다. 로키에 솟은 대부분 산은 3,000m 이상 고봉

10 Glaciers 평원에서 본 센티널패스   센티널패스에서 바라본 파라다이스 밸리

이다. 더구나 산꼭대기는 일 년 내내 눈에 덮여 있다. 뿌리지도, 돌보지도, 거두지도 않는 야생화 씨앗이 바람을 타고 험산 높은 곳까지 날아와 척박한 돌 틈과 눈밭 사이에 뿌리를 내리고 꽃피워 열매 맺는 것을 보면서, 생명 현상의 경이로움에 탄복하지 않을 수 없다.

성경 말씀 "들의 백합화를 보라. 심지도 않고 거두지도 않는데…."를 상기하며, 눈밭에서조차 꽃피워 생명을 전하는 야생화를 바라보면서 절제와 겸손의 지혜를 떠올린다.

야생화 향기 가득한 숲속 길을 걸으며, 나도 나의 생명과 호흡이 다하는 날까지 야생화처럼 은은한 아름다움으로 천년 숲속 향기 내뿜으며 기품 있게 살다 가고 싶다.

3. 워터톤레이크 국립공원

워터톤레이크 국립공원Waterton Lakes National Park은 BC주 북동부에서 발원한 로키가 앨버타주를 지나 남쪽으로 내려오다가 미국 몬태나주와 국경을 접하고 있는 호수와 호수 주변 산에 펼쳐진 525㎢에 이르는 거대한 공원이다. 로키에는 로키 찬가라도 불러야 할 만큼 아름다운 공원이 여러 곳에 산재해 있다.

워터톤레이크 국립공원은 빼어난 호수와 호수를 둘러싼 산으로 국립공원으로 지정될 만큼 기품 있고 아름다운 공원이다. 이 호수를 사이에 두고 캐나다는 호수와 그 주변을 워터톤레이크 국립공원이라고 부르고, 미국은 글래시어 국립공원이라고 칭한다. 캐나다인들에게 워터톤레이크 국립공원은 관광지이자 휴양지이지만, 미국인들에게 글래시어 국립공원은 그랜드 캐니언이나 옐로스톤, 아니 그 이상으로 사랑받는 관광의 성지다.

UN은 캐나다와 미국 두 나라에 걸쳐 있는 워터톤레이크와 그 일대 산을 1932년 평화공원으로 지정했다. 이 공원에 가기 위해 로키 산맥을 넘고 No. 6 앨버타 고속도로를 따라 동남쪽으로 1시간가량 달렸다. 앨버타의 광활한 프레리 땅이 눈앞에 펼쳐졌다. 바이슨 파독 사파리 공원을 지나 로키 산맥을 따라 흘러온 산줄기가 오른쪽 멀리 아스라이 보일 즈음 워터톤파크로 가는 길로 접어들었다.

　워터톤 마을에 도착한 시간은 사방에 어둠이 내리고, 관광안내센터도 문을 닫은 후였다. 이정표를 따라 RV Park & Campground로 찾아갔다. 나는 여행을 떠날 때 큰 계획은 세우지만, 구체적 세부 일정 예약을 잘 하지 않는 편이다. 미리 숙소를 예약해두면 목적지에 가서 편안하게 잠자리에 들 수 있다는 장점은 있다. 하지만, 여행할 때는 어떤 제약이나 구속도 없어야 하고, 그 무엇으로부터 자유로워야 한다는 것이 자유여행에 대한 나의 견해다.

　미리 숙소를 예약해두면 목적지에 도달하기까지 많은 변수 등 다양한 상황에 능동적으로 대처하기 어렵다. 또 예약된 장소에 시간 내에 도착해야 한다는 부담감도 가지게 된다. 목적지에 미리 도착했을지라도 근처를 배회하다가 저녁에는 다시 예약된 숙소로 되돌아와야 하기에 나는 자유여행을 선호한다.

　워터톤레이크 국립공원은 로키와 함께 캐나다인들이 선호하는 휴양 1번지다. 멋진 산과 호수가 있고, 각종 편의시설이 갖추어져 있기 때문이다. 더구나 바다가 먼 앨버타에서도 여름철 피서 겸 카약과 요트를 즐길 수 있고, 트레일을 걷거나 산행 후 물속으로 텀벙 뛰어들어 수영할 수 있는 몇 곳 안 되는 호수이기도 하다.

　로키에 있는 대부분 호수는 물이 차갑다. 심지어 냉기까지 느껴진다. 빙하수 녹은 물이기에 한여름에도 수영은 엄두조차 내기 어려워서 사람들은 이 호수를 즐겨 찾는다.

　워터톤 호수의 RV Park & Campground는 Twinsite Campground가 유일하다. 레드독 파크웨이Redrock Parkway를 벗어나는 순간부터

주변에 민가도 상가도 숙소도 없는 막막한 주변을 둘러보면서 은근히 걱정되었다. 만약 워터톤 호수 근처에서 RV Park이나 캠프그라운드에 빈 사이트가 없다면 밤늦은 시간에 50여 ㎞를 다시 되돌아나와야 할지도 모른다고 은근히 걱정되었다.

캠프그라운드는 워터톤 호숫가에 있었다. 예약하지 않은 채 찾아갔지만 예약되었다가 노쇼로 취소된 사이트가 한 자리 남아있어 다행스럽게 자리를 확보했다. Twinsite Campground는 국립공원 관리공단이 직접 운영하는 캠프사이트다. 캠프그라운드의 쾌적한 환경, 여유로운 공간, 정결한 시설물 유지관리 상태는 지금까지 내가 다녀본 최고의 RV Park & Campground였다.

긴 시간을 운전하고 오느라 피곤했기에 그날 밤 일찍 잠자리에 들었다. 로키 산 맑은 숲속 공기는 숙면을 유도하기에 충분할 만큼 상쾌했다.

일출 직전의 앨버타 평원

이른 새벽 서늘한 공기가 코끝을 간지럽히는 느낌에 스르륵 눈이 떠졌다. 동편 하늘이 벌겋게 타오르고 있었다.

일출이 시작된다는 신호다. 일출을 보기 위해 사방을 둘러보며 높은 곳을 찾았다. 먼발치 언덕 위, 성 같은 건물 뒤로 붉은 기운이 빛났다.

그곳을 향해 달려갔다. 호수에서 가까이 갈 수 있는 가장 높은 위치에 있는 건물로, 프린스오브웨일즈 호텔이라고 한다. 전면은 호수 전경을 바라보고, 뒷면은 앨버타 평원이 조망되는 곳에 세워진 중세기 성을 연상케 하는 호텔이다.

앨버타 평원에서 솟아오르는 일출은 붉은 용암 덩어리가 땅을 달구어 대지 위로 밀어 올리는 듯싶고, 동편 하늘에서 뻗어나오는 금빛 햇살은 활시위를 벗어난 화살이 서편 하늘로 날아가듯 장엄하고도 화려했다. 그 빛을 받아 보스웰 산이 적갈색 빛을 반사하고, 빛은 호수를 가로질러 리처드 산과 킴프벨 산을 환하게 비추었다.

호수 멀리 미국 쪽 산세가 서서히 드러나면서 클리블랜드 산, 스토니 인디언 피크, 캐씨드럴 피크, 시터델 피크의 뾰족한 바위가 서서히 모습을 드러냈다. 일출 광경이 가히 압권이다. 비둘기 날개바람처럼 감미로운 빛이 온 하늘에서 땅으로 축포 쏘듯 쏟아져 내렸다.

일출 광경을 감격스럽게 구경하고 있는데, 정장을 멋들어지게 차려입은 젊은 남녀 20여 명이 호수 앞에서 기념사진을 촬영하면서 까르르 웃고 수다를 떤다. 옷차림새로 보니 갓 결혼한 신혼부부를 둘러싼 들러리 축하행사인 것 같았다.

클리블랜드 산Mt. Cleveland(3,190m), 스토니 인디언 피크Stonley Indian Peaks(2,849m),
캐씨드럴 피크Cathedral Peaks(2,756m)

여름일지라도 로키의 아침 바람은 차다. 긴 옷을 입어야 할 만큼
냉기가 돈다. 그 쌀쌀한 날 남자들은 정장 양복을 입었다지만, 젊은
여성들은 잠자리 날개처럼 얇은 옷이나 수영복 수준의 짧은 옷을 입
었다. 그러고서도 카메라 앞에서는 찬바람을 맞으면서도 당당하다.

일출이 끝난 후 프린스오브웨일즈 호텔 커피숍으로 들어갔다. 따
뜻한 커피로 차가운 몸을 덥히며 호수를 찬찬히 바라보았다. 위엄
있으되 평온한 호수 모습에 제왕의 위엄이 서려 있다. 그래서 UN은
워터톤호수 국립공원과 글래시어마운튼 국립공원 일대를 평화공원
으로 지정했나 보다.

호수 주변 산은 캐나다 쪽보다 미국 쪽에 솟아 있는 산세가 더욱
멋들어지게 보인다. 기하학적으로 솟아오른 바위산과 그 뒤로 이어
지는 글래시어마운튼 국립공원 모습에서 제왕의 품위가 느껴진다.

미국에서 캐나다 방향으로 호수를 바라본다면 어떤 모습일지 궁금하다.

호수를 바라보며 높은 언덕 위에 세워진 프린스오브웨일즈 호텔은 중세기 고성을 연상케 한다. 이 호텔은 태평양철도가 개통된 이후 지금까지 서부 개척자들과 대륙 횡단 여행자, 그리고 로키를 방문하는 수많은 사람에게 영감과 감동과 휴식을 주었다. 1927년 목조로 지어진 이 호텔은 빅토리아 항구에 있는 엠프레스 호텔, 퀘벡에 있는 샤토프랑트낙 호텔, 로키의 밴프스프링스 호텔과 함께 캐나다 건축술의 명성과 품격을 보여주는 대표적인 호텔이다.

프린스오브웨일즈 호텔

호수를 찾는 여행자 대부분은 크루즈 유람선을 탄다. 워터톤 타운에서 미국 국경 넘어 글래시어 국립공원 앞까지 갔다가 돌아오는 1시간 15분 동안 선상에서 호수 주변 경치를 감상하고 아름다운 풍경 앞에서 기념사진을 남기기 위해서다. 물론 유람선 안에서 눈으로만 즐겨야 하지만.

나는 여행지에 도착하면 승용차, 자전거, 유람선 등 교통편을 이용하는 것보다는 주로 걷는 쪽을 선호한다. '와사보생臥死步生'을 철저하게 신뢰하는 이유도 있지만, 두 발로 현장을 구석구석 걸으며 체험하는 기쁨은 경험한 사람만이 그 진가를 느낄 수 있기 때문이다.

그래서 목적지에 도착하면 안내센터에 먼저 들러 지도를 얻고 트레일을 확인한 후 걷고 싶은 코스를 결정한다. 20여 년 전부터 몸에 익은 습관이다. 눈으로 보고 두 발로 땀 흘리며 체득하는 것 이상으로 얻어지는 소중한 지식이나 경험은 없다.

워터톤 타운에 있는 관광안내센터에 들러 안내문과 트레일 지도를 얻었다. 호수 주변에는 1시간 거리에서부터 2~3일 거리까지 10여 개의 트레일 코스가 있다. 산에서 캠핑까지 할 준비가 안 되었기에 하루에 다녀올 수 있는 산행길을 물었다. 안내센터 직원은 버타 호수를 추천해주었다. "엘더슨 산과 리처드 산 사이 해발 2,400m 산속에 버타 호수가 비밀스럽게 은둔해 있다"라고 한다. "높은 산세가 가파르지만 버타 폭포는 덤으로 볼 수 있으며, 그 호수 뒷산을 넘어서면 미국 몬태나주입니다"라고 덧붙였다.

오전 10시 등산배낭에 샌드위치, 과일, 생수를 찔러 넣고 길을 나섰다. 베리가 익는 철이면 산속 곰의 활동이 왕성해진다. 등산길에 'Dangers at your responsibility'라고 쓰인 선간판이 자주 보인다. 미국 로키를 오를 때는 총을 소지하고 오르는 사람들도 있었다. 자신의 안전을 자신이 책임지기 위해 최소한 베어스프레이와 등산스틱은 반드시 지참해야 한다.

호수를 바라보면서 걷는 길이기에 Bear's Hump를 지날 때까지는 경사가 완만했다. 하지만, 리처드 산으로 올라가면서 등줄기에서 땀이 후줄근하게 흐르고 호흡이 가빠지기 시작했다. 가쁜 숨을 "헉 헉" 몰아쉬며 가파른 경사면을 올랐다. 산을 오르는데 나무가 온통 새까만 색이다. 몇 해 전 아름다운 워터톤 호수 좌측 산에서 번갯불에 의해 산불이 발생했다고 한다. 산불은 가파른 상승 경사면을 타고 올라가 거대한 산 전체를 불태웠다.

산불이 지나간 현장을 본 적이 있는가? 산불이 휩쓸고 지나간 자리는 참혹하기 이를 데 없다. 숯덩이와 온통 새까만 나뭇가지만 덩그렇게 남는다. 산불은 인류가 수백 년 동안 이루어놓은 숲과 나무를 태우고 생태계를 파괴한다. 북미 지역에서 산불이 발생하면 인간의 힘으로 소화는 거의 불가능하다. 비가 내리거나, 자연 소화가 되기까지 '하늘의 뜻'을 기다리는 길뿐이다.

그 땅에서 생존 방정식을 이끌어가던 곰이며, 사슴이며, 산새며, 풀벌레조차도 어디론가 사라졌다. 온통 죽음의 검은 그림자만이 불에 탄 시커먼 땅을 뒤덮고 있다. 산불이 환경에 미치는 악영향이나 경제적 피해를 따진다면 계측이 불가능하다. 그러나 산불이 인류에게 꼭 부정적인 영향을 끼치는 것만은 아니다. 산불이 지나간 200년 후에는 그 자리에 새로운 수종의 나무가 자라나고, 새로운 수목으로 숲 생태계가 바뀐다.

알래스카나 유콘 등 북미에서 산불이 지나간 자리에는 어김없이 불꽃이 만개해 있다. 캐나다 유콘주 주화이기도 한 불꽃은 꽃 색깔이 불꽃의 붉은 기운을 닮아서인지 핑크색이다. 그 핑크색 불꽃이 워터톤 호수 주변 산의 불탄 자리에 만개해 있다.

불꽃이 피는 지역에서는 불꽃 꿀이 채취된다. 불꽃 꿀은 꿀 가운데 당도가 가장 높고 위장질환에 특별한 효험이 있다고 알려져 유콘주에서는 불꽃 꿀 채취와 유통을 주정부 특화사업으로 지정하고 있을 정도다.

식물 생태계는 참으로 아이러니하다. 꽃은 적도 혹은 아열대 지방에서 크고 화려하고 아름답게 핀다. 그러나 적도나 아열대 지방에서는 꿀이 생산되지 않는다. 벌이 일을 하지 않기 때문이다. 일년 사시사철 꽃이 피고 꿀은 항상 꽃 속에 있기에, 적도나 아열대 지방 벌은 추운 겨울을 대비하여 꿀을 모으거나 저장할 필요를 느끼지 않는다. 사람이든 동물이든 식물이든 좋은 환경이 반드시 좋은 결과를 낳는 것은 아닌가 보다.

호수에서 리처드 산속 베타 호수까지는 5㎞ 남짓 거리지만 호수까지 오르는 데 5시간이나 걸렸다. 경사가 무척 심해 트레일을 지그재그형 스파이럴 방식으로 만들어놓았기 때문이다. 리처드 산, 앨더든 산, 베타 산에 둘러싸인 호수에는 천상의 신비로운 정기를 지상에 내려놓은 듯한 분위기에 숨 막히도록 고요한 적막감이 감돈다.

계곡을 따라 졸졸졸 흘러내리는 빙하수 물소리만 심산의 고요를 흔들 뿐 하늘과 땅과 사방이 고요하다. 그런 깊은 산중에 텐트 치고 캠핑하는 캠퍼도 간간이 보인다. 곰이 우글거리는 깊은 산중에서…. 대단한 담력이 아닐 수 없다.

이런 상태를 평화라고 해야 하나? 워터톤 호수보다도 이 호수를 평화의 녹색 장원이라고 해야 더 어울릴 것 같다. 뒤에 보이는 리처드 산을 넘어서면 미국 몬태나주다. 어둠이 내리기 전에 서둘러 산

을 내려와 워터톤 호수에 몸을 풍덩 던
졌다. 상쾌함이 여의주를 물고 하늘로
오르는 느낌이다.

불꽃

  다음 날 아침 워터톤 호수를 떠나기
전 아쉬운 마음에 다시 한번 프린스오브
웨일즈 호텔 언덕 위로 올라갔다. 호텔
전면이 앨버타의 드넓은 평원을 바라보
며 방문자를 환영하는 것 같기도 하고, 아름다운 워터톤 호수를 바
라보는 것 같기도 하다. 신비로운 미소를 머금은 바위산들이 워터
톤 호수 저만치에서 이 평화의 공원으로 내년에 다시 또 오라고 손
짓한다.

리처드 산, 앨더든 산에 둘러싸인 베타 호수

4. 지상에 펼쳐놓은 하늘나라

*
*
세계 최대 곡창지대

밀과 카놀라가 만개한 서스케처원의 8월은 천지가 온통 노란색이다. 연중 300일 이상 강한 햇빛이 내리쬐는 서스케처원은 세계 최대 카놀라 산지다. 렌즈콩과 완두콩도 세계에서 가장 많이 생산된다. 캐나다 전체 밀 가운데 절반 가까이, 세계 듀럼 밀Durum Wheat의 1/3이 이 땅에서 생산된다.

하늘과 땅이 맞닿은 듯 사방을 둘러보아도 끝이 보이지 않는 평원에는 온통 밀과 카놀라로 가득 채워져 있다. 차를 타고 며칠을 달려도 망망한 지평선 끝까지 밀과 카놀라만 보인다. 그 땅이 십만 평인지, 백만 평인지, 천만 평인지, 아니 그 이상인지 도대체 헤아려지지가 않는다. 자동차로 며칠을 달려도 육안으로는 끝이 보이지 않는 까마득한 땅을 평 단위로 헤아리는 것은 부질없는 일이다.

넓은 평원에 간간이 보이는 곡물 창고는 주거용 집보다도 훨씬 크고 높게 지어져 있어, 농업이 사람들에 의해 관리되고 있다는 사실을 알게 해준다. 하지만, 넓은 평원 어디에도 일하는 농부는 보이지 않는다. 씨 뿌리고 수확하는 모든 일이 기계에 의해 이루어지기

사방을 둘러보아도 끝이 없는 대평원의 카놀라밭

끝없이 펼쳐진 밀밭

밀 수확 기계 콤바인

농업용 비행기

석유 Pump Jack 뒤로 보이는
곡물 수송 열차

곡물 창고

때문이다. 간간이 트랙터로 밀을 수확하는 농부만 먼지를 일으키며 작업 중일 뿐이다. 경작지가 워낙 광범위하다 보니 농약이나 비료를 비행기로 살포하는 경우도 있다.

서스케처원 넓은 평원에서 수확된 농산물은 집이나 농장 근처 곡물 보관 창고에서 건조시킨다. 건조 과정을 거친 후에는 화물차를 통해 철도역 근처 집하장으로 보내지고, 대륙 횡단 열차를 통해 미국으로 운송되어 시리얼, 과자, 빵 등 식품으로 가공되거나 밴쿠버, 토론토를 통해 전 세계로 수출된다.

서스케처원주에서는 축산업도 활발하다. 대표적 축산업은 육우 사육이다. 드넓은 평원에서 방목되는 검은 소들은 멀리서 바라보면 까만 점으로 보인다. 그런 소들이 한가로이 풀을 뜯고 있거나 들판에 누워 쉬고 있는 평온한 모습은 동물들의 낙원처럼 보인다.

서스케처원주 면적은 651,900㎢로 남한 땅보다 6.5배 크다. 서스케처원주의 1/3은 경작지이고, 1/8은 호수나 강이며, 드넓은 땅의 북쪽 절반은 산림으로 덮여 있다.

2022년 10월 기준 서스케처원에는 1,205,119명이 살고 있다. 고양시와 비슷한 소수의 사람들이 넓은 땅에 흩어져 있기에, 사람이 살고 있는지 빈 땅인지 구분하기도 쉽지 않다. 도심에서 조금만 벗어나도 인적이 느껴지지 않는 광활한 평원이 펼쳐진다.

비좁은 땅에서 온몸으로 부딪치며 살아온 우리는 넓은 땅에 적응하기가 쉽지 않다. 하기야 BC주 북쪽 유콘 준주 넓이는 남한의 4배인 482,443㎢인데 인구는 43,025명이고, 노스웨스트 준주는 남한보다도 열세 배나 넓은 1,346,106㎢인데 비해 인구는 고작 45,515명인 것을 고려한다면 그래도 서스케처원주 인구밀도는 높은 편이다.

서스케처원 주요 산업은 농업, 광업, 유전개발사업, 가스산업, 관광업이다. 검은 진흙땅에서는 밀, 카놀라, 콩, 옥수수, 서스캐툰 베리, 아마, 겨자, 고수 등 막대한 양의 곡물과 채소류가 생산된다.

서스케처원 광물자원 지도를 보면 참 부럽다. 넓은 땅 전역에서 금, 은, 구리, 아연, 철, 다이아몬드, 우라늄, 석유, 천연가스가 마구 쏟아져 나온다. 남부지역에서는 더 많은 석유, 천연가스, 포타시가 출토되어 서스케처원주는 앨버타주와 더불어 캐나다 13개 주 가운데 1인당 GDP가 매우 높은 편에 속한다.

세계 포타시의 51%는 서스케처원에 매장되어 있다. 희귀자원인 포타시는 칼륨과 소금이 함유된 포타슘 화합물(염화칼륨, 질산칼륨, 황산칼륨, 황산마그네슘) 덩어리에서 소금을 분리하는 과정을 거쳐 추출된다. 포타슘에서 추출되는 칼륨은 질소, 인과 더불어 식물 성장에 필수적인 영양물질로서, 병충해를 막고 곡물 수확량을 증가시키는

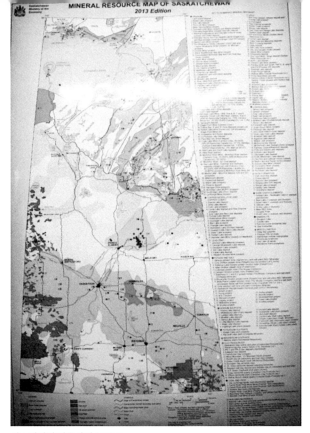

서스케처원 광물자원 분포도

친환경 물질이다. 광학유리를 제조할 때도 필수불가결한 원료로 사용되는 희귀원소다.

서스케처원에서 생산된 포타시는 미국, 중국, 인도, 유럽, 남미 여러 국가로 수출되는데, 이를 대체할 다른 원료가 없다는 희소성 때문에 더욱 귀하게 대접받는다. 러시아의 우크라이나 침공으로 세계 곡물 가격이 폭등하자 농산물 증산에 필수 요소인 포타시는 더욱 귀한 대접을 받고 있다. 우리나라에서도 칼륨 가격이 두 배 이상 폭등했다.

서스케처원 대평원은 캐나다 중부를 가로지르는 거대한 강을 따라 펼쳐져 있다. 로키 산에서 발원하여 앨버타주, 서스케처원주, 매니토바주를 가로질러 위니펙 호수까지 1,939㎞를 흘러가는 서스케처원 강은 크리 족 언어로 '빨리 흐르는 강'이라는 '키시스카치와니시피kisiskāciwanisīpiy/ᑭᓯᐢᑳᒋᐊᐧᓂᓰᐲᐩ'에서 유래된 이름이다.

고고학 유적을 통해 추측건대 이 땅에 사람들이 살기 시작한 것은 약 일만 이천여 년 전 빙하기 이후부터다. 동북아시아와 북유럽에서 도래한 것으로 추정되는 캐나다 원주민들은 강을 따라 이 땅에서 번성하며 이누이트Inuit 족, 크리Cree 족, 치페와Chippewa 족, 아시니보인Assiniboine 족, 라코타시옥Lakota Sioux 족, 사르키Sarcee 족, 검은발Blackfeet 족 등으로 분류되어 정착 지역을 넓히며 그들만의 고유문화를 남겼다.

서스캐툰 북쪽 10㎞에 와누스케윈 헤리티지 파크가 있다. 크리 족이 1만여 년 전부터 서스케처원 강가에 살면서 남긴 문화유적지다. 크리 족은 문자까지 가지고 살았던 민족이다. 그들은 캐나다 북쪽 허드슨베이로부터 미국 중부에 이르기까지 광범위하게 퍼져서 들소를 사냥하고 곡물을 채취하며 살았다.

서스케처원을 흐르는 그래스 강Grass River

와누스케윈 헤리티지 파크에 살았던 Cree 족 사람들

크리인이 남긴 예술

오늘의 Cree인들

산업으로서의 농업

이 땅에 농업이 산업으로 정착한 것은 불과 일백삼십여 년 전의 일이다. 서스케처원주에 들어온 최초 유럽인은 허드슨베이 회사 고용인 헨리 켈시Henry Kelsey다. 그는 1690년부터 2년 동안 캐나다 토착민들과 접촉하고 모피 교역을 독려하며 캐나다 중서부에서 활동했다.

몬트리올에 기지를 둔 상인과 모피 교역자들도 1700년대 후반부터는 노스웨스트 회사를 통해 몬트리올에서부터 서스케처원 동쪽으로 모피 교역 활동 영역을 넓혀나갔다. 1774년 HBC의 사무엘 헌Samuel Hun이 서스케처원에 캐나다 첫 내륙 기지를 세우고 교역지를 설립했다. 컴벌랜드 하우스로 불린 이 교역지가 서스케처원 최초 유럽인 정착지다.

기독교 선교 활동은 가톨릭 선교회와 영국성공회 선교사들이 1846년 이 땅에 들어와 선교 활동을 함으로써 시작되었고, 1870년 잉글랜드와 북유럽 이주자들이 서스케처원 강 유역에 정착함으로써 농사가 시작되었다.

개척 시대에 캐나다 동부에서 로키까지 말을 타고 이동하면 빨라야 6개월 걸렸다. 1883년 서스케처원 남부를 가로지르는 캐나다퍼시픽철도가 개통되었다. 철도 연결은 캐나다 동과 서를 관류하는 문명의 고속도로가 뚫렸음을 의미한다. 서스케처원에서 캐나다 동서부로 오가는 교통편이 원활해지자 문물 이동이 빈번해지고, 농업이 주도하는 시대가 도래하면서 캐나다 중부 개척 시대 막이 열렸다.

농업 이민이 시작되었다고는 하지만 1901년까지 서스케처원 인구는 91,279명에 불과했다. 광활하고 비옥한 땅에 대한 소문이 퍼지고 철로가 열리면서 미국은 물론 영국, 이탈리아, 아일랜드, 스칸디나비아 반도, 동유럽으로부터 이민자들이 몰려들었다. 1911년까지 10년 동안 서스케처원 인구는 492,432명으로 증가했다.

당시 세계 인구는 급속도로 증가했고 인구 증가가 야기한 곡물 수요 급증은 곡물 가격 상승으로 이어져, 서스케처원은 세계 최대 밀 생산지이자 곡물 수출 시장으로 급부상했다. 1930년대 서스케처원 농지는 1조 7천억 평을 넘어섰고, 서스케처원주 부의 원천이 모피에서 농업으로 바뀌었다. 이즈음, 서스케처원 밀 생산량과 곡물 가격은 세계 곡물 시장에 영향을 미칠 만큼 막대했다.

캐나다 농업을 우리 시각과 기준으로 바라보아서는 이해하기 곤란하다. 옛 시절 우리나라 농부는 가난의 대명사였다. 60년 전까지만 해도 우리나라 국민 삼천만 명의 80%는 농부였고 1인당 GNP는 $60 이하에 머물렀다. 우리나라 전 국토의 70%는 산악지대다. 주거지, 하천, 강, 도로를 제외하면 경작지는 불과 20%에 불과하다는 얘기다. 삼천만 인구가 국토 전체 면적의 20%밖에 안 되는 20,042㎢에서 손가락이 굽도록 일하며 고단한 삶을 이어갔다.

도전과 기회

미래는 꿈이 있고 의욕 넘치는 사람에게는 항상 열려 있는 공간이다. 지혜로운 사람에게는 다가올 미래를 예견하고 기다리며 준비하는 통찰력 깊은 식견이 있다.

삼십여 년 전 빌 게이츠William Henry Gates Ⅲ가 연세대학교 백주년 기념관에서 '미래사회의 도전'이라는 주제로 특강을 한 적이 있다. 그는 "미래사회에서 통화수단인 화폐는 사라지고, 전자 시스템인 직불 결제가 이루어질 것"이라고 말했다. "브라운관 TV나 몸체가 큰 박스형 TV는 사라지고, 간편한 이동식 스크린 TV 시대가 도래할 것"이라고도 예견했다. 멀리 있는 사람에게 무선호출기 '삐삐'로 호출하는 것조차 신기해하던 시절 "이동전화와 원격 영상통화 시대가 도래할 것"이라는 말이 당시로선 믿어지지 않았다. "화장실에서의 화상 통화는 곤란한 모습이 될 것"이라는 농담도 기억에 새롭게 떠오른다. 설마 했던, 꿈같은 상상 속의 일들이 현실 속에서 대부분 이루어졌거나 이루어져가고 있다.

한국 젊은이들이 기회와 가능성이 풍부하게 열려 있는 캐나다에 주목해야 할 이유는 많다. 캐나다는 세계 최대 자원 부국이며 원자재 수출국이다. 세계 경제를 리드하는 G7 국가 가운데 하나다. 세계에서 가장 깨끗하고 아름다운 생태환경을 유지하고 있다. 목재, 우라늄, 아연, 석면, 니켈, 몰리브덴, 포타시 생산량은 세계 1위다.

천연가스, 금, 은, 석유, 구리, 철광, 카드뮴, 코발트, 주석, 리튬, 납도 많이 생산된다. 샌드오일까지 고려할 경우 석유 매장량은 세계 3위다.

앨버타주 로키에서부터 오대호에 이르는 곡창지대는 밀과 카놀라 최대 산지이고, 온타리오주 남단은 담배와 과일 생산지다. 농산물 최대 수출국인 동시에 세계 일류 수준의 기초과학 보유국, 항공우주산업 선진국, 로봇산업 강국, 영화산업 강국이며, 미래 발전 가능성이 무한히 열려 있는 나라다.

최근 캐나다에 매장된 엄청난 양의 주석과 리튬이 미래의 전기자동차에 장착되는 배터리나 석유를 대체할 미래의 2차전지 소재자원으로 크게 각광받고 있어, 우리나라 포스코 홀딩스나 LG화학은 물론 세계 자원 관련 회사들의 관심과 자원 개발 공동협력과 기대가 대단하다.

세계 3대 투자가로 꼽히는 짐 로저스는 미래 가장 역동적이고 경쟁력 있는 산업으로 농업을 꼽았다. 그리고 경작지가 제한된 지구에서 농업은 앞으로 매력적인 투자 산업으로 떠오를 것이라고 예견했다.

우리는 21세기 첨단사회에 살고 있다. 지식사회에서 우리 미래의 먹거리는 IT, BT, NT, 융복합 기술, 의생명공학, 그리고 미래의 쌀인 반도체에서 찾아야 한다. 국토가 비좁은 우리에게 농업은 해답이 될 수 없다. 그러나 아무리 기술이 발전한다고 할지라도 사람은 하루 세 끼를 먹어야 살 수 있도록 설계되어 있다. 시대가 아무리 바뀌고, 기술이 발전한다고 할지라도 기술이나 반도체를 먹고 살 수는 없지 않은가.

우리나라 학원가 주변에서는 밤을 지새우며 취업 시험을 준비하는 젊은이들이 부지기수다. 공무원 시험이나 취업 시험에 대비하기 위해서다. 공무원이 되거나 취업하는 데 그렇게 많은 지식이 과연 필요한지 되묻지 않을 수 없다. 비좁은 땅에서 또래 젊은이들과 경쟁하며 긴장 속에 젊음을 허비하는 것보다, 넓고 큰 세계에 나가서 열린 마음으로 미래를 준비하는 것이 젊은이들이 가져야 할 진취적 기상이 아닌가!

서스케처원 상공회의소에서 여름방학에 도우미로 아르바이트하던 온타리오 대학교 심리학과 여학생 말이 귓가에서 맴돌았다. "서스케처원은 지상에 펼쳐놓은 하늘나라예요!"

5. 캐나다 탄생의 땅 허드슨베이와 처칠

*
*

허드슨베이

북아메리카에 문명의 온기를 넣어주고 캐나다를 탄생시킨 허드슨베이! 허드슨베이는 캐나다 최북단 북극해와 연결된 거대한 만이다. 일 년의 절반은 눈과 얼음에 덮여 있고, 지구 탄생 이래 오랫동안 인간의 생존을 거부했던 북극해의 일부다. 지금도 북극곰, 바다사자, 물개, 흰돌고래, 바다새만이 우글거리는 그 바다와 인근 지역은 원래 에스키모인들이 일만여 년 동안 살아왔던 보금자리다.

지금으로부터 350년 전 일련의 모피 상인들이 북극 항로를 따라 허드슨베이를 통해 캐나다 북쪽 해안 처칠로 들어왔다. Hudson Bay Company 소속 직원인 이들은 영국 국왕 명령에 의해 세워진 상업회사이자 법적 기구인 HBC의 명을 받아 루퍼트랜드를 식민 통치하고, 모피를 얻기 위해 이 땅에 들어온 것이다.

루퍼트랜드는 오늘날 캐나다의 앨버타, 매니토바, 서스케처원, 온타리오, 퀘벡주 대부분과 북극해에 접한 방대한 땅으로 허드슨만에 접해 있다. 북극해에는 HBC 개척자보다 먼저 원주민과 모피를 거래하던 상인들이 있었다. 프랑스에서 활동하던 모피 거래업자 피에르 에스프릿 래디슨Pierre-Esprit Radisson과 메다르 그로제이Médard C. Groseilliers로, 그들은 프랑스가 캐나다 동부에서 식민지를 구축하고 원주민들과 모피를 교류할 때 북극해와 허드슨 만을 주목했다. 당시 북극해 인근에서 생산되는 비버, 북극곰, 북극여우, 물개, 순록 가죽은 캐나다 동부산 모피보다 질이 우수하고 보온력도 뛰어나 북유럽에서 큰 인기가 있었다. 그 가운데 비버 털모자는 방한은 물론 방수 기능까지 뛰어나 북유럽에서 큰 인기가 있었다.

1659년 허드슨 만 인근에서 양질의 모피를 구해 프랑스에서 판매하려던 래디슨과 그로제이는 프랑스 정부로부터 허가를 받지 못해 판매가 금지되었고, 모피는 몰수되었다. 영국 헨리 7세Henry Ⅶ의 지원을 받은 이탈리아 탐험가 존 캐벗John Cabot이 1497년 뉴펀들랜드와 북극 지역을 탐방한 적이 있고, 이 지역을 영국이 자국 땅이라고

17세기 북유럽 최고의 비버 털모자

북극 지방 모피

선언한 바가 있기에, 영국과의 마찰을 피하기 위한 사전적 조치였다. 허드슨 만 인근 북극 지방과 북유럽에서 무역 활동을 하기 위해 후원자를 물색하던 그들은 프랑스를 떠나 1665년 영국으로 건너갔다. 그들은 1670년 영국 국왕 찰스의 사촌 동생 루퍼트 왕자를 통해 영국 국왕을 설득하여 상업 활동을 하기 위한 회사이자 통치기구인 HBC 설립을 허가받고, HBC 사업권까지 얻어냈다.

영국 국왕은 허드슨 만에 접한 150만 평방마일의 방대한 땅을 영국 식민지 루퍼트랜드로 선언하고, 그의 사촌 동생인 루퍼트 공작이 책임 통치토록 했다. 그 땅은 북아메리카의 1/3에 해당하는 거대한 땅이다. 이를 통하여 HBC는 북아메리카에서 가장 큰 영토를 소유하고 상업 활동을 하는 회사이자 법적 지위를 확보한, 명실상부한 통치기구가 되었다.

원시의 생존 질서가 지배하던 땅에 살아왔던 에스키모인들은 HBC를 통해 역사 이래 처음으로 문명인과 조우했다. 이 땅에서 오랜 기간 주인으로 살아온 원주민이나 새로 들어온 개척자들도 허드슨 만에 접한 땅이 장래 태어날 캐나다가 젖과 꿀이 흐르는 축복의 열쇠가 될 것이라고 예견한 사람은 아무도 없었을 것이다.

HBC 개척자들은 1668년부터 1770년까지 허드슨 만 처칠 근처에 3개 포트(Fort Churchill, York Factory, Fort Serven)를 설치하고, 온타리오주 제임스 만James Bay에 3개의 거점(Rupert House, Moose Factory, Fort Albany Ontario)을 세워 방어 요새 겸 무역 전진기지를 확보했다. 이들은 인근 원주민들과 모피를 교환하고 처칠 강과 넬슨 강을 따라 남하하며 활동 지역을 넓혀갔다. 그 가운데 핵심 포스트는 요크 팩토리였다.

처칠에서 동남쪽으로 200km 떨어진 헤이스 강가에 세워진 요크팩토리는 방어 거점이자 모피 교역 전진기지인 동시에, 원주민에게서 수집한 모피를 선적할 때까지 보관하는 창고 겸 숙소로 사용되었다. 개척자들은 각 포트에 흩어져서 활동하다가 겨울이 되면 이곳으로 돌아와서 캐나다의 매서운 겨울을 넘기기도 했다.

캐나다에는 이들보다 먼저 와서 터를 잡고 주인으로 살아온 사람들이 있었다. 이누이트 족, 치패완 족, 크리 족, 튜링깃 족, 오지브와 족, 아씨바스칸 족이 그러했으며, 캐나다 동부 광활한 땅을 호령하며 살았던 유런 족, 이로쿼이 족, 미크맥 족 등이 그러했다. 문화인류학적으로 그들이 언제 어떻게 어떤 경로를 따라 동토의 땅 북쪽에 정착하게 되었는지는 추측만 할 뿐 아무도 모른다.

Hudson Bay Company

York Factory

캐나다 동부에서는 1534년부터 프랑스가 퀘벡, 뉴브런즈윅, 프린스에드워드 아일랜드, 노바스코샤를 중심으로 원주민들과 교류하며 농업 식민지를 확장해나갔다. 이런 과정을 통해 프랑스는 캐나다 동부를 중심으로, 영국은 허드슨 만을 중심으로 의류, 구슬, 거울, 장신구, 칼, 총을 가져와 원주민들과 모피를 주고받으며 물물교류를 확대해 나갔다.

HBC 개척자들은 처칠 강과 헤이스 강을 따라 남하하면서 무역거점을 확대하여 현지 주민들과 모피를 교환했다. 개척자들은 정착지를 확대하는 동안 현지 주민과 통혼하기도 하면서, 루퍼트랜드에 영국 농민을 이주시키고 학교와 병원을 세우며 식민지 통치를 확대해나갔다. 영국인들이 HBC를 통해 처음으로 농사를 짓기 시작한 땅이 바로 매니토바다.

개척자들과 모피 교류를 했던 이누이트의 모습

허드슨 만에 접한 북극 땅의 에스키모인들

나는 캐나다가 탄생되는 데 산파 역할을 했던 허드슨 만과 처칠을 보기 위해 서스케처원주 주도州都인 리자이나에서 서스캐툰과 프린스앨버트를 거쳐 매니토바 톰슨까지 1,500㎞를 거슬러 올라갔다. 처칠로 가는 기차를 타기 위해서다.

처칠은 톰슨 북쪽 약 1,000㎞ 떨어진 북극해 허드슨 만에 있다. 육로를 통해 처칠로 가는 도로는 없다. 처칠로 가는 가장 편한 방법은 매니토바에서 비행기를 타거나, 기차를 타고 가야 한다. 비행기로는 3시간, 기차로는 약 2일이 걸린다. 아니면 톰슨까지 버스나 승용차를 타고 올라가서, 톰슨에서 비행기나 기차로 갈아타야 한다. 기차는 주 2회 운행한다. 나는 톰슨 역에서 기차 타는 방법을 택했다. 350년 전 영국 개척자들이 북극 항로를 통해 들어와 처칠에서부터 강을 따라 내려온 매니토바를 나는 거슬러 올라가며, 개척자들이 흘렸던 땀의 체취를 느껴보고 그들의 개척정신과 모험정신을 체험해보고 싶었기 때문이다.

매니토바주 면적은 647,797㎢로 남한보다 6.4배나 크다. 그렇게 큰 땅에 인구는 1,393,179명이 살고 있다. 대부분 사람은 주도州都인 위니펙에 모여 산다. 매니토바주 면적의 2/3 이상 되는 북쪽 지역에는 톰슨, 길람, 선덴스에 극소수의 사람만 살 뿐 그 외에는 사람이 거의 살지 않는 땅이다. 주민 숫자보다도 호수가 더 많은 매니토바 곳곳에는 바다처럼 거대한 강, 아름다운 호수와 비경이 곳곳에 숨겨져 있다. 매니토바 남부 대평원에는 농장이 끝없이 펼쳐져 있지만, 허드슨 만에 접한 북부는 끝없는 산림, 호수, 늪지대, 대평원이 교차되어 나타난다. 그 밀림 우거진 산림과, 대평원과, 호수와, 대륙을 관통하는 긴 강을 말하지 않고는 매니토바를 논할 수 없다.

매니토바주

처칠행 기차는 오후 5시 톰슨 역을 출발했다. 예상대로라면 16시
간을 달려야 다음 날 아침 10시 처칠에 도착한다. 기차는 거북이처
럼 천천히 달렸다. 지반이 약하기 때문이다. 겨울 동안 얼었던 땅이
날씨가 풀려 녹으면서 지반이 침하되어, 습기 머금은 땅은 열차의
무게를 지탱하기 어렵다. 고속 주행하면 탈선 위험이 있기에, 그나
마 정차하거나 연착하지 않고 달리는 것만으로도 다행으로 생각해
야 한다. 워낙 광활한 땅이기에 비가 많이 내려 저지대가 물에 잠기
면 기차도 물이 빠질 때까지 멈춰 서서 기다린다.

원시림 숲속으로 이어지는 철로 양옆은 태고의 숨결을 간직하고
있다. 그 밀림 무성한 숲을 바라보면서 360년 전 HBC 개척자들이
왜 육로가 아니라 강을 따라 카누를 저어가며 남하했는지 충분히

이해가 되었다. 도로 개설 장비도, 기계도 없던 그 당시 원시림 속에 길을 만드는 일은 거의 불가능에 가까웠을 것 같다.

열차가 지나가는 길 주변 멀리에는 원주민이 살았던 흔적도 군데군데 남아 있고, 그림 같은 호숫가에는 원주민 가옥도 이따금씩 보인다. 그 광경이 천국 정원을 연상시킨다. 아름다운 호반과 그림 같은 풍경이 감격스럽다. 하지만, 사회적 동물인 인간이 그렇게 외딴 오지에서 고립되어 사람끼리 서로 교류하지 않고 홀로 살아가는 것이 과연 행복한 삶이 될 수 있을까 의심스럽기도 하다.

로키 산에서 발원하여 앨버타, 서스케처원, 매니토바를 관통하여 북해로 빠져나가는 서스케처원 강

열차는 밤새 멈추지 않고 달팽이가 기어가는 것보다도 느리게 달렸다. 열차의 잔잔한 진동에 스르륵 잠이 들었다. 새벽녘 덜컹거리는 열차 바퀴 소리에 눈이 뜨였다. 밀림 같던 숲은 사라졌고, 창밖으로는 대평원에 늪지가 끝없이 펼쳐졌다.

구름 한 점, 바람 한 점 없는 하늘과 땅에 고요가 흐른다. 앨버타, 서스케처원, 매니토바 남부 대평원도 개발되기 이전에는 이곳처럼 원시림 숲과 대평원과 늪지뿐이었으리라. 이민자로 이 땅에 와서 광활한 숲을 개척하여 옥토로 만든 개척자들의 땀과 노력에 경의를 표하지 않을 수 없다. 아득한 저 평원 끝에는 무엇이 있을까 궁금하다.

기차는 17시간을 꼬박 달려 아침 11시 처칠 역에 도착했다. 오랜 기다림과 설렘 끝에 눈앞에 다가온 처칠 역은 시골 간이역 같은 느낌이다. 이곳이 북극 바다에 접한 대륙의 끝 허드슨 만인가 싶을 정도로 한적하다. 예약한 호텔까지 태워줄 택시를 찾았다. 주변을 두리번거려보니 택시가 기다리고 있을 분위기가 아니다. 역 앞에 상공회의소 겸 관광안내센터가 있기에 호텔 위치를 물었다. 역 앞 100m 거리에 있단다. 관광안내센터에서 처칠에 대한 설명을 듣고 안내 지도를 건네받았다.

처칠은 매니토바의 8대 경이로움을 간직하고 있는 지역이다. 북극곰의 허브이자 흰돌고래 최대 서식지이고, 매일 밤 북극광Nothern Lights의 화려한 춤이 하늘에서 펼쳐지는 곳이다. 또한 야생동물 천국이자 북극의 경이로운 원시 자연이 원형 그대로 보존되어 있는 청정 지역이다.

호숫가 원주민 마을

철로 옆 호수

매니토바 철로 옆 원시림

내가 허드슨 만에 온 첫 번째 목적은 영국 개척자들의 발자국을 추적하며 그들의 탐험로를 따라 포트를 둘러보는 일이고, 둘째는 오로라 관찰, 세 번째는 북극곰과 흰돌고래 관광, 넷째는 원시 자연 탐사다. 3박 4일간 체류하기로 계획하고 왔기에 그 네 가지 체험 관광 프로그램을 각각 하루씩 선택했다.

처칠

호텔에 들어와 짐을 정리한 후 마을을 한 바퀴 둘러보았다. 허드슨 만과 처칠 분위기를 몸으로 느껴보기 위해서다. 처칠은 750여 명이 살아가는 조그만 마을이다. 마을을 한 바퀴 도는 데 채 한 시간도 걸리지 않았다. 작은 마을이지만 학교, 교회, 성당도 있다. 기차역 앞 거리에는 사적지 탐방, 북극곰 관광, 흰돌고래 관광, 헬리콥터 투어 등 각종 안내 간판이 줄지어 세워져 있다.

마을 탐방을 마친 후 이누이트 민속박물관을 찾았다. 이누이트 역사와 문화를 담고 있는 박물관 Itsanitao Museum에는 일만 년 이누이트의 역사가 농축되어 있고, 그 땅을 지키며 숨 가쁘게 살아온 사람들의 오랜 숨결이 녹아 있으며, 이방 역사와 문화가 들려주는 소리에 마음의 귀를 기울일 수 있는 여러 가지 사료가 있어서 흥미로웠다.

처칠 중심가

박물관 탐사를 마치고 밖으로 나오니 오후 5시다. 아무리 북극일
지라도 여름날 저녁치고는 이른 시각이지만 거리를 거니는 사람이
눈에 뜨이지 않는다. 인구가 적어서 그런 것이리라 생각했는데 그
게 아니다. 북극곰 때문이다. 타운에 수시로 북극곰이 나타나 어슬
렁거려, 타운 사람들은 짧은 거리일지라도 트럭이나 4륜 오토바이
를 타고 이동한다. 추위 때문이기도 하지만 북극곰 때문에 외출이
나 야외 활동은 가능한 자제한다. 타운 곳곳에는 'Don't walk. Get a
ride'라고 곰 경고 표지판이 세워져 있다. 타운 경계 밖을 벗어나는
일은 관광객은 물론 마을 사람에게도 위험한 모험이다.

저녁 6시가 넘어서니 상가나 식당도 몇 군데 없지만, 그나마도 모
두 문을 닫았다. 처칠은 쥐 죽은 듯 고요하다. 호텔 주인에게 야간
에 체험할 수 있는 탐방 거리를 물으니, 밤 10시부터 새벽 2시 사이
에 나타나는 오로라 관광이 일품이라고 한다. 그날 밤 오로라를 보
기 위해 새벽 한 시까지 하늘에 구멍이 뚫어지도록 바라보았다. 하

지만, 오로라는 끝내 나타나지 않았다.

다음 날은 흰돌고래와 북극곰 관광을 하기로 예약된 날이다. 아침 9시 관광 보트에 탑승하기 위해 호텔을 나섰다. 아침부터 바람이 심하고 안개비까지 흩날렸다.

북극 바닷바람은 예상보다 차가웠다. 고무보트에 올라타고 바다로 40여 분을 나갔다. 흰돌고래가 보였다. 한 마리, 두 마리, 세 마리, 네 마리… 그러고 보니 북극 바다 전체가 흰돌고래 놀이터다. 헤아릴 수 없이 많은 흰돌고래가 숨바꼭질하듯 유영한다. 흰돌고래뿐만 아니다. 검은 고래도 수시로 물속에서 자맥질하며 튀어오른다.

흰돌고래는 영리한 동물이다. 어느 놈은 보트를 따라오며 우리를 환영이라도 하는 듯 고개를 물 밖으로 내밀고 꼬리까지 흔든다. 손가락을 바닷물 속으로 슬며시 밀어 넣어보았다. 차갑기가 냉동고 속 얼음을 손에 쥐고 있는 듯하다. 고래는 포유동물이다. 추운 물속에서 포유류가 살 수 있다는 것 자체가 신비스럽다. 바람이 심해지니 파도가 거세게 물결치고, 이에 따라 고무보트도 덩실덩실 춤을 춘다.

허드슨 만 바다는 거칠고 드세다. 아내가 "차가운 북극 바다에서 파도가 이렇게 드센데 보트가 뒤집히지 않을까요?"라며 걱정스럽게 물었다. 불안스럽기는 나도 마찬가지다. 하지만 "내가 아는 한 고무보트는 파도가 아무리 거세도 뒤집히지 않는다"라고 말하며 안심시켰다.

이 말을 입증이라도 하듯 이누이트 후예로 보이는 여성 안내원은 생글생글 웃으며 신이 난 듯 여유까지 부리며 보트를 흰돌고래가

북극 바다 허드슨 만 흰돌고래 관광 체험

뛰노는 곳으로 끊임없이 몰았다. 문득 352년 전 개척자들 모습이 떠올려졌다. 작은 나무 보트에 몸을 싣고 노를 저으며, 북대서양과 북극 바다를 건너 허드슨 만으로 들어온 개척자들의 용기를 생각하니, 그들의 모험심과 도전정신에 박수를 보내지 않을 수 없다.

흰돌고래 관광을 마친 오후에 개척자들이 이 땅에 와서 세웠던 포트 겸 방어진지였던 케이프 메리 포대 진지로 가기 위해 길을 물었다. 안내센터에서는 절대 안 된다고 펄쩍 뛰며 만류한다. 해안가로 가는 길과 덤불 숲 곳곳에 북극곰이 은신해 있어 언제 어디서 곰이 공격해 올지 모른다는 것이다. 다음 날을 기약하고 호텔로 돌아왔다. 오후부터 비바람이 드세게 몰아치는 데다가 마을에서는 딱히 할 일도 없어 인터넷을 뒤적이며 하루를 보냈다.

다음 날 새벽에 일어나서 하늘을 보았다. 비바람 세기가 어제보다 더욱 심하다. 오늘은 Prince of Wales Fort를 탐방하기로 예약되어 있었다. 개척자들이 허드슨베이에 세웠던 포대 진지를 둘러보고, 처칠 강을 따라 트레일을 걸으며 북극곰도 관찰하는 프로그램이다. 비는 내리지만 기대 반 설렘 반으로 약속된 장소에 나갔다. 출발을 확인하니 대답은 NO다. 모든 탐방 프로그램이 취소되었단다.

그곳에 가기 위해서는 처칠 강을 건너야 하는데, 처칠 강은 강이 아니라 바다라고 해야 할 만큼 거대하다. 풍랑이 심하고 파도가 거세게 몰아치는 데다가, 강을 건너는 동안 북극곰이 언제 어디서 튀어나올지 몰라 강을 건널 수 없다는 것이다.

캐나다 관광청은 처칠에서 참여할 수 있는 탐방 프로그램으로 HBC가 세웠던 Prince of Wales Fort, Cape Merry Battery, York Factory, 자연 관광으로 Wapusk National Park, 처칠 야생 생태공원, 북극곰 관광, 흰돌고래 관광, 오로라Aurora 관광이 있다며 꼭 볼 것을 권했다. 하지만, 모두가 날씨 좋은 날 참여할 수 있는 프로그램이다.

천하의 관광일지라도 비가 내리니 박물관 탐방 이외에는 별로 할 일이 없다. 8월 말이지만 북극의 차가운 날씨는 겨울 뺨친다. 두툼한 겨울 잠바를 꺼내 입고, 바람막이를 겸한 우비를 걸치고는 어제 다녀온 이누이트 박물관을 다시 찾아갔다.

파도가 거세게 일렁이는 북극 바다

이누이트 역사박물관

이누이트 역사박물관은 지난 일만여 년간 이누이트가 살아왔던 역사·문화·유물 전시관이다. 박물관에 들어서는 순간 박제된 북극곰, 물개, 들소가 입구에서 반긴다. 그 크기가 압도적이다. 전시관에 빼곡하게 진열된 유물과 조각품을 찬찬히 살펴보았다. 이누이트가 살면서 남긴 작품을 보는 순간 그들이 극한의 자연환경을 극복하며 살아왔던 곤고한 삶의 냄새가 물씬 전해져 왔다.

이누이트인은 자신들의 언어와 문자를 가지고 있지만 서로 비슷하면서도 다르다. 북극은 일 년에 8개월 이상 얼음으로 덮여 있기에 그들은 열악한 환경 속에서도 자신들에게 주어진 삶을 치열하게 살았다. 이누이트인은 토굴 움막이나 짐승 가죽으로 하늘을 가리고 살기도 했지만, 대부분 얼음 위에 얼음으로 집을 짓고 살았다.

육지나 바다나 모두 얼음으로 덮여 있기는 마찬가지인 동토에서 나무나 땔감을 구할 수 없다면 방법은 얼음으로 찬바람을 막고 그 안에 짐승 가죽을 깔고 사는 게 최선이다. 그게 바로 이글루다.

옛 시절 이누이트인은 야생에서 생활하다가 곰의 공격을 자주 받았다. 박물관에도 이누이트 여인이 북극곰의 공격에 맞서 싸우는 모습이 묘사된 작품이 자주 보인다. 얼음집 이글루를 향해 다가오는 배고픈 곰에 맞서 창을 겨누고 대항하는 여인의 절박한 모습에서 삶의 숭고한 의지가 느껴졌다.

이글루

이글루를 향해 다가오는 배고픈 곰에 맞서 창을 겨누고 대항하는 여인

　어릴 적 에스키모인은 얼음집에서 날고기를 먹고 산다거나, 자신의 아내를 먼 곳에서 온 손님에게 보내어 잠자리를 같이하게 하는 풍습을 가진 야만인으로 취급하는 글을 읽은 적이 있다. 부분적

으로는 맞고 부분적으로는 틀리다. 아내를 손님 잠자리에 보낸다는 소문도 대부분 사실이 아니지만, 불가피하게 그런 경우도 있었다. 종족 보존을 위한 어쩔 수 없는 선택이었다.

남녀가 한 사람씩 짝을 이루어 사는 것은 하나님이 우리에게 주신 질서가 아니라 우리가 살아가면서 공평과 상식과 정의의 기준에 따라 우리가 만든 사회적 약속이다. 지금도 중동 국가에서는 아내를 네 명까지 둘 수 있도록 법으로 보장된 나라도 있다. 장려할 일은 아니지만, 알고 보면 쉽게 비난하기도 어렵다.

과거 시절 전쟁은 생존을 위한 필요악이었다. 잦은 전쟁으로 많은 남자가 사망했고, 수많은 과부와 고아가 양산되었다. 이들을 누가 돌보겠는가? 과부와 고아를 돌보고 그 사회를 유지시키기 위한 불가피한 선택이 필요악을 만들었다. 우리의 문화와 잣대로 이방 문화를 평가한다면 오해의 소지가 있을 수 있다. 일본인이나 우리가 생선회나 육회를 먹는다고 우리를 생식하는 야만인 취급한다면, 우리는 이에 동의할 수 있겠는가.

에스키모인은 추운 극지방 해안가에서 12,000여 년간 극한의 어려움을 견디며 살아온 민족이다. 동네라야 3~4호 미만이 씨족사회를 이루며 가족 단위로 오랜 기간을 살았다. 적령기에 이른 성인들은 배우자를 맞이해야 하지만 서로가 워낙 멀리 떨어져 살다 보니 친족 간에 혼인이 이루어질 수밖에 없었다. 오랜 기간 근친혼이 이루어진 결과 가족관계도 불분명할뿐더러, 유전적 결함이 있는 후손이 태어난다.

이런 문제가 오랫동안 지속되면 종속이 소멸한다. 지금도 원주민 사회를 들여다보면 신체적 결함이나 정신적 문제가 있는 사람이 자주 눈에 뜨인다. 이런 문제를 해결할 방법은 멀리 떨어져 살아온, 유전적 형질이 다른 사람을 배우자로 맞이해야 한다. 그래야 정신적·육체적으로 건강한 후손이 태어난다.

그런데 극지에서는 서로 멀리 떨어져 살기에 근처에 사는 이방 사람이 아무도 없다. 어떻게 외지인을 만날 수 있겠는가. 방법은 외지인이 왔을 때 건강한 씨앗을 받는 수밖에 없다. 그 외지인과의 관계에서 태어난 자식은 자신의 울타리에서 자신의 자녀로 키웠다. 이런 문화는 어머니가 가정에서 의사결정권과 재산 분배권을 갖게 하고, 모계 중심으로 가계가 이어지는 문화적 전통을 만들었다. 이러한 문화적 전통은 북방계 극한지역인 시베리아나 북방 중국인의 생활 속에도 오랜 전통으로 전해 내려왔다.

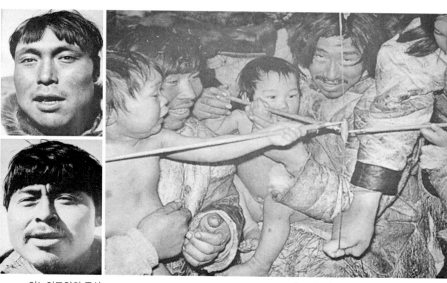

이누이트인의 두상   에스키모인의 가정생활

박물관에 있는 에스키모인의 사진을 자세히 살펴보았다. 두상, 피부 색깔, 체구가 서양인이 아니라 북방계 동양인에 가깝다. 어린 아이를 등에 업고 일하는 어머니의 모습은 한국인의 오래전 육아 방법과 너무나 흡사하다. 이런 생각은 극지방 근처, 알래스카, 심지어 캐나다 내륙에 광범위하게 퍼져 사는 크리 족에게서도 느껴져 연민의 정이 들었다.

북극곰

처칠은 북극곰의 천국이다. 전 세계 북극곰의 대부분은 허드슨베이 근처에서 서식한다. 에스키모인에게 최대의 난적은 추위가 아니라 북극곰Polar Bear이다. 북극곰은 얼음이 녹는 늦은 봄부터 바닷가 해안을 어슬렁거리다가 가을이면 꽁꽁 언 바다로 나가 물개나 고래를 잡아먹는다. 봄, 여름에는 생존을 위한 최소한의 먹이활동을 하지만 가을부터는 추운 겨울을 나기 위해 먹이활동을 왕성하게 하여 최대한 몸집을 불리고 지방을 많이 축적한다.

북극곰은 동면하지 않는다. 동면하지 않는 곰이 먹이활동을 게을리하여 배가 고프면 겨울에도 먹을 것을 구하기 위해 꽁꽁 언 바닷가에 나가 얼음 가운데에 구멍이 뚫린 물개 숨구멍 근처를 서성인다. 먹잇감을 찾기 위해서다. 먹이를 구하지 못해 배고픈 곰은 마을 주위를 어슬렁거려, 사람들은 만약의 사태에 대비해 집마다 총기를 소지하고 있다.

주정부에서는 곰이 마을 근처를 어슬렁거리면 경계 사이렌을 울리고 주민들에게 외출을 자제토록 권고하며, 곰이 마을 밖으로 나가도록 유도한다. 그래도 마을을 떠나지 않고 서성이는 곰은 마취총으로 쏴서 기절시켜 얼음 창고에 며칠간 감금시킨 후에 자연으로 돌려보낸다. 곰의 잦은 출몰 위험 때문에 밤 10시 이후에는 외출금지 사이렌이 울린다. 처칠에 머문 4일간 그런 소리가 수시로 들려왔다.

전시관에서 박제된 흰색 곰을 찬찬히 살펴보았다. 흰색 털로 뒤덮인 북극곰은 보기에는 무척 사랑스럽다. 외양으로만 보면 이성적 감각을 지닌 동물로 보인다. 그러나 위험천만한 발상이다. 크기가 3m에 이르는 북극곰은 언제 갑자기 맹수의 공격성을 발휘할지 아무도 모른다.

여느 곰과 마찬가지로 북극곰도 도망가는 물체를 추격하는 습성이 있다. 곰을 보고 놀라 달아나거나, 등을 돌리고 뛰거나, 죽은 척 누워 있는 것은 절대 금물이다. 곰은 달아나거나, 죽은 척 누워 있는 물체는 자신의 간식거리로 생각하고 추격하기 때문이다. 시속 50㎞의 빠른 속도로 달릴 수 있으며, 나무에 오를 수도 있고, 수영도 잘하기에 천하무적이다.

곰의 육중한 앞발은 나무 기둥보다 굵다. 곰의 발톱은 철제 상자도 부술 만큼 강하고 예리하다. 곰 이빨은 날카롭기 그지없다. 그런 곰에 맞서 싸운다는 것은 거의 불가능에 가깝다. 마을 주변을 탐방하는 철제 관광버스인 Tundra Buggy도 높이가 5m 이상 된다. 곰이 어슬렁거리다가 일어서서 접근하는 것에 대비하기 위해서다.

박물관에 박제된 북극곰

처칠 관광 이모저모

짧은 봄과 여름이 지나가고 9월 말부터 겨울에 들어가는 처칠의 긴 겨울은 영하 50도를 오르내린다. 처칠의 북극곰 관광은 10월 초부터 11월 말까지가 절정이다. 그 기간에는 모든 호텔과 관광 프로그램이 2년 전부터 사전 예약되어 빈자리가 없을 정도로 인기가 있다. 호텔과 식당이 북적이고, 날씨는 추울지라도 마을은 관광객들로 활기가 넘쳐난다.

그런 북극 하늘이 이방인에게는 좀처럼 그 민낯을 보여주지 않으려나 보다. 처칠에 도착한 다음 날부터 4일간 계속 비가 내렸다. 마을에서는 쇠락해가는 분위기가 피부로 느껴졌다. 그곳에서 태어나 64년 동안 살았다는 한 주민을 만났다. "전성기 시절에는 3,000여 명이 북적여 흥이 넘치는 마을이었지만, 대부분 마을을 떠나고 이제는 겨우 700여 명이 살고 있다"라고 말했다.

그는 "정부에서도 처칠의 자립을 돕기 위해 여러 가지 재정 지원을 하지만, 환경이 워낙 열악하고 학교, 교육, 병원, 헬스클럽, 취미, 오락시설 등 각종 편의시설이 부족하다"라며 "관광 관련 사업 외에는 수익을 창출할 아무런 매력이 없기에 대부분 사람은 마을을 떠나려 한다"라고 안타까워했다. 작은 마을에 그나마 학교가 하나 있고, 천주교회와 개신교회가 한 개씩 있다는 점이 위안이 된다.

특히 젊은이들에게 처칠은 지옥이나 다름없다. 교육 환경이 열악하고, 취미나 오락시설도 없고, 관광 이외에는 취업문이 모두 닫혀 있기 때문이다. 각종 생활 편의시설도 부족한 데다가, 물가도 타 도시에 비해 터무니없이 비싸다. 모든 생필품이 매니토바에서 열차를 통해 공급되고, 농산물이나 생필품을 생산하는 배후시설이 없다 보니 비쌀 수밖에 없다.

처칠에서 식료품과 생필품을 판매하는 유일한 가게가 하나 있다. 중앙로에 있는 Nothern N' Market이다. 가격이 여타 도시에 비교하면 1.5배~2배쯤 비싸다. 그마저도 6시 이후에는 문을 닫는다.

처칠에서 며칠 지내다 보니 매콤한 사발면이 그리웠다. 마켓이 단 하나뿐이기에 사발면이라도 살까 하고 Nothern N' Market에 찾아갔다. 아무리 둘러봐도 한국 라면이나 매콤한 사발면은 보이지 않고, 맛이 밍밍한 중국 사발면과 일본 라면만 눈에 뜨인다. 한국 라면이 세계인의 입맛을 바꾸어놓았다지만, 아직 처칠까지는 한류의 영향이 미치지 않았나 보다.

오늘이 처칠 방문 4일째. 새벽에 일어나 하늘을 바라보니 비가 내린다. 비바람은 그칠 기세가 아니다. 어려운 발걸음으로 북극 땅 처칠까지 왔는데 비만 맞고 돌아갈 수는 없다. 관광안내센터에 들러 참여 가능한 프로그램을 물었다. "모든 프로그램이 전부 취소되었다"라고 한다. 하기야 북극에서 비바람 치고, 곰이 출몰하는데 누가 관광을 하겠는가? 헬리콥터를 타고 요크팩토리를 탐방하는 프로그램도 바람 때문에 취소되었다고 한다.

오후에라도 비가 그치고 출발하는 관광 프로그램이 있으면 연락해달라고 부탁하고 연락처를 남겼다. 호텔로 돌아와 하염없이 내리치는 비바람을 바라보며 아침 식사 겸 커피를 마시는 동안 날씨가 조금은 안정되어가는 분위기다.

경험상 인내하고 기다리는 자에게 기회는 항상 찾아온다.

12시쯤 연락이 왔다. "오후 1시에 출발하는 Cape Merry Battery 와 처칠 야생 생태 관리 지역을 탐방하는 4시간짜리 프로그램이 있으니 12시 30분까지 오라"라고 한다. 기꺼이 달려갔다. 관광버스는 1시 정각에 출발했다. 참여 관광객은 나를 포함하여 총 6명이다.

Cape Merry Battery 포대를 향해 가는 동안 주위를 찬찬히 살펴보았다. 왜 걸어가는 것이 위험한지 이해가 되었다. 걸어서 가기에는 너무 멀다. 도로 상태도 좋지 않을뿐더러, 해안을 따라가는 도로 곳곳에 바위와 낮은 나무가 은신하듯 숨겨져 있다. 곰이 어디에서 튀어나올지 알 수가 없다. 총에 실탄을 장전하고 나온 관광안내원은 쉴 새 없이 주위를 두리번거리며 안내를 이어갔다. HBC 개척자들이 처칠에서 처음으로 세웠다는 포대는 파도가 심하게 몰아치는 바닷가에 있었다.

북극해를 통해서 밀려오는 바닷바람은 매서웠다. 그 바람에 실려오는 파도는 산더미 같아서 바닷가에 서 있는 것조차도 위태로웠다. Cape Merry Battery와 Prince of Wales Fort 사이를 흐르는 강이 처칠 강이다. 강이라기보다는 바다에 가깝다. 그 거대한 강 건너에 Prince of Wales Fort가 세워졌었다. 이렇게 거센 바람이 몰아치고 풍랑이 일렁이는 바닷가에 350여 년 전에 어떻게 포대를 세웠는지 감동할 수밖에 없다. 더욱 놀라운 사실은 프랑스와 영국이 북극해와 처칠 관할권을 두고 이 포대 앞에서 격전을 벌여 한때는 프랑스가 이 지역을 7년간이나 점령하고 식민지 지배권을 행사했었다는 사실에 놀라움을 넘어 기가 막힌다.

이 강을 따라서 개척자들은 매니토바 내륙으로 보트를 타고 들어갔다. 당시 모피가 아무리 귀하고 값지기로 사람의 목숨과 바꿀 만큼 소중하지는 않았을 텐데, 당시 사람들은 먹고살기 위한 경쟁에서 현대인보다 훨씬 더 치열하고 격정적인 삶을 살았던 것이 분명해 보인다.

원래 안내된 계획은 처칠 강을 건너가 Prince of Wales Fort와 Old Port & Churchill Site까지 트레킹을 하기로 되어 있었다. 처칠 강과 해안가는 북극곰이 즐겨 찾아와 물개나 고래를 잡아먹으며 햇빛을 쪼이고 쉬는 지역이다. 그러나 오늘 처칠 강을 건너는 것은 목숨을 건 모험이다. 관광안내원도 총을 들고 사방을 쉴 새 없이 경계하며, 강을 건너는 것은 절대 안 된다고 펄쩍 뛰었다.

포대 유적지를 탐방한 후 해안 길을 따라 처칠 야생 생태 관리 지역으로 향했다. 북극에 이렇게 넓고 광활한 야생 생태공원이 있다는 사실이 놀랍다. 이 공원에 있는 북극권 연구소는 로켓 발사, 미사일 성능 테스트, 미국 육·해·공군 극지 병기 시험, 극지에서의 기계 장비 성능 테스트 등 여러 가지 실험을 해왔으며 인류의 과학 발전을 위해 매우 가치 있는 연구를 수행해왔다.

마음 같아서는 좀처럼 오기 어려운 북극 땅을 밟은 기회에 HBC의 활동 중심지 York Factory도 둘러보고, 오로라도 보기 위해 일정을 연기하고 싶었다. 그러나 날씨가 변덕스러운 북극에서 4일간 내린 비가 다음 날 맑게 갠다고 누가 장담하겠는가.

예약된 기차는 오후 7시에 처칠을 출발한다. 언제 다시 올지 알 수 없는 미래를 기약하며, 아쉬운 발걸음을 돌려 남쪽으로 내려왔다. 꿈이 있고, 희망이 있기에 언젠가 다시 올 그날을 기약하며….

Cape Merry Battery

Cape Merry Battery와 Prince of Wales Fort
사이를 흐르는 처칠 강

북극에서 보지 못한 오로라(Yellowknife에서 촬영)

6. 캐나다 농장 체험

여행이 주는 기쁨 중 하나는 낯선 사람과도 흉금 없는 대화를 나누고, 서로의 호기심을 채우며 맛있는 음식을 함께 나누는 일이다. 유익한 여행 경험은 기억의 영역에 저장되어 있다가 필요할 때마다 긴요하게 재생된다.

여행을 통해서 축적된 지식과 경험은 일평생을 살아가는 동안 통찰력 깊은 지혜의 샘이 되어주고, 미래를 내다보고 준비하는 식견을 넓혀준다. 그것은 남들이 절대로 가져가거나 훔쳐 갈 수도 없다. 그래서 현자賢者는 이렇게 얘기한다. "자녀에게 부와 재산을 물려주려고 고민하지 말고, 의미 있고 보람 있는 경험을 물려줘라."

Garry D. Meyer는 서스케처원주 코넬크릭에서 50년을 살아온 Mayer Farm 농장주다. 나는 그를 북극에 접한 허드슨 만에서 처음 만났다. 허드슨 만에서 역사유적지를 탐방하는 동안 버스를 오르내릴 때마다 서로 가벼운 미소로 눈인사만 나누며 지냈다.

허드슨 만과 처칠 여행을 마치고 톰슨으로 내려오는 기차 안에서 그와 그의 부인을 다시 만났다. 17시간을 달리는 기차에 앉아 있다 보니 옆자리에 앉은 그들과 당연히 대화가 오갔다. 식당칸으로 자리를 옮겨 함께 식사하는 동안에도 대화는 계속 이어졌다. 처칠은 캐나다인들에게조차 일생에 한 번 다녀오기도 힘든 여행지인데, 그는 이번 처칠 여행이 세 번째 여행이라고 했다.

처칠은 캐나다에서 북쪽으로 갈 수 있는 최북단에 있는 작은 타운이다. 타운 옆으로는 로키에서부터 흘러온 강물이 거대한 대륙을 관통하고 먼 거리를 구불구불 흘러와 거대한 호수에 잠겨 있다가 처칠 강을 통해 허드슨 만으로 빠져나간다.

처칠은 북극해에 접해 있기에 처칠까지 가는 교통편이 쉽지 않을뿐더러, 시간과 비용도 많이 든다. 오가는 날짜를 포함하여 최소한 10일 이상 필요하며, 교통비 이외에도 처칠에 있는 동안 캐나다 관광청이 추천하는 역사기행이나 자연 관광 프로그램 참가비와 숙식비까지 고려한다면 그 비용도 만만치가 않다.

처칠에서 트레킹은 불가능하다. 주민 숫자보다도 북극곰이 더 많은 처칠에서 트레킹에 나선다는 것은 "나를 잡아먹으세요!" 하는 것과 다름없는 모험이다.

기차 안에서 Garry D. Meyer 부부와 서스케처원 농업 이민사, 캐나다 경제, 사업으로서 세계 농업의 미래, 한국 문화와 역사에 대해 여러 가지 대화를 나누었다. 대화를 이어가는 동안 그는 자신의 경험과 관련된 사항을 자세하게 설명하고는, 내가 궁금해하는 서스케처원 농촌 생활을 체험시켜주겠다며 우리 부부를 자신의 농장으로 초대했다.

그는 "허드슨베이Hudson Bay 타운에서 멀지 않은 곳에 살고 있다"라고 말했다. 우리는 처칠로 가는 기차를 타기 위해 톰슨으로 올라오면서 허드슨베이 타운을 지났던 기억이 떠올랐다. 작은 시골 마을에 역사 속 이름인 허드슨베이를 타운 이름으로 사용했다는 점이 특이했기에 기억에 남아 있다. 타운에 있는 Al Mazur Memorial Heritage Park은 개척 시대의 캐나다 역사와 개척 초기 생활상을 전시한 역사박물관이다.

박물관에는 허드슨베이 기차역, 교회, 성당, 농업시설, RCMP 발전사 등 여러 가지 시설과 역사적 유물이 전시되어 있어 캐나다 개척 당시 분위기가 생생하게 느껴졌다. 특히 유럽인들이 북극해를 건너와 이 땅에 정착하는 과정을 그린 역사적 시설, 인물 모형, 당시 생활용품이 원형 그대로 전시되어 있어 무척 흥미로웠다.

그 가운데 RNMP(Royal Northwest Mounted Police)와 RCMP(Royal Canadian Mounted Police)의 역할은 흥미로웠다. RNMP는 캐나다 개척 당시 원주민으로부터 개척자들의 안전을 지켜주고, 방대한 영토에서 영국 식민지를 정착시키고 치안을 유지하는 데 지대하게 공헌했던 치안 담당 기관이다. 식민지를 확대하고 정착시키는 데 원주민들과 피 흘리는 다툼을 어찌 피할 수 있었겠나! 후일 RNMP와 RCMP는 하나로 통합되어 캐나다 연방경찰, 검찰, 국방의 일부 기능까지 담당했으며, 개척자들로부터 대단한 신뢰와 사랑을 받았다.

공원에 전시된 시설이나 물건은 복제품이 아니라 개척 당시에 실제 사용했던 것을 원형 그대로 옮겨와 재현한 것이어서, 개척자들의 곤고한 삶의 자취와 진한 땀 냄새가 전시물 곳곳에 농후하게 배

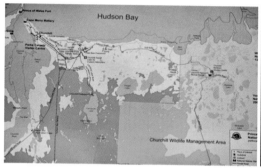

북극해 허드슨 만과 처칠 강　　　개척 초기의 농촌 가정생활

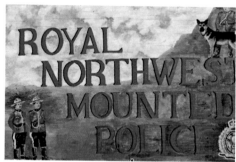

이민자들을 보호하고 치안과 국방을 담당했던 RNMP　Al Mazur Memorial Heritage Park

개척 당시를 재현한 마을의 교회, 경찰서, 찻집

어 있었다.

Garry D. Meyer가 "허드슨베이 근처에 살고 있다"라고 말했기에 타운 인근에 살고 있는가 하고 생각했다. 허드슨베이 타운은 톰슨에서 남쪽으로 550㎞ 떨어져 있다. 서스캐처원으로 내려가는 도로 선상에 있기에 쉽게 그의 초대에 응했고, 톰슨 역에서 내린 다음 날 아침 일찍 Meyer 씨의 집을 향해 출발했다.

그가 P. O. Box로 표기된 주소를 알려주기에 주소를 좀 더 자세히 가르쳐달라고 요청했다. 그는 우편번호와 약도를 다시 가르쳐주며 "그곳으로 와서 비포장도로를 10분 정도 지나면 자기 집에서 멀지 않으니, 그곳에 와서 전화하면 마중 나가겠다"라고 말했다. 경험상 캐나다에서는 우편번호 하나만 가지고도 목적지까지 쉽게 찾아갈 수 있다. GPS 네비게이션에 의지해서 찾아간 마을은 생각보다 멀었다. 허드슨베이 타운을 지나고 145㎞를 더 가서야 그가 가르쳐준 마을 근처에 도착했다.

그러나 도착한 곳은 그의 집이 아니라 그의 집 근처에 있는 마을 우체국 사서함 번호였다. 때마침 근처를 지나는 소방대원이 있기에 도움을 받아 그곳에서 다시 비포장도로를 20㎞ 더 가서야 그의 집 근처에 도착할 수 있었다. 톰슨에서 720㎞를 내려온 셈이다. 그곳에서 전화하자 Garry D. Meyer 부부가 마중 나왔다.

그의 집 주소를 물었을 때 "주소가 없다"라고 대답해서 상당히 의아했었다. 외국인을 집으로 초대하면서 집 주소를 가르쳐주지 않기에 '말 못 할 사정이 있나 보다'라고 생각하면서 초대에 응하지 말까하는 생각도 들었다. 그의 집 근처에 와서 보니 주소가 없다는 말이 무슨 뜻인지 이해가 되었다.

사람은 자신이 알고 있는 지식과 경험의 범주 내에서만 이해하려고 한다. 그의 집 근처에 가서 보니 그 넓은 땅에 지번을 일일이 표시하기에는 너무나 넓고 방대했고, 주소를 정확히 표기하거나 우편물을 각 가정에 직접 배달하는 것도 불가능해 보였다.

Garry D. Meyer 씨 부부를 약속된 장소에서 만나고도 비포장도로를 따라 10㎞는 더 들어갔다. Garry D. Meyer 씨가 사는 집 근처는 한 가구마다 평균 5~10㎞씩 떨어져 있다. 한국으로 친다면 외딴 독립가옥에 서로가 멀리 떨어져서 살고 있다는 얘기다. 서스캐처원 농촌 현실을 직접 보니 이해가 되었다. 개인 농장 한 필지 크기가 평균 100에이커다. 까마득해 보이는 평원이 모두 개개인의 농장이다 보니 우리처럼 마을이 형성되어 가까이 이웃하여 산다는 것은 생각하기 힘들었다.

그의 농장은 모두 3,000에이커나 된다. 우리식으로 평으로 환산하면 약 사백만 평으로, 여의도 면적의 5배쯤 된다. "주변이 온통 숲으로 둘러싸인 땅을 불하받아 나무를 베어내고 경작지로 조성했다"라며, "모든 땅은 이곳에 정착하여 내가 직접 일구었다"라고 말했다.

Garry D. Meyer 씨는 우리가 집에 도착하자마자 "어둡기 전에 농장 체험을 하러 가자"라며 우리를 데리고 나가 저녁 늦게까지 자신의 농장을 구경시켜주었다. 농장은 끝이 보이지 않을 만큼 넓었다. 가을 수확철이기에 농장에서는 밤늦게까지 그의 아들과 인부들이 불을 밝히고 오트밀 추수 작업을 하고 있었다. 모든 작업이 인력이 아닌 콤바인, 트랙터, 곡물 운반 차량을 통해 서로 연계되어 이루어졌다.

Meyer 씨는 "아들이 운전하는 콤바인에 올라 추수 체험을 한번 해보라"라고 권했다. 육중한 콤바인은 단순한 농기계가 아니라 컴퓨터와 GPS가 결합된 기계·전자기기 복합장비였다. 캐나다 농업이 첨단 기계·전자 복합장비에 의해 움직이고 있다는 사실이 놀라웠다.

오트밀 수확기 콤바인에 올라탔다. 멀리서 보기에는 작아 보여도 빙글빙글 돌아가는 칼날의 길이가 12m나 되고, 기계 높이가 10m나 되어 탱크 위에 올라탄 기분이다. 육중한 기계가 전진할 때마다 바닥의 오트밀이 싹둑싹둑 잘리고, 기계를 통해 수확된 오트밀은 옆에 밀착되어 따라오는 트럭으로 동시에 이송된다. 이 모든 작업이 컴퓨터와 GPS, 기계장비가 서로 연계되는 복합 기계·전자기기에 의해 동시에 이루어진다.

Meyer 씨의 아들은 콤바인에 부착된 각종 컴퓨터 화면을 보면서 쉼 없이 장비를 작동했다. 그에게 "이렇게 커다란 농장에서 생산되는 밀, 카놀라, 오트밀, 콩 등으로 엄청난 소득을 얻을 텐데 그 많은 돈을 어디에 쓸 것인가?" 하고 농담 삼아 물었다. "많이 벌기는 하지만, 기계·전자 장비 구입, 영농비, 인건비, 세금 등으로 비용이 엄청나게 많이 지출된다"라며 엄살 떨듯 웃었다.

어둠이 짙어질 때까지 이것저것 농장 체험을 함께 하다가 집으로 돌아왔다. Meyer 씨의 집에는 수확한 농작물을 저장하는 창고인 Grain Bean 20여 개가 세워져 있었고, 트럭, 콤바인, 트레일러, 씨앗 파종기, 비료와 농약 살포기 등 농기계 수십 대가 여기저기 흩어져 있었다.

추수 체험을 한 콤바인과 곡물 운반 트럭이 동시 작업 중인 추수 현장

수확기 콤바인

콤바인 칼날

곡물 저장 창고와 농기구

지평선을 따라 끝없이 이어진 카놀라 농장

Meyer 씨가 자신의 겨울 놀이터라며 안내해주는 건물로 들어갔다. 그곳은 놀이터가 아니라 자동차 정비소나 기계를 제작하는 공작실만큼이나 크고 넓은 창고였다.

그는 "영하 40도에서 50도를 오르내리는 추운 겨울, 밖에서 일할 수 없을 때 이곳에서 농기계를 점검하고 놀면서 다가오는 봄을 준비한다"라고 말했다. Meyer 씨의 삶을 가까이에서 보면서 단순한 캐나다 농부가 아니라 자이언트의 힘과 저력을 지닌 기계·전자 기술자이자 기업형 농장주임을 알 수 있었다.

늦은 저녁에 Meyer 씨와 그의 부인, 그리고 나와 아내가 식탁에 둘러앉았다. 식탁에 올라온 식재료는 쇠고기, 감자, 옥수수, 토마토, 오트밀로 모두가 그의 농장에서 수확한 것으로 만들어졌다. 식사 후 차를 마시면서 자신이 살아온 삶을 들려주었다. Meyer 씨의 조부는 1880년 스위스에서 캐나다로 이주해 왔고, 부인의 조부는 영국에서 건너온 이민 초기 세대의 후예라고 했다.

Meyer 씨는 "온타리오에서 태어나 50년 전에 이곳으로 이주해 온 개척 농민으로서, 온통 숲과 나무로 덮인 땅을 개척했다"라고 말했다.

어찌 보면 그도 서스케처원 초기 개척자처럼 개척 농민인 셈이다. 그러나 그의 농장 규모나 살아가는 삶의 방식은 개척 농부가 아니라 거대한 농장의 농장주다. Meyer 씨 부부와 대화를 나누는 동안 그들에게서 오랜 인생을 살면서 축적된 성실함, 풍부한 경륜, 고매한 인품과 인간에 대한 신뢰가 느껴졌다.

이방인일지라도 마음의 문을 열고 서로 진솔한 대화가 오가면 쉽게 친해지는 법이다. Meyer 씨는 일평생 모아온 사진첩을 보여주며 하나하나 설명해주었다. 밤늦도록 대화를 나누다가 그가 마련해준 아래층 침실에서 꿀잠이 들었다.

　　다음 날 아침 일찍 일어나 집 주위 텃밭을 함께 산책했다. 이름까지 Grandmam's Garden이다. 이름 모를 꽃과 꽃사과, 옥수수, 감자, 양파, 당근, 해바라기, 로메인 상추, 베리, 허브 약초 등 여러 가지 식물과 과일나무가 있고, 자그마한 목장까지 딸려 있다. Garry D. Meyer 씨가 사과밭에서 꽃사과를 한아름 따주었다. Meyer 씨의 부인에게 "과일이나 식료품 사러 마켓에 갈 필요가 전혀 없겠군요!" 하고 말하니 빙그레 웃는다. 아침 식사 역시 Grandmam's Garden에서 갓 따 온 싱싱한 토마토, 야채, 양송이 스프, 오트밀 죽과 과일로 차려졌다. 식사를 마치고 다시 Meyer 씨의 농장으로 나갔다. 아침에 둘러본 농장은 어제저녁에 보았던 농장보다 훨씬 더 규모가 크고 넓어 보였다.

농장에서 따온 싱싱한 식재료로 차려진 저녁 식사 후 담소

"서스케처원주에서 농사가 가능한 최북단 동쪽 마지막 땅이 나의 농장이다"라며 보여주는 땅은 지평선을 따라 끝없이 이어졌다. 그런데 이뿐이 아니다. "이런 규모의 농장이 다른 지역에 하나 더 있다"라고 한다.

Meyer 씨는 "이제 농장 일 대부분은 아들에게 맡기고, 부인과 여행하며 여가 시간을 보낸다"라고 말했다. 그러고는 "사정이 된다면 하룻밤 더 머물며 곰이 자주 나타나는 다른 농장을 체험하러 가자!"라고 권했다. "곰이 농장 곡식을 먹으려고 숲에서 자주 나온다"라는 설명이다. 일면식도 없는 외국인을 초대해서 따뜻하게 환대하고, 농장 체험까지 시켜주는 Meyer 씨와 부인의 성의가 고마웠다.

아내가 옆구리를 꾹 찌르며 귓속말로 속삭였다. "하룻밤은 손님이고, 이틀은 과객이지만, 사흘부터는 생선도 비린내를 풍긴다." 더이상 폐를 끼치면 결례라는 것이다. 아쉬움을 뒤로하고 나의 한국 주소와 전화번호를 건네주고는, "다음에 한국에 오실 기회가 있으면 꼭 연락주세요"라는 인사말을 남기며 Garry D. Meyer 씨 댁을 떠났다.

Meyer 씨 부부는 그의 집으로부터 10여 ㎞ 앞 Heamp밭까지 배웅 나왔다. 아내는 Ms. Meyer와 깊은 포옹을 했고, 나는 Meyer 씨와 악수하며 헤어짐을 아쉬워했다. 오랫동안 그 자리에서 손을 흔들며 환송해주었던 Meyer 씨 부부의 모습이 지금도 눈에 선하다. Garry D. Meyer 씨 집에서 받았던 친절과 환대처럼 언젠가 나의 도움이 필요한 누군가에게 보답할 날을 기다린다.

Meyer 씨 집으로 가는 동네의 비포장도로

Garry D. Meyer 씨 집에 붙어있는 그의 카놀라 농장

Garry D. Meyer 씨 부부의 집을 떠나기 전 기념촬영

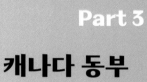

Part 3

캐나다 동부

1. 정치, 경제, 교육 1번지 온타리오

온타리오주

온타리오주에서 운전할 때는 무척 조심스럽다. 풍광이 수려하고 호수가 많아 여기저기 두리번거리다가 자칫하면 마주 오는 차와 부딪치거나 호수에 빠지기 십상이다.

오대호에 있는 호수만 해도 우리나라 전체를 합친 면적보다 넓다. 푸른 하늘이 투명한 호수에 풍덩 빠진 듯 잠겨 있어 호수 속 하늘이 하늘인지, 머리 위 하늘이 하늘인지 한참을 들여다보고 판단해야 한다. 호수에는 수많은 요트가 그림처럼 떠 있어, 이곳이 바다인지 호수인지 분간하기도 쉽지 않다.

넓은 땅에 있는 삼천여 개 호수에는 무지개송어, 쇠머리송어, 연어, 살기 등 다양한 어종이 서식한다. 씨알도 어종마다 믿기 어려울 정도로 굵어 낚시꾼 마음을 부풀게 한다. 호수 주변에는 호텔, 별장, RV Park, 캠프그라운드 등 숙박 시설이 잘 갖추어져 있어 관광이 온타리오주 주요 사업 가운데 하나임이 한눈에도 느껴진다.

슈피리어 호숫가를 따라 걷다가 낚시꾼을 만났다. 특이한 자세로 플라이 낚싯줄을 던지는 모습이 재미있었다. 한동안 바라보다가 호기심이 발동하여 무엇이 낚이는지 물었다. "무지개송어가 자주 물리며 스틸헤드도 심심치 않게 입질한다"라고 한다. 그 말을 들으니 일 년 전 알래스카에서 내려오는 길에 스키나 강가에서 만났던 미국인 그레고리 벌클레이Gregory Bulkley의 인상 깊었던 친절이 떠올랐다.

바다처럼 광대한 슈피리어 호수

9월 말, 비가 부슬부슬 내리는 쌀쌀한 아침이었다. 스키나 강가 RV Park에서 철수하기 위해 캠프그라운드에 연결된 내 RV의 수도 연결 장치를 분리하려고 안간힘을 쓰고 있는데, 전날 밤 나사를 너무 단단히 조였는지 아무리 해도 풀리지 않았다. 그때 초면인 미국인이 "Good morning, neighbour friend?"하고 인사말을 건네며 다가왔다. 그리고는 따끈한 커피를 권하고 비까지 맞으며 수도 분리 작업을 도와주었다. RV Park에서 곤경에 처한 이웃을 돕고 서로 친절을 베푸는 것은 RV 여행자에게는 기본 상식이다. 하지만, 비바람 치는 날 비까지 맞으며 이웃을 돕는 것은 쉬운 일이 아니다. 더구나 자기 눈에 분명히 초면인 동양인에게 '이웃 친구'라고 호칭하며 친절하게 다가오다니….

그는 "나는 스틸헤드를 낚기 위해 오레곤에서 올라왔습니다. 존스홉킨스 대학교에서 생화학 교수로 정년퇴직하고, 고향인 오레곤으로 돌아와 낚시를 즐기며 인생 2막을 보내고 있는 그레고리 벌클레이Gregory Bulkley입니다"라고 자신을 소개했다.

그는 "이곳은 북미에서 스틸헤드가 낚이는 최상의 포인트입니다. 스틸헤드는 낚싯대를 1,000번은 던져야 한 번 낚일까 말까 하는 까다로운 물고기입니다. 낚시꾼에게 스틸헤드 낚시는 최고로 가슴 떨리는 도전이지요"라고 말하고는 "어젯밤 이곳에서 낚시하셨나요?"하고 물었다. 그가 나를 낚시꾼으로 생각하는가 싶어 "나는 알래스카를 여행하고 밴쿠버로 내려가는 여행자입니다"라고 솔직하게 이실직고했다.

스틸헤드 낚시 캐스팅 기법을 간단하게 설명해준 그는, "다음에 만나면 스틸헤드 낚는 기술을 자세히 전수해주겠습니다"라고 제의

했다. 그리고 자신의 오레곤 집 주소와 전화번호를 가르쳐주고는, "저의 집에 게스트하우스가 있어 동료 교수, 연구원, 신문기자 등 방문객이 많이 찾아옵니다. 지나는 길이 있으면 미리 연락하고 방문하십시오"라고 권했기에 아직도 그 집 주소와 연락처를 간직하고 있다. 그가 건넨 "Good morning, neighbour friend?"라는 인사말이 정감 있게 느껴져 나도 언젠가 이웃 캠퍼가 곤경에 처했을 때 따끈한 커피 한잔 건네며 다가가 한번 써먹어봐야지 하고 별러왔는데, 아직 그런 기회를 만나지는 못했다.

캐나다 정치와 경제를 이끌어가는 온타리오주! 온타리오에서는 다른 곳에서 보기 힘든 활력이 넘친다. 캐나다 금융의 중심지이고, 제조업 절반 이상이 몰려 있으며, 2023년 1월 2일 현재 캐나다 전체 인구 38,566,289명 가운데 38.7%인 14,940,912명이 살고 있다. 퀘벡 주 인구 8,847,628명을 포함할 경우 캐나다 전체 인구의 61.7%가 온타리오와 퀘벡 등 캐나다 동부에 몰려 있다. 그렇지만 사람들이 많이 산다고 해도 917,741㎢의 워낙 방대한 땅에 흩어져 있기에 인구밀도는 무척 낮다.

한국의 정치, 경제, 산업, 교육이 수도권에 집중되어 있고 인구도 서울과 경기에 몰려 있듯이 캐나다의 정치, 경제, 산업, 교육도 토론토와 인접 도시에 밀집되어 있다. 주 인구의 95%는 토론토, 디트로이트, 버펄로를 삼각 반도처럼 이어주는 오대호 주변에 모여 살며, 금융업, 서비스업, 관광업, 중공업, 제조업, 농축산업 등에 종사한다. 도시 성장이나 특성이 우리와 흡사하다.

사람이 몰리니 필연적으로 부동산 가격과 물가가 상승하고, 이는

오대호 주변 복숭아 농장

곡창지대 밀밭

해바라기 농장

토론토 근교의 수도권 도시로 파급되어 서울 근교 분당, 일산, 판교, 수원처럼 수도권 신도시가 토론토 근교에서 비약적으로 팽창했다.

캐나다 10개 연방 가운데 소득수준이 가장 높으며, 캐나다 정부의 정치적 의사결정이 동부 중심으로 이루어지기에 연방정부로부터 지원과 혜택도 가장 많이 받는다. 게다가 정부가 신에너지 프로그램인 NEP 정책을 시행하면서 앨버타의 석유 소득을 자원재분배 명목으로 온타리오주와 퀘벡주에 집중적으로 배분하거나, 공공 기금을 동부지역에만 배정하는 등 같은 캐나다 연방 내에 있으면서도 상대적 혜택을 많이 받아 BC주나 앨버타주로부터 질시와 미움을 받기도 한다.

토론토 근교 신도시 개발도 토론토 근교와 오대호를 중심으로 활발하게 이루어지고 있다. 각종 생활 인프라와 교육 인프라가 토론토와 그 주변에 모여 있기에 토론토 근교 도시나 개발 중인 외곽 도시는 수원이나 판교신도시로 착각될 정도로 구조와 기능 면에서 동질감이 느껴진다. 이런 도시 집중화는 경제와 산업 집약으로 시너지 효과를 발휘하여 발전의 견인차 역할도 하지만, 캐나다 전체의 균형 발전 차원에서는 불평등 위기로 작용하기도 한다.

동쪽으로 퀘벡주, 서쪽으로 매니토바주와 경계를 접하고 있고, 남쪽으로 오대호를 통해 미국 미네소타, 위스콘신, 미시간, 오하이오, 펜실베이니아, 뉴욕주와 국경을 맞대고 있는 온타리오주는 웬만한 나라 몇 개국을 합친 면적보다도 넓다.

오대호 호수 면적만 해도 244,100㎢로 남북한을 합친 면적보다도 넓다. 지구 민물의 5분의 1이 오대호 호수에 담겨 있고, 수평선이 바다처럼 펼쳐져 있어 풍랑이 일면 이곳이 호수인지 바다인지 분간하기조차 쉽지 않다.

농업과 목축업의 메카인 휴런 호수, 이리 호수, 온타리오 호수 주변 농경지에는 포도, 사과, 체리, 복숭아가 따가운 햇살 아래 탐스럽게 익어간다. 북쪽 땅 드넓은 지역 대부분은 삼십만 개 호수와 사람들의 발길이 닿지 않는 냉대 침엽수림에 묻혀 있고, 허드슨 만의 거대한 바다로 둘러싸여 개발의 손길을 기다리는 처녀 같은 주이기도 하다.

넓은 땅에 매장된 광물자원도 풍부하다. 광활한 땅에서 출토되는 금, 은, 니켈, 우라늄, 석유, 천연가스는 수출에 일조하기도 하지만, 오대호 연안 중공업 단지에서 캐나다 철강업, 제조업, 각종 산업에 활력을 불어넣는 촉매 역할을 한다.

역사가 짧고 전통이 일천하며 이렇다 할 문화유산이 없기에 교육이 주를 이끌어가는 주요 산업으로 정착했으며 농업, 제조업, 관광서비스업, 그리고 교육이 주요 산업이다. 풍부한 자원과 산업 다각화 덕분에 에너지산업, 제약·바이오산업, 의생명공학산업, 항공·우주산업, 철강·금속산업, 영화·애니메이션산업 등 첨단산업에서도 강한 면모를 보인다.

지나간 역사에는 수많은 나라가 등장하여 성쇠하고 사라졌다. 그 많은 나라의 내면을 들여다보면 국가 운명을 결정지었던 요소는 환경이나 물질적 풍요 여부가 아니다. 미래 비전을 제시하고, 원대한 목표 아래 국민을 하나로 통합시키는 리더십과 위기관리 능력이 나라 흥망에 크게 영향을 미쳤음을 역사는 여러 사례를 통해 우리에게 보여준다.

일등 국가 일등 도시 세우기

캐나다나 미국 모두 한때는 영국 식민지로 출발했다. 일등 나라에서 온 이등 국민이 청교도정신과 개척정신으로 나라 기틀을 다지고, 인간의 존엄과 개인의 자유를 중시하며, 부국강병富國強兵의 길을 열어 일등 국가로 만들었다.

캐나다가 영국에서 독립한 1931년 이래 90년이 지나는 동안 세계 최강국 대열에 오른 것은 영국 식민지 시절 다져놓은 탄탄한 토대 위에 바른 방향으로 정책을 세우고, 미래를 준비했던 꿈 있는 개척자들과 식견 있는 지도자들이 나라를 이끌었기 때문이다.

영국 의회가 인준한 '웨스트민스터법'에 의해 독립한 캐나다는 출신이 어디든 개인의 성실과 정직을 액면 그대로 신뢰하고, 인권을 존중하며, 원칙에 따라 법을 집행하는 나라다. 또한 이해관계가 복잡하고 다양한 구성원들을 하나로 통합하여 전 국민이 자발적 애국심을 발휘토록 하는 용광로의 힘을 발휘하는 나라다.

겉으로 보기에는 어리숙하게 보일지 몰라도, 그 내면에는 가톨릭 정신을 바탕으로 자유와 평등 이념에 따라 정의로운 나라를 세우고자 했던 토마스 모어Thomas More의 유토피아 정신이 캐나다 정치체제 속에 살아있는 듯싶다.

호수에서 바라본 토론토 시내

토론토 Aquarium of Canada

토론토 시내 고층건물

미래지향

　21세기 융복합 지식사회를 열어가는 중요한 키워드는 교육과 문화에서 찾는다. 교육은 인류 미래를 책임지고 다음 세대를 열어갈 인재를 육성하는 중요한 사업이다. 토론토는 캐나다 최대 도시이자 교육, 금융, 산업의 메카다. 온타리오에는 세계 대학 평가기관들이 우수교육 및 연구대학으로 인정하는 명문대학이 도처에 있다.

　토론토 대학교는 1921년 인슐린 추출에 성공하고, 1963년 줄기세포를 발견했으며, 10여 명의 노벨상 수상자를 배출한 명문대학이다. 2020년 US News & Reports에서 세계 16위에 랭크되었으며, 세계적 권위를 가진 QS의 2022년 세계 대학 평가에서도 세계 26위로 평가되었고, 의학, 인문학, 수학, 생명과학, 자연과학, 공학, 경영학, 경제학 분야가 세계 20위권 경쟁력을 가진 우수대학으로 평가되었다.

　맥길 대학교, 요크 대학교, 퀸스 대학교, 웨스트온타리오 대학교도 심리학, 경제학, 경영학, 법학, 간호학, 첨단과학 등에서 세계 최고 수준의 경쟁력을 갖추고 있으며, 세계 각지로부터 우수한 영재를 불러 모으고 있다.

　흔히 미국은 문화의 용광로 같다고 한다. 세계 여러 민족의 다양한 문화가 거대한 아메리카 용광로에 용해되어 새로운 아메리카니즘으로 창출되기 때문이다. 뿌리가 비슷한 이민자들이 세운 나라이면서도 캐나다는 다른 모습을 보인다. 세계 다양한 민족들이 자신들의 고유한 문화를 유지하면서도, 서로 갈등하지 않고 함께 모여 문화의 하모니를 연출해낸다. 그 가운데서도 토론토 시내 곳곳은 모자이크 문화의 백화점 같다는 인상을 진하게 풍긴다.

토론토대학교 본관

교육, 연구의 산실 토론토 대학교 중앙도서관

유엔은 토론토를 세계에서 가장 다양한 문화의 도시로 선언했다. 세계 여러 민족이 모이는 토론토 시내 용지-던다스 광장Yonge-Dundas Square이나 엔터테인먼트 구역에서는 다양한 민족이 주관하는 행사를 자주 볼 수 있다. 뉴욕의 타임 광장이나 런던의 피카딜리 광장에 비유되기도 하는 이 문화광장에서는 캐나다 여러 민족 고유의 민속행사나 축제, 공연 등 다채로운 행사가 일 년 내내 이어져 마치 세계 민속축제의 장에 온 것 같은 느낌이다.

용지-던다스 광장에 도착했을 때는 마침 인도 민속축제가 열려, 인도 인구 1,428,623,173명의 다양한 음악과 춤을 볼 수 있었고, 인도 전통음식도 시식할 수 있었다. 향신료의 나라답게 오랜 역사와 전통으로 빚어낸 음식에서 나오는 향이 처음에는 익숙하지 않았다. 시험 삼아 인도 정통요리인 탄두리치킨과 만두 튀김 사모사를 주문했다. 처음 대하는 고수의 향은 거북했지만, 씹을수록 야릇한 맛이 나서 아내가 남긴 것까지 몽땅 먹어치웠다.

다채로운 행사가 열리는 Yonge-Dundas Square

원래 온타리오주 슈피리어 호 동부와 북부에는 치페와 족이, 휴런 호와 온타리오 호 사이에는 휴런 족이, 온타리오주 남부에는 이로쿼이 족이 살아왔던 땅이다. 현재도 160,000명의 아메리카 원주민들이 그들만의 공간에서 자신들의 공동체를 유지하고 있으며, 그들 가운데 1/3은 보호구역 내에서 살고 있다.

원주민들은 자기들만의 공간에서 사냥하거나, 수공예품을 만들어 팔아 생계를 유지하며 고유 언어와 문화를 유지하려고 하지만 자립에 어려움을 겪고 있다. 그들의 전통 생활방식이나 공예품은 서로 비슷하며 알래스카 토착민이나 심지어 우리 민족의 그것과도 유사하다. 곰곰이 생각해보니 그들의 민족적, 문화적 줄기가 원래는 같은 뿌리에서 유래된 것이 아닌가 하는 생각을 갖지 않을 수 없다.

캐나다 정부는 원주민들의 자치공간을 보호하고 전통과 문화를 존중해주기도 하지만, 그들에게 지급되는 생활지원비가 생활 유지

건물과 건물 사이 천정을 막아 겨울철 이동 시 추위를 막아주는 통로

나 개선에 사용되기보다 술, 마약, 담배 등을 구입하는 데 사용되어 그들의 자립을 막는 요인으로 작용하기도 한다.

나이아가라 폭포와
나이아가라 온 더 레이크

나이아가라 폭포는 군더더기 설명이 필요 없는 유명 폭포다. 브라질과 아르헨티나 접경에 있는 이과수 폭포, 잠비아와 짐바브웨 사이 국경을 흐르는 빅토리아 폭포, 흰 물보라가 천사의 날개를 닮

나이아가라 폭포

았다 하여 '신의 세계'라 믿었던 베네수엘라 엔젤 폭포와 함께 세계 최고 경관을 자랑한다.

미국과 캐나다 국경 나이아가라 강에 길이 790m의 U자형 곡면을 따라 54m 절벽 아래로 떨어지는 나이아가라 폭포는 독보적인 외형과 신비로운 모습으로 세계의 폭포 가운데 순위를 매기기조차 어려울 만큼 아름답다.

북아메리카에서 와이너리 하면 캘리포니아 나파 밸리, 오레곤 윌라메테 밸리, 오카나칸 밸리를 먼저 떠올리지만 나이아가라 폭포로 가는 도로 주변에도 유명 와이너리가 200여 개나 산재해 있다.

나이아가라 강이 온타리오 호수로 유입되는 강가에 긴 띠를 이루며 형성된 과수원지대는 햇빛이 따갑고 일교차가 커 과일 생산지로도 이름나 있다. 이 지역은 오카나칸 밸리와 함께 국제 와인 콘테스트에서도 상위 수상 경력이 있는 와인의 원산지이며, 차가운 영하의 날씨에 수확해 생산하는 백포도주가 특히 유명하다.

동네를 지나다 보면 포도나무가 멋들어지게 펼쳐진 포도밭 근처에 와이너리가 무수하다. 와인 애호가가 아니라도 그 많은 와이너리를 바라보며 그냥 지나치기는 쉽지 않다. 중세기 수도원을 방불케 하는 Peninsula Ridge Estates Winery 앞에서 발길을 멈추었다.

이곳의 소믈리에도 Peninsula Ridge Estates Winery에 대한 자부심이 대단했다. 테스팅 참가비 $15를 내고 시음한 와인은 질이 우수했고, 와인마다 맛과 향이 섬세하게 달랐다.

Niagara On the Lake 마을

Niagara On the Lake의 오후

Niagara on the Lake를 꼭
방문하라고 당부했던 토론토 대학
Levin 동문 부부

Niagara on the Lake 마을에 유난히 많이 핀 무궁화

Niagara on the Lake는 나이아가라 폭포에서 흐르는 강물이 온타리오 호수로 유입되는 강을 따라 형성된 보석 같은 마을이다. 나이아가라 강변을 따라 마을로 이어지는 나이아가라 파크웨이 드라이브 코스를 달렸다. 차를 타고 달리는 환상적 분위기는 고속도로를 따라 하늘로 올라가는 것 같았다.

Niagara on the Lake는 잘 가꾸어진 공원 같은 마을이다. 마을 안에는 온갖 꽃과 나무가 마을을 아름답게 장식하고 있고, 빅토리아 양식 건축물과 나지막한 주택, 아트갤러리, 기념품점, 와인 가게, 식당이 실루엣 라인을 이루어 평화로운 기운을 뿜어낸다.

국경 개념이 없던 시절 유럽에서 이주한 사람들에 의해 형성된 이 마을은 나이아가라의 비경과 접근성, 기름지고 넓은 평원이 가지는 매력 때문에 미국조차도 탐을 내어 영토전쟁이 벌어진 적도 있다. 미국과 나이아가라 강을 경계로 국경을 맞댄 이 마을 나이아가라 성에는 지금도 1812년 전쟁 당시 사용했던 대포가 기념물로 남아 있다.

이곳에 오기 전에는 Niagara on the Lake에 대해 아는 바가 전혀 없었다. 토론토 대학교 캠퍼스를 방문 중일 때 우연히 만난 John & Brina Levin 부부가 우리의 행색에 무엇이 궁금한지 이것저것 물어 여러 가지 대화를 나누다가 다음 행선지를 묻기에 나이아가라 폭포라 했더니, "토론토 사람들은 나이아가라 폭포보다도 Niagara on the Lake를 더 사랑한다"라며 Niagara on the Lake를 꼭 방문하라고 신신당부했다.

Mrs. Levin은 "마을도 아름답지만, 분위기 좋은 카페에서 차 한 잔 마시며 마을의 평화로운 정취를 느껴보시고, 일 년 사시사철 크리스마스 용품을 파는 기념품 가게도 들러보세요"라며 방문지 추천 목록과 주소까지 적어주었다. 그리고 바닐라 향이 풍부한 메이플 캔디는 자신이 먹어본 최고의 맛이라며 꼭 시식해보라고 덧붙였다. 이방인의 거취에 관심을 기울여주고 다음 행선지 약도까지 그려주며 친절을 베풀었던 Mrs. Levin의 마음씨가 살갑게 느껴졌다.

Niagara on the Lake에는 유난히도 무궁화가 많이 피어 있다. 무궁화는 우리나라 국화이지만, 서양에서는 샤론의 장미(The Flower of Sharon)이라고도 불릴 만큼 사랑받는 꽃이다. 마을 곳곳에 활짝 핀 무궁화 꽃을 보니 갑자기 고국이 그리워지고, 애국심이 발동한다.

누가 나에게 아름다운 천국을 지상에 세우라고 한다면 무궁화 꽃이 아름답게 피어 있고, 노랑색 칸나꽃이 인상적이며 평화롭고 아름다운 이 마을처럼 세울 것 같다는 생각이 든다. 빅토리아풍의 고전미 넘치는 Niagara on the Lake 마을 풍경과 바닐라 향이 감도는 메이플 캔디 맛은 오랫동안 잊히지 않는 추억으로 남아 있다.

2. 로열 산의 십자가

로열 산 십자가 야경

＊
＊

믿음과 구원의 상징 십자가!

　밤하늘에 로열 산 정상에서 십자가가 빛난다. 몬트리올 시내 어느 방향에서도 잘 보이는 이 십자가는 보는 사람 마음에 잔잔한 평안을 준다.

　십자가가 세워진 로열 산은 해발 233m의 낮은 산이다. 아니, 산이라기보다는 낮은 언덕에 가깝다. 그래도 인근에서는 가장 높은 산이고, 몬트리올 시민들이 가장 즐겨 찾는 공원이다.

　공원 한쪽에는 퀘벡 주 총리이자 캐나다 총리로 등극한 조지 에티엔 카르티에George-Étienne Cartier 기념비가 서 있고, 언덕 위에는 몬트리올 역사 자료가 소장된 로열 산장이 보인다. 야경이 멋지고 몬트리올 시내가 한눈에 내려다보이는 이 산은 몬트리올에서 노트르담 성당에 이어 인기 순위 두 번째 명소다.

　신앙 유무를 떠나 십자가는 보는 것만으로도 마음에 위로와 평안을 준다. 기독교를 믿고 예수 그리스도의 가르침을 따르는 이가 세계 79억 인구의 1/3이 넘는다. 예수가 동족으로부터 버림받아 십자가에 처형된 이후, 지금까지 이 세상에 와서 살다 갔거나 살고 있는 사람은 약 일천억 명 내외라고 한다. 그 가운데 1/3이 예수 그리스도를 구세주로 영접했거나 그의 가르침을 따르는 사람들이다.

　세상 그 누구도 이처럼 많은 사람의 삶과 영혼에 영향을 미친 이는 없었다. 세상 어떤 군주나 제왕도 예수처럼 위대한 정신적 힘을 발휘한 이는 없으며, 이 세상 어떠한 심오한 사상이나 학문도 그처럼 온유하되 영향력이 큰 가르침을 남긴 예는 없다.

몬트리올 시내 야경

몬트리올 노트르담 대성당 안의 수많은 십자가

사람으로 세상에 와서 신이 된 예수 그리스도! 그가 어떤 존재이기에 이천 년이 지난 오늘날 그를 상징하는 십자가가 로열 산 정상에 우뚝 솟아 밝게 빛나고 있는지 곰곰이 생각해보았다.

기독교에서 예수 그리스도는 인류 구원을 위해 하나님 자신이 인간의 육을 입고 이 세상에 오신 구세주로 가르친다. 베들레헴 마구간에서 미천한 목수의 아들로 태어난 그는 권위 있는 지배계급 출신과는 먼 거리에 있었다. 재력도 없었다. 학문다운 학문을 접해본 경험도 없었다. 알려진 것은 30세부터 시작한 공생애 3년 동안 제자들과 다니며 기적을 행하고, 이웃 사랑을 실천하며 하늘나라 복음을 율법이 아닌 진리로 재해석하여 가르친 것뿐이다.

이천 년이 지난 오늘날 예수가 공생애 3년 동안 남긴 행적과 가르침은 세상을 관류貫流하는 진리의 표상이 되었고, 그리스도이자 성부·성자·성령 삼위일체 하나님으로 추앙받고 있다. 예수가 제자들에게 땅끝까지 복음을 전하라 했을 때 제자들이 인식한 땅끝은 동방의 어디쯤이거나, 지중해에 접한 대륙이 끝나는 어딘가 정도로 인식하지 않았을까 싶다.

당시 세계 권력의 중심은 로마였고, 로마인들은 지중해를 중심으로 페니키아와 카르타고 시대부터 이루어놓은 해상 무역 도달 거리에 있는 나라들, 그리고 실크로드를 통한 동방 세계와의 접촉이 세계를 향해 열려 있는 유일한 창구였다.

갈릴리 호숫가에서 발상된 기독교는 그를 처형했던 권력의 핵심인 로마를 숙주宿州로 삼고 전 세계로 퍼져나갔다. 로마 바티칸은 세계 가톨릭의 요람이자 상징이다. 예수의 가장 충실한 제자 베드로가 십자가에 거꾸로 매달려 처형당한 바로 그 자리에 바티칸 대성당이 십자가 형상으로 우뚝 세워져 있다.

베드로 대성당이라고도 불리는 이 건축물은 성당인 동시에 인류의 지성이 살아 숨 쉬는 문화유산이기도 하다. 이 성당은 2세기 무렵 베드로의 무덤 자리에 세워진 사원에서 시작되었다. 제대로 된 성당은 기독교를 공인한 콘스탄티누스 대제의 명에 따라 349년 착공되었으나 15세기에 무너져 내렸고, 지금의 성당은 교황 율리우스의 명에 따라 1506년부터 120년 동안 공사를 거처 완성되었다. 진귀한 예술품으로 가득한 위대한 건축물은 종교성·예술성·역사성 때문에 세계적 순례 장소로 인식되며, 기독교 교회 가운데 유일무이한 위치를 차지하고 있다.

지상 136m의 성당 꼭대기에는 기독교의 상징인 십자가가 높다랗게 세워져 있고, 길이 187m의 십자가형 성당 안의 11개 예배당, 45개 제단 곳곳에도 십자가가 수없이 세워져 있다. 영감 넘쳤던 성당 건축가들의 천재성에 감탄하지 않을 수 없다.

성당 안에 가득 채워진 수많은 성화, 500여 개의 조각품과 명화를 둘러보면 건축물의 웅장한 규모도 대단하거니와 내부 구조와 화려한 장식에 더욱 눈이 휘둥그레진다. 더욱이 성당으로 들어서서 오른쪽 측면에 있는 미켈란젤로의 피에타 조각상을 바라보면 숨이 멎어버릴 것만 같다. 숨진 예수를 품에 안고 있는 마리아의 눈에서는 금방이라도 눈물이 주르륵 흘러내릴 것만 같고, 죽은 예수를 가슴에 안고 있는 마리아의 비통한 표정을 바라보면서 유대인의 극단적 이기주의와 로마인의 몰지성적 행동에 분노가 치밀어올랐다.

베드로 대성당 정면의 십자가

성 소피아 대성당

터키 콘스탄티노플 언덕에 세워진 성 소피아 성당은 믿기 어려울 정도로 위대한 건축물이다. 로마제국은 AD 339년 제국 수도를 이탈리아 로마에서 콘스탄티노플로 옮기고 일천여 년간 비잔틴 문명을 꽃피웠다. 콘스탄티노플은 동서 문명의 요충지이자 유럽과 아시아 문명을 잇는 실크로드의 종착지다.

동양과 서양이 마주하는 보스포러스 해협을 사이에 두고 고古·금今·현現이 만나 찬란한 문명의 꽃을 피우며 화和를 이루기도 했지만, 기독교 문명이 이슬람과 사활을 걸고 싸우기도 했고, 기독교 문명끼리도 격돌한 장소이기도 하다. 360년 착공되어 537년 완공되었고, 그동안 수차례 재건축과 개축 과정을 거쳐 현재 모습으로 완성된 성 소피아 성당은 1453년까지 동로마 동방 정교회 본당이자 콘스탄티노폴리스 세계 대주교 총본산인 기독교 문화의 꽃이었다.

아이러니하게도 소피아 성당은 십자군 전쟁 때 심각한 파괴를 입었다. 콘스탄티노플을 점령한 십자군은 소피아 성당을 포함한 모든 건물을 무자비하게 파괴하고 약탈했다. 이때 성당 내부에 붙어 있던 십자가, 황금 모자이크, 보석 등 대부분이 유럽으로 반출되었으며, 그 후 60여 년 동안 로만 가톨릭의 성당으로 사용되기도 했다.

'한 손에 칼, 한 손에 코란'을 든 오스만제국이 1453년 콘스탄티노플을 점령했을 때 이슬람 세력은 도시의 건축물 대부분을 파괴하고 약탈했지만, 웅장하고 불가사의하게 아름다운 성 소피아 성당만은 파괴하지 않았다.

그들은 성당 십자가를 떼어내고 기독교 성화 위에 회반죽을 두껍게 칠한 후, 그 위에 각종 이슬람 문양을 새겨 넣어 1495년부터 1935년까지 440년 동안 자신들의 예배당인 모스크로 사용했다. 종교가 다를지라도 기독교와 비잔틴 1,000년 역사가 농축되어 있는 소피아성당을 파괴하는 것은 인류가 이룩한 위대한 역사와 문화에 대한 파괴이자 능욕凌辱이라고 여겼을지도 모를 일이다.

1935년 터키 공화국 수립 후 박물관으로 개조하는 과정에서 낡고 빛바랜 벽면을 벗겨내자 그 속에서 모자이크와 프레스코화로 장식된 예수 그리스도상과 가브리엘 천사상 등 수많은 성화와 십자가가 500여 년 만에 원래 모습대로 나타나 세상을 깜짝 놀라게 했다.

기독교 문명의 계승자이자 세계 중심이라고 자임自任하는 소피아성당은 지금 시각으로 보아도 경이롭다. 기둥도 없이 지상 52m 높이에 세워진 지름 32m의 돔은 아무리 보아도 불가사의한 건축물이다. 그런데 이런 위대한 건축물이 세워지는 데는 10,000여 명의 노예에 가까운 석공이 동원되었고, 인근 국가의 신전 건축물 기둥이나 제단 등 돌 조형물이 파괴되고 유린되는 아픔 위에 세워졌다.

고대나 중세 시대 전쟁 승전국은 모든 것을 전리품으로 취하지만, 패전국은 모든 것을 빼앗기고 노예로 전락하는 비참한 결과를 맞이했다. 승전국의 화려한 영광은 항상 패전국의 아픔 위에서 빛을 발한다는 사실을 상기하면 역사의 모순에 가슴이 숙연해진다.

기독교 문명이 퍼져나간 유럽과 남·북아메리카 대부분의 도시에는 교회나 성당이 빼곡히 들어서 있고, 성당이나 교회가 있는 모든 곳에는 적어도 수십 개의 십자가가 빠짐없이 걸려 있다. 몬트리올의 노트르담 성당, 성 이삭 성당, 퀘벡 노트르담 성당, 성공회 성당, 그 밖의 수많은 성당과 교회에 십자가는 수를 헤아릴 수 없을 만큼 많다.

몬트리올 성 이삭 성당　　　　퀘벡 노트르담 대성당　　　모스크바 상트 바실리
　　　　　　　　　　　　　　　　　　　　　　　　　　대성당의 십자가

　　러시아 크레믈린 궁전이나 구 공산권 국가였던 헝가리 부다페스
트나 체코 프라하에도 크고 아름다운 성당이 무수히 많다. 또 성당
이 있는 곳에는 십자가도 어김없이 걸려 있다. 동토 알래스카의 케
나이 반도 해안가 니닐칙이나 알래스카 남단 섬 코디액에조차 십자
가는 교회에, 러시아정교회 성당에, 묘지 위에 빼곡히 세워져 있다.

알래스카 니닐칙 해변가의 러시아
성당에 세워진 십자가

　　예수의 충실한 제자 야고보는 스
승 예수의 복음을 전하기 위해 스페
인 산티아고와 당시 사람들이 땅끝
이라고 믿었던 피스테라까지 가서
복음을 전했다. 그런 까닭인지 그 나
라에는 성당과 십자가가 놀라울 정
도로 많다. 마드리드 성당, 산티아고

성당, 레온 성당, 세비야 성당, 톨레도 성당, 성 가족 성당 이외에도 크고 작은 성당이 도시부터 작은 마을에 이르기까지 수를 헤아릴 수 없다. 성당 안에는 요소마다 십자가가 걸려 있음은 물론, 마을 입구와 각 가정과 묘지에도 십자가가 걸려 있다.

*
십자가의 유래

BC 73년 로마 시대 노예 검투사 집단이 반란을 일으킨 사건이 있었다. 이탈리아 남부 카푸아의 노예 검투사들이 로마 정부의 비인간적 처사에 반기를 들어 로마 공화정에 대항했던 사건이다.

노예 검투사란 로마 시민들에게 즐거움을 주기 위해 원형극장에서 죽을 때까지 싸워 상대방이 죽어야 경기가 끝나는 잔인한 살인 게임의 전투원이다. 원형극장에서 살해된 검투사 숫자만 해도 일백만 명이 넘었다. 로마인에게는 보고 즐기는 오락이지만, 검투사로 선택된 사람에게는 죽느냐 사느냐 하는 생존이 걸린 비인간적 사투다.

검투사들은 전쟁에서 패한 군인, 노예, 죄수 중에서 선발되었다. 그들은 별도로 분리된 구역에서 죄인처럼 생활하고, 원형극장에서 싸우다가 죽어야만 삶이 끝나는 가련하고 불쌍한 사람들이다.

이 실화는 오래전 영화 '스파르타쿠스'로 제작되어 방영되기도 했다. 역사 속에서 일어난 반란은 BC 73년부터 2년간 지속되었다. 이 반란을 진압하는 과정에서 로마 집정관 2명이 사망했고, 정규 로마군 7개 군단이 궤멸되었을 정도로 로마 공화정에 심각한 타격을 준 엄청난 사건이다.

동서고금을 막론하고 반란을 진압하기 위해 법의 이름으로 자행하는 폭력은 무자비하다. 노예 검투사들이 일으킨 폭동은 크라수스 장군과 폼페이우스 장군에 의해서 진압되었다. 하지만, 반란 평정 후 살아남은 폭동 가담자 육천여 명은 로마 성문 30km 앞 아피아가도에서 산 채로 십자가에 매달려 죽었다. 죽을 때까지 고통을 받으며….

빠르게는 2~3일이면 죽었지만, 7일 이상 따가운 햇빛 아래에서 신음하며 매달려 있던 경우도 있었다고 한다. 생각하면 참 끔찍한 형벌이다. 일주일 이상 십자가에 매달려 고통 속에 생명이 지속되는 것도 괴로운 일이거니와, 물 한 모금 적시지 못하고 고통받다가 죽을 바에야 단칼에 처형당하는 편이 훨씬 덜 고통스러울 것이다.

당시 십자가형은 중죄인에게 내려지는 가장 참혹한 형벌이었다. 예수도 동족에게 버림받아 골고다 언덕에서 중죄인에게 내려지는 십자가에 처형되었다. 십자가에 처형된 예수는 3일 만에 부활하여 하늘로 승천했고, 성부, 성자, 성령 삼위일체 하나님으로 추앙되고, 예수가 처형된 십자가 형틀 문양은 기독교를 상징하는 징표로 자리했다.

진리의 십자가!

몬트리올 사람들은 죽은 후에 그들이 다니던 교회나 성당 묘지에 묻히기도 하지만, 로열 산 공원 묘지에 묻히기를 더 원한다고 한다. 로열 산 공원 묘지를 한 바퀴 둘러보다가 깜짝 놀랐다. 묘지라기보다는 사람들이 자전거를 타거나 조깅하고, 데이트도 즐기는 놀이터이자 휴식처다.

묘지 위치가 좋고, 사람들이 즐겨 찾는 장소라서 놀란 것이 아니다. 모든 묘지석에 빠짐없이 십자가가 세워져 있고, 그 십자가 비문에는 망자의 이름과 가족이 남긴 애절한 사랑, 부활과 재회의 소망이 담겨 있었기 때문이다.

생전에 선행을 했든 악행을 했든, 기독교인이든 비기독교인이든, 사람들은 죽은 후에 자신이 크리스천임을 고백하고 재림과 구원의 날까지 자신의 영혼이 십자가 밑에서 안식하기를 소망한다는 징표다.

로마 시대 형벌의 도구가 전 세계인의 믿음과 구원의 징표로 자리했으니 아이러니한 일 아닌가? 십자가 모양의 목걸이는 오래전부터 보석 가게나 액세서리 가게에서도 인기 상품이다. 여성이라면 누구나 십자가 목걸이를 하나쯤은 가지고 있다.

중세부터 가장자리에 아름다운 문양을 새기고 값비싼 보석으로 치장한 십자가가 등장한 지 오래고, 귀걸이나 코걸이에 이어 입술걸이까지도 등장했다. 진풍경이 아닐 수 없다. 그러나 우리가 예수 그리스도의 인류 사랑과 십자가의 정신을 생각한다면 십자가는 결코 목에 걸거나, 귀나 코에 꿰고 다닐 상징물이 되어서는 안 된다. 인류의 무거운 죄를 고백하고 하나님 앞에 겸손히 엎드려, 믿음과 구원의 상징으로 받아들여야 할 성스러운 것이다.

로열 산 위에서 밤하늘에 빛나는 십자가를 다시 바라본다. 그리고 이천 년 전 우리에게 생명과 빛으로 오신 예수 그리스도의 가르침을 다시 한번 되새긴다.

'너희가 내 말에 거하면 참 내 제자가 되고 진리를 알지니 진리가 너희를 자유케 하리라.'

스페인 바닷가 땅끝 마을 피스테라에 세워진 십자가

3. 퀘벡 개척사

*
*
유럽인 북아메리카 정착지 퀘벡

퀘벡 주

북미에서 가장 오래된 유럽인 정착지 퀘벡! 프랑스 왕명에 따라 세워지고, 식민 통치 과정을 거쳐 발전된 도시 퀘벡에는 프랑스 잔재가 흠뻑 녹아 있다. 주민 95%는 불어권에서 온 이민자의 후손이다. 주 공용어도 불어다. 캐나다에서 온타리오주에 이어 두 번째로 인구가 많지만, 대부분 세인트로렌스강 하류인 퀘벡과 몬트리올에 밀집하여 살고 있다.

이탈리아 시인이자 전기문학 작가였던 루스티켈로 다 피사는 마르코 폴로의 여행 이야기를 듣고 1298년 『동방견문록』(원제: 백만 가지 이야기)을 저술했다. 마르코 폴로의 여행 이야기를 기록한 이 책은 유럽인에게 동방 세계에 대한 호기심을 자극하고, 그들의 욕망에 불을 붙였다.

콜럼버스가 아메리카 대륙을 발견한 1492년 이후 세계사는 지각 변동을 일으켰다. 스페인, 포르투갈, 네덜란드 뒤를 이어 영국과 프랑스도 아메리카, 아프리카, 인도, 아시아, 태평양 식민지 개척 대열에 뛰어들었다.

로마 시대부터 실크로드와 대상隊商을 통해 비단, 차, 도자기를 경험한 유럽인에게 인도 동쪽 중국이나 동방 문화에 대한 호기심은 신비에 가까웠다. 프랑스는 1530년대부터 인도 동쪽 동방 세계에 관심을 가지고 신대륙 탐사에 나섰다. 영국이 북아메리카 플리머스에서 식민지를 개척하기 100여 년 전부터 프랑스는 해외 식민지 개척에 공을 들였다.

최초 항해와 만남

조선 중종 29년이던 1534년 4월 20일, 자크 카르티에Jacques Cartier는 프랑스 국왕 프랑수아 1세François I로부터 신대륙 탐사 명령을 받고 2척의 배에 선원 61명을 태우고 Saint Malo 항을 출발하여 인도 동쪽에 있다고 알려진 중국을 향해 떠났다.

그는 대서양을 건너 북서 항로로 항해 도중 뉴펀들랜드와 프린스 에드워드 아일랜드 섬을 발견하고, 세인트로렌스 만에서 미크맥 족을 만났다. 미크맥 족과 만난 카르티에 일행은 죽는 날까지 세인트로렌스 만 일대를 중국으로 들어가는 관문으로 알았다. 마치 콜럼버스가 자신이 처음 발견한 바하마 제도를 죽는 날까지 인도로 착각했던 것처럼.

우리가 아메리카 토착민을 인디언이라고 부르게 된 잘못된 단초는 콜럼버스가 제공했지만, 북아메리카의 잘못된 인디언 인식도 카르티에의 퀘벡 탐사로부터 출발했다. 오백 년이 지난 지금도 북아메리카 토착민들이 '인디언'이라고 불리는 것을 보면 최초에 잘못된 인식 오류가 인류 역사에 얼마나 큰 영향을 미쳤는지 깨닫게 된다.

세인트로렌스 만을 따라 항해하다가 심한 풍랑과 비바람을 만난 카르티에 일행은 가스페 항구로 피신했다. 가스페는 퀘벡 동쪽으로 700㎞ 떨어진 세인트로렌스 만에 있다. 그곳은 내륙 깊숙한 곳까지 완만한 산으로 둘러싸여 있으며, 북대서양 거친 바람과 파도를 막아주기 충분할 만큼 안전한 항구다.

자크 카르티에와 그가 1534년 캐나다로 항해할 때 타고 온 배 복원 모습

카르티에는 1534년 7월 24일 세인트로렌스 만에서 낚시를 하던 이로쿼이 족 추장 돈나코나Donacona와 조우했다. 그들은 자신들의 눈에 보이는 세인트로렌스 만과 스타다코나(현재 퀘벡) 일대 땅을 뉴프랑스라고 선언했다.

카르티에는 바다처럼 넓고 긴 세인트로렌스 만을 따라 상류까지 탐사한 후, 프랑스로 돌아가는 길에 교육을 이유로 돈나코나 추장의 두 아들을 프랑스로 데리고 갔다. 그들이 발견한 땅이 중국임을 국왕에게 입증시키고, 무역 거래를 위한 협력 파트너로 삼을 속셈이었다.

세인트로렌스 강은 대서양에서 세인트로렌스 만을 지나 오대호 호수까지 연결된 길고 거대한 강이다. 강 하구에서는 까마득하게 지평선만 보일 뿐 강 건너편은 보이지도 않는다. 강 총 길이는 3,053㎞로, 강이라기보다는 바다에 가깝다. 이 강은 세인트로렌스만에서 뉴브런즈윅주, 퀘벡주, 온타리오주를 지나며 온타리오 호수에서 미국과 뉴욕주를 사이에 두고 국경을 맞대고 있을 만큼 거대하다.

세인트로렌스 강

퀘벡 식민지 개척

프랑수아 1세로부터 식민지 개척 명령을 받은 카르티에는 1535년 5월 19일 그의 두 번째 항해 때, 세 척의 배에 선원 110명과 돈나코나 추장의 두 아들을 태우고 세인트로렌스 강과 생 샤흘르 강을 거처 오늘날 퀘벡인 스타다코나로 들어왔다. 강을 따라 내륙 깊숙이 들어온 카르티에는 세인트로렌스 강가에서 이로쿼이 족과 모피 거래를 하는 한편, 몬트리올에서 또 다른 이로쿼이 족과도 만났다.

몬트리올의 겨울은 지금도 춥지만 오백 년 전 겨울은 지금보다 훨씬 더 매서웠다. 혹한이 시작되자 개척자들은 생 샤흘르 강가 마을 카르티에-브리바프로 돌아와 그곳에서 겨울을 지냈다. 겨울을 나는 동안 카르티에-브리바프에 프랑스 식민지를 구축코자 했으나 원주민들의 강한 반발로 이듬해 5월 철수했다.

당시 남겨진 기록에 의하면 '개척자들이 타고 온 배 안에는 빈대와 벼룩으로 가득했고, 그나마 남은 음식은 쥐와 온갖 벌레로 심각하게 오염되어 먹을 수 없을 정도였다'라고 한다.

길고 혹독한 겨울을 지나는 동안 괴혈병과 굶주림으로 개척자들 가운데 많은 사람이 죽었다. 110명으로 출발했던 이들이 이듬해 프랑스로 돌아갈 때 85명만 살아남았다. 기록에 따르면 '당시 이로쿼이 족 추장 돈나코나는 오랜 항해와 혹한에 시달린 카르티에 일행을 따뜻하게 대접하고, 겨울을 지나도록 주거와 식량을 제공했으

개척자들이 머물렀던 생-샤흘르 강가 마을 카르티에-브리바프

며, 돌아갈 때는 선물까지 한 아름씩 안겨주었다'라고 전한다.

자크 카르티에 일행은 5년 후인 1541년 5월 20일 세 척의 배를 이끌고 프랑스를 출발하여 세 번째로 스타다코나에 와서 8월 23일 이로쿼이 족을 다시 만났다. 그들은 스타다코나에 정착지를 건설하지 않고 서쪽으로 20㎞ 떨어진 샤를부르(현재 캡루즈Cap Rouge)에 정착한 후, 그곳에 샤를부르라는 요새를 세우고 식민지 토대를 구축했다.

개척자들은 근처에서 파낸 다이아몬드와, 금이라고 생각한 광석을 2척의 배에 가득 실어 프랑스로 보낸 후 9월 7일 황금이 많다고 전해지는 사기네이 왕국을 찾아 떠났다.

개척자들이 다이아몬드와 금이라고 믿고 프랑스로 보냈던 석영과 황철광

겨울이 다가오자 매서운 추위를 견디기 힘들었던 개척자들은 샤를부르의 이로쿼이 족 마을로 다시 돌아왔다. 하지만 거래를 약속했던 이로쿼이 족이 적대적 태도를 보였다. 더구나, 정착지마저 이로쿼이 족으로부터 공격을 받아 식민지나 정착지를 유지하기 어려웠다.

온갖 어려움을 겪으며 1541년 10월부터 1942년 6월까지 8개월을 머무른 카르티에는 프랑스로 철수했다. 철수하는 길에 돈나코나 추장과 추장 딸, 그리고 몇몇 원주민들도 납치하여 데려갔다. 추장과 딸은 다시는 고향 땅을 밟지 못하고 프랑스에서 불귀의 객이 되었다. 그들이 프랑스로 보낸 금과 다이아몬드는 확인 결과 석영과 황철광으로 판명되었다. 그 후 루이 14세 치세 동안 온갖 전쟁(네덜란드 전쟁, 아우크스부르크 동맹 전쟁, 스페인 왕위 계승 전쟁, 상속 전쟁, 시민 전쟁, 종교 전쟁)에 휘말린 프랑스에게 신세계는 62년 동안 잊힌 땅이 되었다.

프랑스의 해외 식민지 퀘벡

　중세기부터 유럽의 맹주는 프랑스였다. 16세기 대항해 시대 세계 사는 스페인, 포르투갈, 네덜란드가 주도해나갔다. 프랑스는 이들 보다 늦게 이 개척 대열에 뛰어들었다. 당시 영국은 유럽의 변방 섬 나라로, 유럽에서 가장 낙후된 국가였다.

　앙리 4세Henri IV의 명을 받은 사무엘 샹플랭Samuel de Champlain 이 카르티에의 뒤를 이어 1604년 펀디 만 일대를 탐험하고 토착 민과 모피를 교환했다. 개척자들은 원주민들을 통해 겨울 나는 법 을 배우고 펀디 만에 정착했다. 그러나 영국인들의 점진적 북상에 위협을 느껴 세인트로렌스 강을 따라 올라가 퀘벡 올드타운 Place Royale에 모피 교역소를 세우고 정착지를 건설했다. 이곳이 서양인 이 개척한 캐나다 식민지의 효시다. 당시 우리나라는 선조宣祖 재위 시대로 임진왜란壬辰倭亂을 겪은 직후다.

퀘벡 올드타운 (프랑스인들의 퀘벡 개척 초기 모피 교류 장소)

그림으로 남아 있는 이로쿼이 족과 유런 족의
집단생활(유런 족 민속박물관)

그림으로 남아 있는 이로쿼이 족과 유런 족의
수렵생활 (유런 족 민속박물관)

개척자들은 퀘벡을 프랑스 해외 식민지의 중심으로 삼고 160여 년 동안 동쪽으로는 뉴브런즈윅, 프린스에드워드 아일랜드, 노바스코샤까지 진출했으며, 미국 북동부 뉴잉글랜드에서 루이지애나 남부까지 식민지를 넓히고 서쪽으로도 온타리오 서부까지 세력을 확장시켰다. 이 정착지를 아카디아라고 칭하며 프랑스 농민들을 이주시켜 농업과 모피 무역을 통해 지배력을 넓혀나갔다.

프랑스는 퀘벡에 군대를 파견하여 중요 지점마다 요새를 세우고, 많은 모피 무역업자, 어부, 농민과 가톨릭 성직자를 퀘벡과 아카디아 정착지로 이주시켰다. 캐나다 식민지는 성공적으로 정착되고 확산되었다.

프랑스의 몰락

프랑스 몰락의 시작은 루이 14세Louis ⅩⅣ 때부터다. 루이 14세는 다섯 살도 되기 전에 왕위에 올라 77년을 집권하는 동안(1643년 1월부터 1715년 9월까지 재위) 중상주의 정책을 통해 17세기 후반 프랑스를 유럽의 최강 반열에 올려놓았다. 유럽 약체였던 프랑스 육군과 기병을 65만으로 증강하여 유럽 최강의 군 조직으로 재편하고 유럽의 맹주로 군림했다.

그러나 루이 14세는 스스로를 태양과 동일시하며, 왕권신수설王權神授說을 주장하고, 주변 국가와 전쟁을 자주 일으키며, 혹세무민하여 국가 재정을 낭비했다. 폭정으로 국민을 외면하였고, 민중의 세금으로 사치와 낭비를 일삼았으며 재정 확보를 위해 왕의 가문, 가톨릭 성직자, 영주, 귀족을 제외한 노동자와 농민에게만 과도하리만큼 혹독한 과세를 부과했다.

계몽주의가 싹트던 시대에 개신교 차별 철폐와 박해를 금지하기 위해 그의 조부 앙리 4세가 제정한 낭트칙령을 폐지하였으며, 가톨릭과 결탁하여 종교를 가톨릭으로 일원화하고 개신교를 탄압했다. 이에 불복한 개신교도 25만 명이 종교적 탄압을 피해 네덜란드, 스위스, 영국 등으로 망명하여 프랑스대혁명의 불씨를 잉태시켰다.

루이 14세의 박해를 피해 해외로 망명한 개신교도 대부분은 숙련된 상공업 기술자들이었다. 이들의 망명으로 프랑스 수공업은 마비 상태에 이르렀다. 영국은 프랑스에서 망명해 온 기독교 이주자 2

만여 명을 받아들이고, 이들의 기술을 이용하여 상공업을 발전시켜 산업혁명으로 가는 토대를 마련했다.

루이 14세, 15세를 거치는 동안 프랑스는 주변국들과의 각종 전쟁에 개입하여 재정적으로 엄청난 적자 상태에 이르렀다. 전쟁은 먹거리 문제 해결과 경제적 패권 확보 때문에 발생한다. 하지만, 전쟁도 군비와 국가의 재정 상태가 충분히 확보되어 있어야 가능하다.

루이 16세가 집권했던 1775년~1783년 사이에 미국에서 영미 간전쟁이 발생했다. 미국이 영국 식민지로부터 독립하려는 독립전쟁에 프랑스는 영국의 적대국인 미국에 막대한 재정을 지원했다. 프랑스 국고는 바닥났고, 국가 재정은 파탄 상태에 이르렀다.

*
*
영국의 부상

영국에는 명예혁명 이후 계몽주의 사상이 널리 확산되어 국왕의 절대권력이 사라지고 신흥 부르주아 계층이 국가 주요 세력으로 부상했다. 당시 영국은 철광석과 석탄 등 산업에 필요한 자원이 풍부했고, 방직기, 증기기관 등이 발명됨으로써 대량생산체제를 구축했다. 여기에 더하여 농촌을 떠나 도시를 유랑하던 노동 인력을 흡수하고, 프랑스에서 망명한 상공업 기술자가 가세하여 자유주의를 주장하는 신흥 부르주아 그룹의 생산적 상공업 자본이 산업혁명의 자

양분이 되어 근대적 산업발달을 촉진시켰다.

　서로가 앙숙 관계이던 프랑스와 영국 사이에 벌어진 7년 전쟁은 영국이 1754년 프랑스의 북아메리카 식민지를 공격하고, 프랑스 상선 수백 척을 나포하는 것으로 시작되었다. 유럽 대부분 국가의 이해관계가 첨예하게 얽히고설킨 난맥상 속에서 유럽, 아프리카, 북아메리카에서 7년 동안 치러진 전쟁은 막강한 해군 전력과 우월한 무기 체계를 가진 영국의 압승으로 끝났다. 그 전쟁은 애초부터 봉건체제 속에서 절대왕정을 유지하는 낙후된 농업 국가 프랑스가 영국의 막강한 전력에 대항할 수 없는 게임이었다.

　프랑스는 북아메리카에 세운 식민지인 퀘벡, 온타리오, 뉴브런즈윅, 노바스코샤, 프린스에드워드 아일랜드는 물론 미국에 있는 방대한 식민지 지배권을 영국에 양도하고 패권국의 지위를 상실했다.

＊
＊
영국의 퀘벡 식민지 개척

　1736년 파리조약에 따라 북아메리카 식민지 지배권을 양도받은 영국은 퀘벡에 어퍼타운을 세우고 영국인을 이주시켰다. 퀘벡이 영국에 할양된 이후 생샤흘르 강가 로워타운에는 프랑스 식민지 시절부터 정착했던 프랑스계 이주자들이 살았고, 어퍼타운에는 영국계

신규 이주자들이 집단을 이루고 살았다. 새로 이주해온 영국인들은 상공업에 종사하며 어퍼타운에서 신흥 자본가 계층으로 정착했다.

퀘벡에서 160여 년 동안 식민지를 일구고 무역 거래를 하며 살아오던 대부분의 프랑스계 이주자들은 프랑스가 북아메리카 북중부에 세운 루이스버그 식민지로 강제 이주되거나 본국으로 추방되었지만, 그들 가운데 잔류를 희망하는 일부 사람은 국적이 영국 식민지 국민으로 바뀌었고, 생샤흘르 강가 로워타운에 사는 것도 허용되었다. 변방에서 땅을 개척하며 힘들게 살아가던 농민들도 영국 식민지 국민으로 신분이 바뀌었다.

국적이 바뀌고 신분이 바뀌었다 할지라도 프랑스인의 후예로 살아온 아카디언들이 자신들의 언어와 문화까지 바꾸는 문제는 그리 간단하지가 않았다. 전쟁이 종식되고 퀘벡의 지배권이 프랑스에서 영국으로 바뀌었다. 얼마 후 퀘벡이 영국 식민지에서 캐나다로 독립하였어도 그 땅을 지키며 살아가는 95%의 아카디언 후예들은 그들의 문화를 지키며, 불어를 제1 언어로 사용한다.

*
*
퀘벡의 종교

퀘벡의 종교는 가톨릭이 대세다. 식민지 개척 초기부터 프랑스는 왕명으로 북아메리카에 가톨릭을 보급시켰다. 식민지 개척자들에게 가톨릭은 자유롭게 선택할 수 있는 사항이 아니라 필수였으며, 종교가 없는 삶은 생각할 수 없었다.

동서양을 불문하고 초기 선교는 순교로부터 시작되었다. 캐나다에 첫발을 디딘 첫 선교사는 장 브리바프Jean de Brebeuf다. 그는 프랑스 가톨릭 예수회원으로 1625년 9월 1일 캐나다에 들어와서 10월 20일 유목민인 몬태그너시스 인디언 집단에 들어가 선교 활동을 시작했다.

1626년부터 장 브리바프는 유런 족이 거주하던 카르티에비르바프에 예수 선교회 본부를 세우고 포교 활동을 시작했다. 포교에 전념하던 그는 1649년 3월 이 지역을 침략한 이로쿼이 족에게 생포되었고, 고문 끝에 순교했다.

세계 어느 역사든 식민지 확산에 서로에게 만족을 줄 수 있는 새들포인트Saddle Point란 존재할 수 없다. 영국의 북아메리카(미국) 식민지 개척사는 기독교와 프로테스탄트 정신을 내세우면서도 힘과 무력을 앞세운 영토 확장으로 원주민들과 피비린내 낭자한 충돌을 자주 일으켰다. 많은 북아메리카 토착민들이 고난의 행군을 거쳐 보호지역으로 소개되었으며, 그 과정에 많은 사람이 죽거나 고통을 받았다.

프랑스는 가톨릭을 앞세워 현지 주민들과 공존하는 방식으로 식민지를 확대해나갔다. 전성기의 프랑스는 오대호를 넘어 캐나다 중부와 로키 산맥까지 세력을 확장하며 식민지를 넓힌 적도 있었다. 무인지대나 다름없는 캐나다 중북부로 식민지를 확대하는 과정에 토착민들의 저항과 피 흘리는 충돌을 거치지 않을 수는 없었으리라 충분히 짐작된다. 또 토착민들이 생존하는 땅에서 식민지를 개척하다 보면 생존권 다툼이 발생하지 않을 수도 없다.

그러나 캐나다 식민지는 미국에 비해 심각한 마찰이나 치열하게 피 흘리는 과정을 심하게 거치지 않고 네이티브 종족들과 '원윈' 방식으로 전개되었다. 그 대표적인 예가 메티스Métis다.

메티스는 크리 족, 오지브와 족 등 캐나다 원주민과 프랑스인의 혼인에 의해 태어난 후손을 말한다. 메티스들은 캐나다가 식민지로 개척될 때 프랑스인들과 함께 개척 대열의 선봉에 서서 개척자들의 정착을 돕고, 프랑스의 식민지 확산에 기여한 사람들이다. 지금도 메티스는 BC주, 앨버타주, 서스케처원주, 매니토바주, 온타리오주에 폭넓게 분포한다.

퀘벡은 미국이 영국과 독립전쟁을 벌일 때는 미국을 지지하는 조국 프랑스에 반기를 들고 영국을 지원하는 등 프랑스에 대한 저항의 역사를 가진 아이러니한 도시이기도 하다.

아카디언으로 이 땅에 정착해서 가톨릭으로 개종을 강요받으며 살다가, 1763년의 파리조약에 따라 영국에 할양되어 영국 식민지 주민으로 통치를 받던 퀘벡인들은 1867년 대영 북아메리카 조약에 따라 다시 캐나다인으로 신분이 바뀌었다.

지금도 퀘벡인에게 국적이 어디냐고 물으면 캐나다나 프랑스가 아니라 프랑스식 불어를 사용하는 '퀘벡인'이라고 대답한다. 퀘벡의 아름다움 이면에는 이렇게 프랑스와 영국 식민지 시대부터 쌓여온 복잡하고도 깊은 갈등과 앙금이 남아 있다.

그 프랑스인 후예들이 갈등 속에 오늘의 퀘벡을 이루어낸 것처럼, 21세기를 지나 22세기에도 퀘벡인의 자부심으로 퀘벡의 아름다운 전통과 문화를 다음 세대로 성숙하게 이어갈 것이다.

▲ 퀘벡 어퍼타운 영국인 거주지
◀ 생샤흘르 강가 퀘벡 로워타운 입구

퀘벡 Place d'Armes 광장

4. 매력 넘치는 도시 퀘벡

퀘벡 주기와 캐나다 국기

(1) 자유 퀘벡 만세

"몬트리올 만세! 자유 퀘벡 만세! 프랑스계 캐나다 만세! 프랑스 만세!"

몬트리올 국제박람회가 1967년 퀘벡에서 열렸다. 프랑스 대통령 드골Charles André Joseph Marie de Gaulle이 미술관을 연상케 하는 퀘벡 시청 3층에 마련된 연단에 올랐다. 수많은 군중은 커다란 프랑스 국기로 장식된 연단 위에 선 그를 열렬하게 환영했다.

퀘벡 백합기를 들고 환호하는 군중들에게 드골은 짧게 축하 연설을 마쳤다. 그리고는 "프랑스가 독일에서 해방되어 임시정부 주석으로 파리에 재입성했을 때를 상기하노라"라면서 상기된 목소리로 이 구호를 외쳤다.

이 연설은 퀘벡 시민들을 열광시켰다. 캐나다와 프랑스 외교 관계는 사상 최악으로 급격히 냉랭해졌다. 이후 "자유 퀘벡 만세!"는 퀘벡 독립운동의 대표적인 구호가 되었다. 주민 대부분이 프랑스계인 퀘벡주의자들에게 이 구호는 퀘벡을 캐나다 연방으로부터 분리하려는 독립운동에 불을 붙였다.

1980년과 1995년 두 차례에 걸쳐 '퀘벡 독립 국민투표안'이 표결에 부쳐졌지만 부결되었다. 하지만 지금도 퀘벡 주요 광장에서는 각종 행사가 있을 때마다 공연자가 손을 치켜들고 "퀘벡"을 선창하면 시민들도 "퀘벡"을 연호하며 열창한다. 마치 월드컵 대회에 참가한 한국 축구팀이 경기할 때마다 응원단 리더가 "대~한민국!" 하고 선창하면 '짝짝짝 짝짝' 하면서 박수로 화답하고 응원하듯이….

퀘벡 시청

퀘벡 시청 앞 분수대

퀘벡 시청 앞 캐나다 국가, 퀘벡 주가 연주

(2) 퀘벡 올드타운 - 어퍼타운Upper Town

유네스코 선정 세계 문화유산 기념비

사무엘 샹플랭에 의해 개척된 퀘벡 옛 도시 퀘벡 올드타운은 프랑스인이 거주했던 로워타운과 영국인이 개척했던 어퍼타운으로 나뉜다.

세인트로렌스 강가에 석조 성벽으로 둘러싸인 퀘벡 올드타운은 유네스코가 세계 문화유산으로 지정했을 만큼 아름다운 도시다. 북미에서 가장 오래된 유럽인 정착지인 퀘벡 올드타운은 프랑스 식민지 개척자 사무엘 샹플랭이 1604년 앙리 4세의 명을 받고 이곳에 세운 모피 교역소에서 출발했다.

퀘벡 올드타운 입구로 들어가는 길에는 230년 전에 세운 돌담이 있다. 이 돌담 성벽은 영국과 미국 사이에 전쟁이 벌어졌던 1765년

올드타운 성벽과 대포

올드타운 요새의 성을 지키는 근위병

캐나다가 미국 침공을 저지하기 위해 방어용으로 쌓아놓은 길이 4.6㎞의 성벽이다. 성벽 주위에는 그때 파놓은 진지와, 격전을 벌일 때 사용했던 대포가 성벽을 따라 전시되어 있다.

중세기 유럽은 강가나 높은 산 위에 도시나 성을 세우고, 주변에 해자를 파놓아 적으로부터 생명과 재산을 지켰다. 콘스탄티노폴리스를 방어했던 테오도시우스 삼중 성벽이 그러했고, 독일 남부 바이에른주 퓌센의 노이슈반슈타인 성이 그러했으며, 오사카 성이나 만리장성도 그러했다.

퀘벡 올드타운도 이와 마찬가지다. 세인트로렌스 강가 절벽 위에 높은 돌담이 세워져 있고, 주변에 해자墩字를 깊게 파서 적의 침입으로부터 도시를 보호했다. 흥미로운 점은, 모든 성은 공격용이 아니라 생명과 재산을 지키기 위한 방어용으로 세워졌으나 그 어떤 난공불락의 성도 외부의 공격을 완벽하게 막아낸 성은 역사 이래 없었다는 사실이다.

올드타운은 프랑스 식민지 초기 조성된 로워타운과 영국 식민지 이후 조성된 어퍼타운으로 나누어진다. 로워타운에는 프랑스 식민지 시절부터 정착했던 프랑스계 이주자들이 살았고, 어퍼타운에는

프랑스인들이 강가에서 무역을 하면서 형성된 로워타운 거리

영국 이민자들이 조성한 상업 거리 어퍼타운

뒤프랭 테라스의 대포

새로 이주해 온 영국계 이주자들이 살았다.

올드타운을 걸으며 고풍스러운 도심 속 건물과 문화유산을 바라보노라면 중세 유럽을 연상시킨다. 의회의사당, 올드 퀘벡을 둘러싼 성곽, 성 앤드류 장로교회와 종탑, 퀘벡 노트르담 성당, 박물관, 페어몬트 샤토 프롱트낙 호텔, 찬란한 고딕 양식 건축물, 몽마르트 언덕을 연상케 하는 골목, 예술가들의 거리, 아기자기한 가게 등 마치 17세기 프랑스나 북유럽 고풍스러운 거리 한복판에 서 있는 듯한 느낌이다. 퀘벡 올드타운은 입구로 들어서는 순간부터 이 도시가 범상치 않은 기운으로 가득 차 있음을 깨닫게 해준다.

퀘벡에는 유난히도 성Saint으로 시작되는 기념물이 많다. 올드타운 입구 주의회 의사당에는 퀘벡에 영향을 미친 정치인 22명의 동상이 있다. 도심 곳곳에 세워진 위인들 동상마다 전통과 명예를 중시하는 프랑스인 후예의 자존심이 엿보인다.

곳곳에 세워진 각종 기념물을 보면 퀘벡시가 성립되기까지 시민들이 이 사회에 공헌한 위인들을 기리고, 그들에게 감사하며 존경을 표시하는 데 얼마나 많은 노력을 기울이고 있는지 깨닫게 해준다. 이곳에서 심혈을 불사르며 자신의 시대를 온몸으로 살다 명멸한 사람들이 남긴 예술혼과 땀 냄새 농후한 흔적에 애틋한 연민과 사랑이 느껴진다.

Maurice Duplessis 수상(1936-1939)

Marie Rollet(북미에 정착한 최초의 프랑스인 가족, 북아메리카 원주민에게 읽기, 쓰기, 바느질을 가르친 최초의 교사)

1889년 5월 퀘벡 대화재 진압 중 사망한 순직자 공헌비

1·2차 세계대전과 한국전쟁 참전용사 기념비

노블레스 오블리주는 이 세상을 살아가는, 혜택을 받은 사람들이
해야 할 당연한 의무지만 우리는 거기까지는 못 미칠지라도 사회를
위해 우리가 할 수 있는 선한 청지기 역할을 기꺼이 감당해야 하겠
다는 생각을 갖지 않을 수 없다.

도심의 수많은 성당, 교회, 박물관, 건축물은 모두가 국보급 보물이
지만 그 안에 담겨 있는 소장품들도 모두가 그에 버금가는 사료다. 역
사가 그리 깊지 않음에도 이렇게 품격 높은 도시로 만들었다는 사실
이 놀랍다.

페어몬트 르 샤토 프롱트낙 호텔은 세인트로렌스 강 전경이 환하
게 내려다보이는 언덕 위에 세워져 있다. 르네상스풍의 고풍스러
운 멋과 아름다운 외관으로 올드 퀘벡의 상징이 되는 이 호텔은 도
시 어디에서도 잘 보인다. 세계에서 홍보 영상으로 가장 많이 이용
되는 이 건축물은 호텔이라기보다는 멋진 성이라고 해야 더 어울릴
것 같다.

퀘벡 시내 전경

페어몬트 르 샤토 프롱트낙 호텔

퀘벡의 상징인 이 호텔은 1893년부터 건축을 시작하여 설계 이후 현재의 모습으로 완성되기까지 일백여 년 동안 거장 건축가 6명의 손을 거쳤다. 제2차 세계대전 중 노르망디 상륙작전을 결정한 연합군 회의가 열렸던 곳으로 유명하며, 그동안 루즈벨트, 처칠, 오바마를 비롯하여 수많은 정치인, 기업가, 연예인이 다녀갔다. 호텔 1층 식당 비스트로 르 샘 입구 홍보 화면은 이 호텔을 다녀갔던 저명인사의 동영상, 사진과 관련 기사를 연속으로 보여준다.

호텔 1층 전시실에서는 20세기 스페인 천재 화가 피카소Pablo R. Picasso와 달리Salvador D. Dali의 작품 전시회가 열리고 있었다. 난해한 그림을 그렸던 입체파 거장 피카소는 시대에 따라 장르와 화풍을 달리하며 명작을 쏟아낸 화가이자 조각가다. 그는 평생 1만 3,500점의 그림과 700점의 조각품을 남겼다. 현대미술의 마르지 않는 샘으로 평가받는 그는 '아비뇽의 처녀들', '게르니카' 등을 통해 사회 문제를 고발하는 식으로 작품 활동을 했다. 1950년 6·25 전쟁 때는 한국전쟁을 주제로 전쟁의 참혹성과 야만성을 고발한 작품 '한국에서의 학살', '전쟁과 평화' 등 을 그려 한국 역사와도 인연이 있는 작가다.

피카소가 남긴 수많은 작품은 그가 주로 활동했던 파리 국립 피카소 미술관에서, 말라가 피카소 미술관에서, 바르셀로나 피카소 미술관에서, 뉴욕 현대 미술관에서 빛나고 있다. 오래전 피카소의 고향 말라가 미술관을 방문해서 그의 스케치 습작을 본 적이 있다. 피카소가 유년 시절 그린 습작이다. 캔버스에 나뭇가지를 그려 깨어진 유리창에 붙여놓았는데, 그 그림이 너무 사실적이어서 "지나가던 새들이 날아와서 자꾸 앉으려고 시도하다 바닥으로 떨어졌다" 라는 일화가 전해진다.

샤토 프롱트낙 호텔 앞에 전시된
Salvador D. Dali 작품 'L'elephant spatia'

호텔 옆 뒤프랭 테라스의 한국인 가야금 연주자

살바도르 달리 하면 사람들은 먼저 '기억의 지속'을 떠올린다. 나뭇가지와 책상 위에서 시계가 녹아 흘러내리는 듯 그려진 이 난해한 작품은 사람을 어리둥절하고 당황하게 만든다. 초현실주의자였던 그의 작품을 자세히 살펴보면 무엇을 그린 것인지 알 수는 있지만, 현실에는 존재하지 않거나 현실에 존재할 수 없는 그림이다.

달리는 작품 속에 무의식의 탐구를 표현하여 미술사에 큰 족적을 남겼다. 영감과 상상력이 풍부하여 영화와 드라마 제작에 참여하기도 했다. 그의 작품 '코끼리'나 'Dream Caused by the Flight of a Pomegrante'에 등장하는 코끼리와 흡사한 조각품 'L'elephant spatial'이 샤토 프롱트낙 호텔 정문 앞에 전시되어 있다.

코끼리는 거대한 몸집을 가진 육중한 동물이다. 그런데 그의 작품 속 코끼리는 날씬한 몸체에 새처럼 가늘고 긴

다리를 가지고 있다. 상식을 뛰어넘는 그의 초현실적 작품들은 우리에게 세상을 보편적 시각에서 벗어나 새로운 관점에서 다시 한번 보라고 얘기하는 듯하다.

호텔 앞 뒤프랭 테라스 광장에서 귀에 익은 낭랑한 음악 소리가 들려왔다. 한국 국악인임이 틀림없어 보이는 여성이 단아한 자세로 가야금을 연주하고 있었다. 가야금 현을 통해서 울려 나오는 소리는 하늘로부터 흘러나와 사람들의 혼을 매료시키는 묘한 힘이 있나 보다.

퀘벡에 최초로 식민지를 개척하기 위해 퀘벡으로 들어왔던 자크 카르티에Jacques Cartier의 동상이 세인트로렌스 강과 퀘벡 시내를 굽어보고 있다. 그는 왕명을 받아 식민지를 개척하기 위해 3차례나 퀘벡 땅을 밟았지만 끝내 뜻을 이루지 못하고 프랑스로 돌아갔다. 하지만 후세 사가들은 그의 업적을 높이 평가하여 퀘벡 시내가 잘 보이는 세인트로렌스 강가에 그의 동상을 세워 그가 남긴 업적을 기리고 있다.

퀘벡의 식민지 개척자 사무엘 샹플랭Samuel de Champlain 동상도 샤토 프롱트낙 호텔 앞 다름 광장에 높이 서서 퀘벡 시내를 굽어보고 있다. 샹플랭은 식민지 개척 당시에 퀘벡이 이렇게 큰 도시로 발전하여 세계 관광객들이 쇄도해올 줄은 예상도 하지 못했을 것이다. 동상 주변에는 많은 사람이 운집해서 거리 공연자의 공연을 보고 있다. 공연자가 간간이 "퀘벡" 하고 선창 구호를 외칠 때마다 시민들은 모두 손을 높이 치켜들고 "퀘벡"을 연호하며 박수를 보낸다. 도시 광장 곳곳마다 활기와 생동감으로 뜨겁게 달아오른다.

퀘벡 시내를 관통하여 지나가는 세인트로렌스 강

Louis-Alexandre Taschereau 퀘벡 14대 총리 동상 앞 거리 공연

퀘벡을 지킨 제임스 울프,
루이 몽칼름 장군

　세인트로렌스 강이 내려다보이는 샤토 프롱트낙 호텔과 미국 영사관 사이 공원 중앙에 두 명의 위대한 장군을 기리는 기념비가 있다. 제임스 울프James Wolfe 영국 장군과 루이 몽칼름Louis-Joseph de Montcalm 프랑스 장군을 기리는 기념비다.

　두 사람은 1759년 9월 13일 올드타운 앞 아브라함 평원에서 각기 자기 조국을 위해 격렬하게 싸우다가 전사했다. 이 전투로 프랑스는 영국에 대패하고 몬트리올까지 점령당하면서 캐나다 동부 식민지 패권을 영국에 넘겨주고 쇠락하는 길을 걷게 된다.

　중세기 이전부터 영국과 프랑스는 유럽의 앙숙으로 끊임없는 다툼이 이어져왔다. 전쟁이 발생할 때마다 수많은 병사와 장군들이 애국이라는 이름으로 자신의 조국을 위해 싸우다 죽었다. 전쟁 관련 이야기는 전쟁이 끝난 다음에 낭만적인 드라마로 각색되어 미화되지만, 실전에서는 눈을 부릅뜨고 살기 위해서 죽여야 하는 피비린내 낭자하고 치열한 싸움이 될 수밖에 없다.

　제임스 울프 장군과 루이 몽칼름 장군도 서로가 적으로 만나 각자 자신의 조국을 위해 죽을 때까지 치열하게 싸웠다. 하지만, 후세 사가史家들은 두 장군 모두 자기 조국을 위해 부여받은 임무를 다한 훌륭한 장군들이라고 평가하여, 사후에라도 세인트로렌스 강을 바라보며 우정을 나누도록 배려했나 보다.

영국 밖에 세워진
최초의 성공회 성당

　영국 밖에 세워진 최초의 성공회 성당Trinity Anglican Cathedral이 샤
토 프롱트낙 호텔 뒤편 구도심 높은 언덕 위에 있다. 1800년 영국
국왕 조지 3세George Wilhelm Friedrich에 의해 세워진 이 성당에는 퀘
벡 내 가톨릭 성당에서 흔히 보이는 것과 같은 화려함은 찾아볼 수
없다. 차라리 단아하고 아담한 성당이라고 표현해야 적절하다.

　예배당 단상 중앙에는 십자가에 달린 예수 그리스도의 모습이 보
이고, 좌측에는 주기도문과 사도신경이, 우측에는 성경이 돌 판에
새겨져 있다. 이 성당 최초의 주교가 십자가를 들고 서 있는 석상도
보인다.

　벽 한 코너에는 왕이 하사한 보물인 성경, 은종, 은접시, 은잔이
유리 전시실에 진열되어 있어 가톨릭이 대세였던 퀘벡에 성공회 수
장인 영국 왕이 성공회 전파를 위해 얼마나 심혈을 기울였는지 그
심정이 헤아려진다.

　성당 맞은편 작은 골목은 예술가들의 거리 뜨헤소흐가다. 파리
몽마르트 언덕처럼 노상 예술가들이 트레져 골목에서 작품 활동을
하고 전시와 판매를 하면서 이루어진 거리다. 1963년 이후 각기 다
른 분야 예술가 35명이 거리 모퉁이에 모여 구역을 할당하여 활동
하기 시작했다고 하는데, 작품 수준도 상당하거니와 가격도 거리
화가의 작품이라고 생각하기에는 만만치 않다.

성공회 성당 Cathedral of the Holy Trinity Anglican Church

거리 한편에서는 노상 예술가들이 여행객의 얼굴을 재미있게 패러디하여 그려주고 있다. 화가는 심혈을 기울여 그리는데, 지나가는 행인들이 서로 얼굴을 바라보며 키득키득 웃는 모습이 재미있다.

예술가의 거리 뜨헤소흐가

습작 중인 거리 화가

신앙의 상징 노트르담 대성당

예술가들의 거리 뜨헤소흐가를 지나자 단아하게 보이는 성당이 시선을 사로잡는다. 사무엘 샹플랭이 1633년에 건축한 노트르담 대성당으로, 북미에 세워진 가장 오래된 석조건물이다. 그동안 수 차례 화재가 일어나 1922년 현재의 모습으로 개축되었지만, 종탑 이나 벽면은 건축 초기 모습을 그대로 유지하고 있다.

겉모습은 평범해 보이지만 성당 안으로 들어서면 위엄이 넘쳐흐르고 금장으로 칠해진 제단의 장엄함과 화려함에 눈길을 뗄 수 없다. 개척 시대에 하느님을 향한 프랑스인들의 신앙심이 얼마나 신실했을지 찬탄이 절로 나왔다.

노트르담Notre-Dame은 성모 마리아 성당을 의미한다. 로마 가톨릭 교회에서 성당 이름으로 흔히 사용되는데, 우리에게 익히 알려진 파리 노트르담 대성당 이외에도 프랑스 전역에 노트르담 성당이 있고, 세계 여타 도시에도 노트르담 대성당이 있다. 캐나다에만 해도 퀘백 이외에 몬트리올과 오타와에 노트르담 대성당이 있어 노트르담 성당은 도시 이름과 함께 표기해야 구분하기가 쉽다.

노트르담 성당 벽면에는 조각과 고화가 가득 걸려 있고, 스테인드글라스가 햇빛을 받아 찬란하게 빛을 발한다. 또 기도실마다 자신의 소원을 비는 촛불이 붉게 타오르고 있다.

노트르담 대성당   노트르담 대성당 내부

　기도는 하나님 앞에 엎드려 나의 모든 것을 고백하고, 우리를 향한 하나님의 뜻이 무엇인지 구하며, 귀에 들릴 듯 말 듯 전해오는 하나님의 세미한 음성을 마음으로 새겨들어 내가 나아갈 길을 확인하고 결단하는 자리다.

　그런데 하나님 앞에서 베풀어주십사, 복을 내려주십사, 치유해주십사, 온갖 것을 해결해주십사 간절히 요구하는 우리는 얼마나 욕심 많고 이기적인 존재인지 한참 동안 기도의 의미를 생각했다.

라발 대학교와 맥길 대학교

교육은 국가와 사회의 미래를 위한 백년대계다. 성당 옆에 라발 대학교 구 캠퍼스인 Seminaire de Quebec과 라발 건축대학교가 고색창연한 모습으로 서 있다. 라발 대학교는 퀘벡 최초 주교인 프랑수아 라발François de Laval 퀘벡 초대 교구장이 가톨릭 사제 육성을 위해 1663년 설립한 퀘벡 신학교로부터 시작되었다. 영국 빅토리아 여왕의 왕실칙허장에 의해 1852년부터 대학으로 인정받은 라발 대학교는 캐나다 최초의 공립 종합대학교다.

프랑스어계 대학이지만 캐나다에서는 토론토 대학교나 맥길 대학교에 버금갈 만큼 우수한 교육과 연구 수준을 자랑한다. 설립 이후 지금까지 캐나다를 이끌어온 정치·경제·교육·문화계의 많은 인사가 이 대학교를 거쳐갔다.

시간이 지남에 따라 학생 수가 48,000명으로 증가했다. 많은 학생을 작은 캠퍼스에 모두 수용할 수 없어 퀘벡 신도시 생트푸아로 옮겼다. 100만 평에 이르는 캠퍼스 숲속은 연구실, 강의실, 실험실, 식물원, 체육시설로 가득 차 있다.

국력이 체력에 의해 뒷받침되기라도 하듯, 이 대학의 종목별 체육시설은 부러울 정도로 잘 갖추어져 있다. 특히 미식축구장은 프로팀 구장만큼이나 크고 호화롭게 조성되어 있다. 경기장 펜스에는 LG 홍보 간판도 세워져 있어, 한국 기업의 위상과 브랜드가 이곳에서도 높게 평가되고 있음에 나도 모르게 어깨에 힘이 들어가고 우쭐해졌다.

쒜벡의 겨울은 무척 춥고 길다. 학교에서는 추운 날씨에 학생들이 캠퍼스 내에서 이동할 때의 편의를 배려하여 10㎞의 이동 동선을 모두 지하로 연결한 점이 특이했다.

라발 대학교는 그동안 여러 명의 총리, 정치인, 법조인, 언론인, 기업가를 배출했다. 동문 가운데는 총리를 지낸 루이 생로랑Louis St. Laurent, 브라이언 멀로니Brian Mulrone, 장 크레티엥Jean Chrétien 등 명사들이 헤아릴 수 없이 많다. 이 대학교 설립자 라발 쒜벡 초대 교구장도 죽은 후 성인으로 추앙되었고, 뽀호도핑가 광장에 동상으로 우뚝 서서 가톨릭 주교인 그의 교육 정신이 쒜벡 동산에서 빛난다.

라발 대학교 구 캠퍼스(Seminaire de Quebec Seminaire de Quebec)와 학생들

맥길 대학교 정문

맥길 대학교 캠퍼스

라발 대학교 설립자 겸 퀘벡 초대 교구장   캠퍼스 입구에 세워진 제임스 맥길 동상
프랑수아 드 라발

캐나다 최고 명문대학교는 토론토 대학교와 맥길 대학교다. 맥길 대학교는 캐나다에서 역사가 가장 오래된 대학으로, 제임스 맥길James McGill이 1811년 그의 토지 57,500평과 10,000파운드의 재산을 대학 교육 진흥을 위해 왕립학술진흥기관에 기부한 데서 출발했다. 세계 경제포럼이 선정한 세계 최상위 26개 대학 가운데 하나로, 북아메리카 동부의 하버드라고 불릴 만큼 우수하다. 세계에서 가장 공신력 있는 대학 순위를 발표하는 영국 고등교육평가기관 QS의 2022년 발표에서도 맥길 대학교는 전 세계 1,300여 개 대학 가운데 27위로 보도되었다.

그동안 12명의 노벨상 수상자, 3명의 캐나다 총리, 8명의 해외 국가 원수, 15명의 대법관, 9명의 아카데미상 수상자, 16명의 에미상 수상자, 3명의 퓰리처상 수상자, 28명의 올림픽 메달리스트가 배출되었다. 심리학, 법학, 경영학, 컴퓨터과학, 핵물리학, 화학, 생물학, 의생명공학, 신경과학 분야에서 특히 강세를 보인다.

　캐나다 전체에서 박사 학위 학생 비율과 유학생 비율이 가장 높으며, 유학생 대부분은 미국, 프랑스, 중국, 영국, 독일, 이탈리아, 일본 등 150개 국가에서 온 학생들이다. 한국 유학생도 300여 명이나 되어 전체 학생 39,735명의 약 0.75%를 차지한다.

(3) 퀘벡 올드타운 - 로워타운Lower Town

퀘벡 로워타운으로 향하는 길은 퀘벡 어퍼타운에서 샤토 프랑트 낙 호텔 앞 사무엘 샹플랭 동상을 지나 오른쪽 계단으로 내려간다.

로워타운으로 내려가는 플레이스로열 진입로 건물 외벽에 '퀘벡 의 프레스코화'가 있다. 5층 건물 한쪽 벽면 전체에 그려진 벽화에 는 퀘벡에 기여한 인물 17명이 묘사되어 있다. 테라스에서 밖을 바 라보거나, 산책하거나, 술통을 나르거나, 신문을 읽으며 다가오는 각기 다른 모습이다.

거리 벽화에는 사람들이 남기고 싶은 것을 그림이나 낙서로 남기 는 것이 보통이다. 부끄러운 이야기지만 배달의 겨레 한국인들이 남긴 세종대왕의 위대한 창제 업적도 세계 명승지인 로마나 파리 여러 곳에서 낙서로 쓰인 것이 심심치 않게 보인다. 하지만 그려진 지 꽤 오래되어 보이는 이 벽화에는 누구도 낙서한 흔적이 없다. 벽 화를 보는 모두가 이 작품이 주는 범상치 않은 기운에 공감했기 때 문일 것이다.

플레이스 로열 광장 중앙에는 72년 동안 장기 집권하며 왕권신수 설을 주장하고 절대권력을 휘둘렀던 루이 14세의 흉상이 세워져 있 다. 그는 1638년 9월에 태어나 1715년 9월 죽을 때까지 주변국과 전 쟁을 일으키고, 식민지를 확장하며, 왕권을 강화하는 데만 힘을 기 울여 프랑스대혁명이 일어나는 씨앗을 잉태시킨 폭군이다.

로열 광장은 프랑스 식민지 개척자들이 세인트로렌스 강가에 세

퀘벡의 프레스코화

퀘벡 로워타운

운 최초 거주지이자 원주민들과 모피를 거래했던 물물교환 장소였
다. 이 땅에 온 초기 개척자들은 스페인이 남아메리카를 식민지화
하면서 금과 은을 쓸어간 것처럼 금, 은과 모피를 얻기 위해 왔었다.

로열 광장 주변에는 로열 뮤지엄, 비취 뮤지엄, 승리천주교회가
있다. 승리천주교회는 캐나다에 최초로 세워진 천주교회다. 당시
가톨릭은 교황의 뜻이라면 국왕도 존중하는 권위를 가진 종교였기
에 정착민들의 삶 속에 성당과 예배는 분리될 수 없는 생활 속 절대
신앙으로 자리했다.

광장 주변에는 유럽풍 좁은 골목과 돌로 지은 낮은 건물들이 보
이고, 화랑, 보석 가게, 공예품 가게, 기념품점들이 가득 들어서서
지나는 방문객의 발길을 유혹한다. 카페나 야외 테라스에서는 식사
하거나 와인 잔을 기울이며 오후의 낭만을 즐기는 사람들도 꽤 많
이 보인다.

문명박물관이 플레이스 로열에서 생삐애호가를 따라 쿼벡 해군
박물관 방향으로 세 블록 거리에 있다. 인류 문명사와 관련된 역
사·문화 전시일 것으로 생각하고 찾아갔으나 기대와는 달리 항공
우주과학, 뇌과학, 나노과학 등 전시물이 가득하여 최첨단 학술대
회장을 방불케 했다.

캐나다의 수학, 물리학, 화학, 생물학 등 기초과학과 항공우주, 의
생명과학은 세계 최고 수준이다. 이들의 학문 연구와 미래를 주제
로 한 전시는 단순히 보는 것 이상으로 학습 거리가 되었으며, 캐나
다인들의 두뇌에서 뿜어 나오는 힘이 느껴졌다.

플레이스 로열 광장

루이 14세 흉상

캐나다 최초 천주교회 Notre-Dame-Des-
Victories

퀘벡은 도시 외관이나 문화유산만 아름다운 것이 아니다. 역사 속에 내재된 전통과 자부심, 퀘벡을 품격 높은 도시로 지켜가려는 시민들의 높은 시민의식, 일등 시민으로 키우는 교육열이 더해져 더욱 매력 있고 활력 넘치는 도시로 세계인의 발길을 유혹한다.

올드타운의 거리 연주자

플레이스 로열 광장 노상 카페

생 루이가 Aux Anciens Canadiens Restaurant

퀘벡 맛집 MUSE DU FORT

퀘벡 생뜨안느가 노상 카페

생 루이가 관광 마차

5. Momdokarmaval 민속축제

*
*

캐더린 바스크

캐더린 바스크Catherine Basque는 문화인류학을 전공한 25세 미혼 여성이다. 3년 전 대학을 졸업한 그녀는 유런민속뮤지엄에서 홍보 임무를 맡고 있다. 유런 역사와 문화를 궁금해하는 방문자에게는 불어와 영어로 설명해주거나, 통역해주기도 한다.

어머니를 통해 유런 족 피를 물려받은 그녀는 장차 인류학자가 되기를 희망한다. 북아메리카 토착 원주민들의 역사와 문화를 연구하며, 토착민에게 민족혼과 자긍심을 일깨워주고자 하는 꿈이 야무진 여성이다.

퀘벡주만 해도 11개 퍼스트네이션 종족 약 100,000여 명이 11개 지역에 흩어져 살고 있다. 그들의 언어와 문화는 서로 비슷하면서도 조금씩 다르다.

BC주, 앨버타주, 서스케처원주, 매니토바주, 온타리오주, 뉴펀들랜드와 동부, 유콘 준주, 연방 직할지, 그리고 누나부트까지 포함한다면 그 숫자는 이루 다 헤아리기 어렵다. 그래서 캐나다 퍼스트네이선들의 기원과 종족에 대해 깊이 있게 연구하고자 대학원 진학을 준비 중이다.

　"올해는 9월 2일부터 4일까지 퀘벡주 토착민 11개 부족이 진행하는 연합축제행사 'MondoKarnaval'이 생-샤흘르 강가 카르티에-브리바프 국립역사지구에서 열리고 있어 어느 때보다 많은 사람이 찾아온다"라고 한다. "방문객은 캐나다인보다도 외국인이 더 많아 어느 때보다 바쁘다"라며 즐거운 비명이다. 하지만 바쁜 것이 내심 싫지만은 않은 심중이 대화 속에서 슬쩍 비췄다.

　이번 행사 전야제가 8월 31일 퀘벡주 의회의사당 앞에서 성대하게 열렸다. 11개 부족 대표가 모여 부족회의를 가졌고, 각 부족의 특기와 공예품전시회가 있었으며, 음식 축제에 이은 민속공연이 밤늦게까지 이어졌다.

*
*

MondoKarnaval 전야제

　음악에는 서로 다른 사람들의 느낌과 감정까지도 하나로 연결해주고 통합시켜주는 묘한 매력이 있나 보다. 영화 '미선'을 처음 보았을 때의 기억이 새롭게 떠오른다. 영화 주제곡 'The Mission'이 연주될 때, 낯선 사람끼리 처음 만나 팽팽한 긴장감 속에서도 오보에의 청아한 음색에 넋을 잃은 듯 신기해하던 원주민들의 호기심 가득한 표정이 뇌리에서 사라지지 않는다.

캐나다 퍼스트네이션 음악은 오선지에 표기하기에는 너무나 단순하다. 하지만, 북이나 타악기에서 울려 나오는 단순 명쾌한 음악은 하늘에서 영혼을 불러내오는 소리처럼 전야제가 끝난 다음에도 오랫동안 심연을 울리고 잔잔한 여운을 남겼다.

전야제 공연 Opening Ceremony   전야제 공연 1,2

공연은 밤늦게까지 이어졌
다. 전통음악이 흐르고 그들 특
유의 깃털 장식으로 치장한 토
착민과 그 후예들이 나와서 춤
을 출 때마다 공연장을 꽉 채운
퍼스트네이션들은 온 가족이 함
께 어깨춤을 들썩이며 혼의 소
리와 춤에 열광한다. 그들의 혈
관을 타고 흐르는 핏속에는 자
신들의 전통음악 소리에 미친
듯 열광하는 DNA가 분명 내재
되어 있나 보다.

Hurons-Weandat 족의 민속공예품 전시

다음 날 정오 MondoKarnaval
축제가 벌어지는 카르티에브리
바프 국립역사지구를 찾았다.
카르티에브리바프 국립역사지
구는 유런 민속 뮤지엄에서 약
20㎞ 북서쪽 생-샤흘르 강가에

Abenaki 족의 민속공예품 전시

있는 역사 공원이다. 프랑스 탐
험가 자크 카르티에가 1534년
최초로 식민지 개척을 위해 와
서 잠시 머물렀던 지역이기도
하다.

Mohawks 족의 민속공예품 전시

하늘의 별자리만 보고 노를 저으며 대서양을 항해하던 시절, 프랑스 왕 프랑수아 1세의 명을 받아 식민지 개척 임무를 띠고 이곳까지 온 항해는 생각보다 쉽지 않았을 것이다.

캐나다 역사에서 자크 카르티에 이상으로 이름이 많이 오르내리는 인물도 없다. 오백여 년 전 식민지 개척자로 이 땅에 와서 식민지 초석을 다지다가 뜻을 못 이루고 돌아갔을 뿐인데 그의 이름은 역사책에서, 박물관에서, 주요 도시에서, 각종 기념물에서 빛난다. 그는 캐나다 전체 국민으로부터 영웅으로 추앙받고 있음은 물론, 원주민조차도 그를 구습과 질곡의 역사로부터 자신들을 구원해준 구세주만큼이나 위대한 인물로 묘사하고 있다.

MondoKarnaval 축제가 벌어지는 생-샤흘르 강을 따라 길을 걷

역사상 최초의 만남 조형물

는데, 강가 나지막한 언덕에 세워진 만남의 조형물이 보였다. 이 조형물은 자크 카르티에가 세인트로렌스 강 근처에서 이로쿼이 족 추장 돈나코나와 역사상 최초로 만났던 1534년 7월 24일의 모습을 기념하기 위하여 세워진 석조 조형물이다.

조형물 한편에는 프랑스 개척자들의 배를 상징하는 문양이 조각되어 있고, 맞은편 조형물에는 이로쿼이 족의 생활 모습이 조각되어 있다. 조형물 가운데는 프랑스 탐험가 카르티에와 스타다코나(오늘날 퀘벡)의 돈나코나 추장이 반갑게 손을 내밀고 다가서는 모습이 음각되어 있다. 서로 다른 방식으로 살아온 이질적인 두 문명이 역사 이래 처음으로 만나는 역사적인 모습이다.

그로부터 100여 m 떨어진 MondoKarnaval 축제 현장에 길이 8m의 조그마한 배 형상을 한 철골 조형물이 세워져 있다. 이 조형물은 카르티에가 개척 초기 이곳에 올 때 타고 왔다가 프랑스로 돌아갈 때 버리고 간 배 모형을 복원한 철골 구조물이다. 그렇게 작은 배에서 선원들은 4개월 동안 매일 6시간씩 노를 저었고, 하루 두 끼 식량으로 버티며 고된 일을 했다고 한다. 작은 배 안에서 몇 개월씩 고되게 일하며 지낸다는 것은 지금 상식으로는 받아들이기 어려울 것 같다.

카르티에 일행이 생-샤흘르 강을 거슬러 올라와 이곳에 도착했을 당시, 인근 지역에는 이로쿼이L'iroquois라 불리는 날렵한 사람들이 콩과 옥수수 등 식물을 재배하고 사냥을 하거나 바닷가에서 물고기를 잡으며 살았다.

자크 카르티에는 이곳에서 식민지 건설을 추진하다가 실패하고

1542년 9월 철수할 때 추장과 추장 딸, 그리고 몇몇 원주민을 데리고 프랑스로 돌아갔다.

오백여 년 전 원주민들에게 추장은 신과 같은 존재였다. 존귀한 추장과 그 일행이 유괴에 의한 납치인지 자발적 동행인지 당시 상황과 추장의 마음을 지금으로서는 헤아릴 길이 없다. 그러나 민첩하고 건장한 이로쿼이 족 추장이 납치로 끌려갔다고 믿어지지는 않는다. 다만, 프랑스가 이 지역을 식민지화하려고 시도할 때 이로쿼이 족이 강하게 반발했고, 근처에 식인 습관을 가진 종족들이 존재했으며, 그 후 이로쿼이 족은 이 지역을 떠나 스타다코나와 몬트리올 북쪽으로 흩어진 것으로 미루어 그들과 관계가 해피엔딩으로 끝난 것은 아닌 것 같다.

*
*

MondoKarnaval

퀘벡주 First Nation 11개 부족 연합축제인 MondoKarnaval은 퀘벡주 원주민들의 민속예술 공연, 전래동화, 묘기 발표, 공예품 전시, 워크샵 등의 행사가 2박 3일 동안 떠들썩하게 벌어지는 축제행사다. 이 행사는 캐나다 퍼스트네이션뿐만 아니라 중동, 남미, 아프리카 민속 팀까지 참여하여 국제적 행사로 진행되고 있었다.

카르티에브리바프 국립역사지구 잔디밭에는 세계 각지에서 온

MondoKarnaval 행사장　　　　　　　　　　　　음악 공연

전통 민속 공연　　　　　　　　　　　　민속 장기자랑

한국인과 흡사하게 아이를 등에 업은 원주민　　　축제행사장 관객

유런 족 전통식당 Saqamite의 해산물 스파게티와 랍스터 정식

많은 사람이 운집하여 장기자랑, 거리 축제, 민속품과 생활용품 전시 및 판매 등 다양한 행사가 시끌벅적하게 진행되었다.

행사 가운데는 음악 공연이 당연히 인기가 높다. 공연하는 사람이나 구경꾼들의 태도가 무척 진지했다. 그런데, 축제에 참여한 원주민들의 피부색이나 외형을 살펴보니 이들이 원주민인지, 백인인지, 백인 혼혈의 후예들인지 구분하기가 쉽지 않았다.

축제에 먹거리 잔치는 빠질 수 없는 즐거움이다. 축제 마당 여기저기에 세계 여러 나라의 다양한 음식 향연이 펼쳐져 음악과 함성, 그리고 음식 냄새로 흥겨운 열기는 식을 줄 모른다.

문화인류학적으로 추측건대 원주민들은 일만여 년 전후 아시아인이 베링해를 건너 알래스카로 들어와 일부는 서쪽 해안을 따라 남아메리카로 내려갔고, 일부는 동북쪽으로 이동하여 새로운 민족을 이룬 것으로 추정한다. 또 아일랜드와 바이킹의 후예들이 대서양을 건너 캐나다 동쪽으로 이동하여 이누스와 이누이트로 퍼지거나 서쪽 해안을 따라 내려와 여러 부족으로 흩어진 것으로 추정하기도 한다.

원주민 가운데 고립된 지역에서 살아가는 몇몇 부족을 제외하고 순수 혈통을 이어가는 사람들은 이제 거의 찾을 수 없다. 오랜 세월 동안 이동하며 타 종족과 서로 섞였고, 백인 통치 400년 동안 서양인들과도 서로 피를 나누었기 때문이다. 이제는 그들의 생활습관, 피부색, 모발까지도 백인과 비슷하며 언어조차도 대부분 불어와 영어를 사용한다.

MondoKarnaval 축제행사장에 있는 원주민들을 보면 이들이 진정 원주민인지 아닌지 의심이 들 때가 많다. 캐더린도 유런 족의 후예다. 어머니가 유런 족이기 때문이다. 원주민들은 대부분 모계 혈통을 따른다. 어머니들은 가정에서 자녀 교육, 의사결정권, 재산배분권을 가진다. 상속권도 여성의 몫이다. 자녀의 배우자 선택도 어머니의 뜻에 따른다.

이제 마을에 유런 족은 오백여 명만 남아 있고, 나머지는 캐나다 전역으로 흩어졌다. 그나마 남아 있는 사람도 백인 사회에 동화되어 종족과 마을의 경계 개념조차 허물어져가고 있다.

캐더린도 대학 재학 시절부터 교제해온 친구가 밴쿠버에 살고 있다. 이제 얼마 후면 결혼도 고려해야 할 나이지만, 배우자 선택은 어머니의 뜻을 존중해야 한다. 그녀에게 결혼은 복된 미래를 열어가는 행복의 통로지만 민족 정체성을 유지하고 종족 미래를 지키기 위해서 고민해야 할 과제다.

인류의 오랜 전통 속에 형성된 문화에 상하나 우열이란 있을 수 없다. 그러나 역사 속에서 서서히 소멸되는 원주민들의 고유 언어·문화·전통을 바라보면, 상위 문화와 하위 문화가 충돌할 때 언어와 문화조차도 정글 법칙에 따르게 되는 사실을 바라보면서 세계화 시대에 인구가 점점 줄어드는 한국어와 한국 문화의 심각한 현실을 되짚어본다.

Part 4

대서양에 접한
캐나다 동부

1. 빨강머리 앤의 섬
프린스에드워드 아일랜드

하늘에서 바라보는 프린스에드워드 아일랜드(Prince Edward Island, 이하 PEI)는 거대한 풍경화 속의 녹색 정원이다. 노바스코샤주와 뉴브런즈윅주 사이에 놓여 있는 모습이 흡사 사지四肢를 벌리고 누워 있는 딱정벌레 같다.

뉴브런즈윅에서 12.9㎞의 콘페더레이션 다리를 건너면서 시야에 드러나는 PEI 섬은 온화한 기운으로 가득 차 있다. PEI의 평균 고도는 해수면과 비슷할 정도로 낮다. 고지대라야 해발 142m에 불과한 구릉진 초원과 농장은 동화 속에나 등장할 것처럼 아름답다.

PEI 주요 산업은 농업, 수산업, 서비스업이다. 뉴브런즈윅과 PEI를 연결하는 콘페더레이션 다리가 놓이기 이전에는 농업과 수산업이 주를 이끌어가는 주요 산업이었지만, 사방이 바다이기에 바다가 베풀어주는 풍요로운 환경은 관광과 수산업 발달에 크게 기여했다. 지금이야 여러 나라에 긴 다리가 많이 놓여 있지만, 이 다리가 완공된 1997년까지만 해도 세계에서 가장 긴 다리 가운데 하나였다.

경기도 절반 크기의 섬 주민 대부분은 샤롯타운과 섬머사이드에 산다. 주민 대부분이 두 도시에 몰려 있기에 도심을 벗어나면 사람이나 차량과 마주치는 일도 쉽지 않다.

우리나라는 산림이 국토의 70%를 차지하는데, 이 섬은 99%가 전부 활용 가능한 평야다. 그래서 더욱 넓게 보인다. 더구나 사람들의 발길이 잘 닿지 않는 섬 동쪽 처녀림 수억 평은 방치된 채 개발의 손길을 기다리고 있다.

끝없이 펼쳐진 평원에는 밀, 감자, 호박이 따가운 가을 햇살 아래 탐스럽게 익어간다. 이곳 토양은 철분이 많아서인지 유난히도 붉다. 도로가에는 특산물을 판매한다는 선간판이 간간이 세워져 있어, 이 섬에서 출토되는 특산물을 구경하는 재미도 쏠쏠하다.

PEI에는 감자 박물관이 있을 정도로 감자가 많이 생산된다. 유기질 토양에서 해풍을 듬뿍 맞고 자라기에 맛과 식감이 뛰어나, 캐나다 전체 감자 소비량의 1/3이 이 섬에서 생산된다. PEI에서 생산되는 감자는 카벤디시 회사를 통해 세계 34개국에 수출되며, 한국에도 수출된다고 한다. 한국에 돌아와서 매장을 통해 확인해보았다. 카벤디시 회사는 감자만 수출하는 것이 아니라 감자 재배, 가공, 품종개량 분야에까지 진출해 있었다. 우리가 즐겨 먹는 해쉬브라운이나 프렌치 프라이도 카벤디시의 제품이다.

뉴브런즈윅과 PEI를 연결하는 콘페더레이션 다리

PEI 평원   전원풍의 농촌

특산물 가판대의 호박

빨강머리 앤

　이 고장이 낳은 유명 작가 루시 몽고메리Lucy Maud Montgomery를 아끼는 이 고장 사람들의 자부심은 대단하다. 『빨강머리 앤』으로 번역된 소설 『Anne of Green Gables』를 통해 이 섬과 카벤디시가 세상에 널리 알려졌기 때문이다. 그녀가 태어난 뉴런던과 작품 활동을 했던 마을 카벤디시에는 루시 몽고메리 박물관이 있어, 캐나다는 물론 해외 여러 나라에서 위대한 작가의 마을을 둘러보기 위해 많은 사람이 찾아온다.

　루시 몽고메리는 이 마을을 배경으로 세계 명작이 된 『Anne of Green Gables』 이외에도 소설 20여 편, 시 500여 편, 그리고 수많은 단편 작품을 남겼다. 그녀의 작품은 세계 여러 언어로 번역되어 수억 명 독자에게 감동을 주었으며 뮤지컬, 연극, 영화로도 각색되었다.

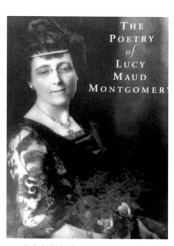

루시 몽고메리의 집필실　　　『빨강머리 앤』의 저자 루시 몽고메리

초록 지붕 집이라는 Green Gables는 지금도 카벤디시에 실재하며, 매년 정기적으로 샬럿타운 축제 무대에 올려진다. 이 작품을 통해 루시 몽고메리는 대영제국 훈장을 받았으며, 왕립 학회 회원이 되는 영예를 누렸다.

PEI에 도착하자마자 카벤디시에 있는 그린 게이블스Green Gables를 찾았다. 그곳에는 그녀가 성장하고 작품 활동을 하면서 34년 동안 살았던 집이 박물관으로 남아 있다. 그곳에서 루시 몽고메리가 작품을 구상하며 상상의 나래를 펼쳤던 맥네일 농장을 둘러보고, 그녀가 걸었던 숲속 길을 거닐며 작가의 숨결을 느껴보고 싶었다.

루시 몽고메리가 걸었던 맥네일 농장과 숲속 곳곳에는 그녀가 남긴 주옥같은 글귀가 새겨져 있다. 온화하지만 매몰찬 대서양 바람! 낮은 구릉 위에 펼쳐진 대지! 미로처럼 이어진 관목 숲! 이 모든 환경이 명작이 잉태될 만한 여건을 성숙시켰나 보다.

사실 『Anne of Green Gables』의 빨강머리 앤은 어쩌면 자기 자신을 모델로 설정한 상상 속 인물인지도 모르겠다.

소설 속 앤이 매튜와 마릴라 남매 가정에 입양된 고아원 출신 소녀인 것처럼, 루시 몽고메리도 생후 21개월 만에 어머니를 잃었다. 아버지마저 새로운 삶을 찾아 떠난 이후로 그녀는 외할아버지와 외할머니가 살고 있던 맥네일 농장에서 성장했다.

루시 몽고메리는 이 마을 원룸 스쿨인 카벤디쉬 학교에서 친구들과 사귀면서 자연의 아름다움과 마을 사람들의 따뜻한 인정에 눈이 뜨였다. 그녀의 명랑하되 섬세하며, 상상력이 풍부한 성품도 이러한 성장 배경과 무관하지 않다.

Green Gables

루시 몽고메리가 어린 시절 뛰놀던 New London의 바닷가 마을

작품 속에 표현된 이웃이나 친구들의 모습은 현실 속에서 그녀가 마음속으로 그리워했던 심경과 비슷해 보인다. 어쩌면 작품 속 주인공 앤은 루시 몽고메리가 마음속으로 이루고 싶었던 자화상이 아닌가 생각되기도 한다.

PEI 주민 대부분은 잉글랜드, 스코틀랜드, 아일랜드계의 후손이다. 그들 가운데 아카디언 25,000명이 포함되어 있다. 아카디아는 1605년 프랑스가 캐나다 동부 노바스코샤, 뉴브런즈윅, PEI에 세웠던 식민지이며 아카디언은 프랑스계 개척민들과 그 후손들을 지칭하는 용어다. 식민지 초기 캐나다 동부로 이주해온 프랑스인들은 정착지를 넓히며 개척민으로 뿌리를 내렸다. 프랑스가 영국과 치른 전쟁에서 패한 1755년 이후 이 땅에 살던 12,000여 명의 아카디언은 프랑스가 개척한 북아메리카의 버지니아령 식민지로 강제 이주되거나, 영국 식민지로 강제 이송되거나, 추방되었다.

아카디언 중 일부는 섬 구석에 숨어 추방 위기를 모면하기도 했지만, 강제로 배에 태워져 송환되던 사람들 가운데는 배 안에서 굶어 죽거나 대서양에서 행방불명된 사람들도 꽤 있다.

루이스버그 전쟁과 퀘벡 아브라함 평원 전투에서 프랑스가 영국에 패한 이후, PEI 섬은 여러 조각으로 나누어져 영국 귀족과 퇴역 군인 등에게 배분되었다. 섬에 남아 있던 아카디언은 섬 전체로 흩어져 어부로, 소작농으로 눈물겨운 생존을 이어갔다.

지금도 이 섬 10여 곳에 있는 아카디언의 후손들은 자신들의 커뮤니티에서 자신들만의 전통과 문화를 유지하려고 노력하고 있다.

북아메리카의 영국 식민지로 강제 이송되는 아카디언 (미스코쉐 아카디언 박물관 소장)

미스코쉐 아카디언 박물관에는 아카디언 선조들의 슬픈 정착 역사
가 기록으로 남아 있다. 박물관에 있는 기록과 유물을 찬찬히 둘러
보는 동안 일제 강점기 우리 선조들이 일본의 압제 아래 겪었던 아
픈 역사가 뇌리에 떠올라 동병상련同病相憐의 심정으로 이들을 바라
보았다.

세인트 로렌스만의 진주 PEI

PEI는 전체가 풍광이 수려한 관광지다. 1,000㎞의 굴곡진 해안이 대서양 바다를 따라 연결되어 있기에 해안으로 접근하기도 쉽다. 차가운 바다에는 싱싱한 바닷가재, 게, 대합, 조개, 굴이 풍부하고 심해에서는 세계 최고로 꼽아주는 대서양 연어, 대구, 참다랑어가 잡히는 황금어장이다. 사면을 둘러싼 바다에서 나오는 풍부한 해산물 덕분에 PEI에서는 1년 내내 해산물 축제가 끊이지 않는다.

샤롯타운 항구

Festival이 열리는 날 샤롯타운에 입항한 유람선

우리가 PEI를 방문한 기간에도 샤롯타운에서 Shelfish Festival이 열리고 있었다. 때마침 관광객을 가득 태운 크루즈 유람선까지 입항하여 섬 전체는 온통 활기로 넘쳤다.

바닷가재, 게, 새우, 굴, 도미, 농어, 참치를 마음껏 즐길 수 있다기에 서둘러 페스티벌 현장으로 갔다. 그러나 1인당 200달러나 되는 입장권은 이미 매진되었고, 행사장 안으로는 입장조차 할 수 없을 만큼 인산인해를 이루고 있었다.

아쉬운 마음에 근처 해산물식당을 찾아갔다. 다운타운에 있는 주의회의사당을 지나 '2차 대전과 한국전쟁 참전용사 기념탑' 앞을 지나는 코너에서 스시 레스토랑을 발견했다. '스시'라는 글자도 한국어로 쓰여 있고, 주인이 한국인이라고 한다. 이렇게 외딴곳까지 진출하여 레스토랑을 운영하는 것을 보면서 한국인의 억센 생명력과 개척정신에 탄복했다.

스시 레스토랑이라지만 손님 가운데 동양인은 아무도 보이지 않았다. 일본인조차 눈에 띄지 않았다. 인근에서는 좀처럼 보기 힘든 스시 레스토랑에서 조개찜, 생굴, 깔라마리 튀김까지 대령했으니 요리에 곁들인 와인이 맛깔스럽지 않을 수 없다. 주방장의 인정이 듬뿍 담긴 싱싱한 대서양 연어 스시와 해산물 요리의 감칠맛은 그 후에도 오랫동안 행복한 추억으로 기억된다.

스시 레스토랑의 조개찜, 생굴, 깔라마리 튀김

이스트포인트 남쪽 8㎞ 떨어진 곳에 레드포인트 주립공원이 있다. 캐나다에서 해안선이 가장 길고 아름답다는 바닷가다. 피서철이 지나 텅 빈 해변에는 젊은 연인들 몇 커플이 해변 구석진 곳에 앉아 데이트를 즐기고 있었다. 젊은 연인들이 구석지고 아늑한 곳을 좋아하는 것은 동양이나 서양이나 비슷한가 보다.

잔잔하게 물결치는 푸른 바다를 보니 풍덩 뛰어들고 싶은 생각이 들었다. 바닷물에 발을 슬며시 밀어 넣었다. 9월 말의 대서양 바다는 용기만 가지고 무모하게 뛰어들기에는 너무나 차가웠다. 섬 전체에 붉은 흙과 붉은 돌이 많아서인지 해변 모래까지도 붉은색이다. 물결치는 파도를 따라 맨발로 해변을 걸었다. 발바닥으로 전해지는 해변의 미세한 모래 촉감이 부드러웠다. 입자가 고운 모래를 왜 금사金沙라고 부르는지 그 이유가 충분히 공감된다.

이 섬에는 카벤디쉬 이외에도 풍광이 뛰어난 관광자원과 자동차 박물관, 바구니 박물관, 전통공예 박물관, 민속예술 박물관, 아카디언 뮤지엄, 아트센터, 개척 초기에 세워진 성당과 교회 등 볼거리와 탐방할 거리가 가득하다. 역사가 짧은 섬이기에 조상들로부터 물려받은 문화유산은 빈약했지만, PEI 주민들이 자신들의 것을 잘 활용하고 새로운 역사를 창조해나가고자 하는 노력이 한층 돋보였다.

캐나다 최동단의 등대

PEI 이모저모

1·2차 대전과 한국전쟁 참전용사 기념탑

1864년 캐나다 식민지연합 대표들이 모여
캐나다연방 탄생을 최초로 결의한 PEI 주의회 의사당

샤롯타운 St. Dunstant's Basilica Cathedral

어촌의 심해 게 잡이 어망

일출 후의 캠벨스 코브

대서양의 거친 파도

2. 핼리팩스

핼리팩스에는 잉글랜드의 흔적이 곳곳에 남아 있다. 핼리팩스 성 역사유적지Halifax Citadel National Historic Site가 된 요새에는 지금도 대영제국 국기가 펄럭인다.

조선 영조 25년이던 1749년, 잉글랜드는 핼리팩스에 에드워드 콘월리스 총독과 약 2,500명의 군인을 파견하여 요새를 세웠다. 북아메리카를 식민 통치하고 프랑스의 해외 식민지 확대를 견제하기 위해서다. 핼리팩스에 온 영국 군인들은 미크맥인들이 살아왔던 땅에 정착지를 세우고 군인들을 주둔시켜 노바스코샤를 식민지화했다.

식민지 시절 핼리팩스는 영국과 프랑스 모두에게 가장 중요한 북아메리카 항구이자 해군 기지였다. 1775년 미국 독립전쟁과 1812년 영미전쟁 때는 영국 해군 기지로 이용되었고, 1·2차 대전 때는 연합국 함대 항로 보호를 위한 대 독일 전진기지로 활용될 만큼 중요한 위치에 있다. 독일은 영국 함대와 연합군 전략물자 수송선을 침몰시키기 위해 핼리팩스 바다 밑으로 U보트를 침투시켜, 연합군과 독일 해군 사이에 숨 막히는 탐색과 추격전이 벌어졌던 역사의 현장이기도 하다.

핼리팩스 항구

핼리팩스는 신도시와 구도시가 구분되어 있지 않다. 유적지나 구도시 건물 대부분은 요새 반경 5㎞ 이내에 산재해 있지만, 신축 건물과 구건물이 혼재해 있다. 팽창하는 도시이기에 도시개발공사와 도로공사가 여러 곳에서 동시다발로 광범위하게 진행되어, 역사적 유물이 훼손되지 않을까 우려되기도 한다.

도심과 핼리팩스 항구를 주마간산 격으로 둘러본 후, 항구 산책로에 있는 대서양 해양박물관을 찾았다. 대서양은 캐나다 역사의 산파 역할을 했고, 해양 발전과 핼리팩스 발전이 궤를 같이했기에, 대서양 해양박물관에는 세계 해양발전사와 캐나다 해양 역사를 한눈에 볼 수 있는 사료가 풍부하다.

전시관에는 원시시대 인류가 사용했던 통나무배에서부터 돛단

배, 증기선, 상선, 유람선, 군함, 항공모함은 물론 최신 핵잠수함에
이르기까지 역사 이래 있었던 모든 배 모형과 핼리팩스 발전사가
압축 전시되어 있어 흥미로웠다.

1901년의 어선보호선

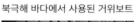

북극해 바다에서 사용된 거위보트

1920년대 최고속 전함

돛단배

1920년대 여객선 겸 화물선

18세기 영국 전함

화물선 폭발사고

해양박물관 한 코너에 화물선 폭발사고로 핼리팩스가 처참한 참화를 겪었던 사진이 실물 자료와 함께 벽면을 가득 채우고 있다. 이 폭발사고는 인류 역사 이래 인간이 개발한 과학으로 인해 발생한 가장 참혹한 사고다.

제1차 세계대전이 한창이던 1917년 12월 6일, 전쟁에 사용할 폭발물을 가득 실은 프랑스 화물선 SS 몽블랑호가 핼리팩스 항구로 진입하던 중에 노르웨이 화물선 SS 이모호와 가볍게 충돌했다. 이 충돌로 프랑스 화물선 SS 몽블랑호에 화재가 발생했다. 화재는 곧이어 폭발로 이어졌다. 이 폭발은 히로시마에 원자폭탄이 투하되기 전까지 인간이 개발한 과학으로 인하여 발생한, 가장 처참한 비극적 참사다.

폭발 순간 핼리팩스 주변 항구도시 500,000평이 한순간에 초토화되었다. 폭발 당시 중심부 온도는 5,000℃에 달했고, 폭발로 인한 연기가 3.6㎞ 상공까지 치솟았다. 폭발 반경 2.6㎞ 이내 모든 건물이 순식간에 날아갔다. 2,000여 명은 현장에서  즉사했다. 선박 잔해는 공중 300m까지 튀어 올랐고, 산산이 찢긴 철 파편이 사방 5~6㎞까지 비처럼 쏟아져 내렸다.

폭발과 동시에 바닷물이 한순간에 증발하여 항구 바닥이 드러났다. 이 공간을 채우기 위해 해일이 발생하면서 18m 높이의 파도가

(좌) 프랑스 화물선과 노르웨이 선박 충돌에 이은 대폭발로 폐허가 된 핼리팩스
(우) 폭발물을 가득 싣고 핼리팩스 항구로 진입하던 프랑스 화물선 SS 몽블랑호

핼리팩스 항구 주변을 덮쳤다. 해일이 몰고 온 파도로 터프트 만에
터를 잡고 일만여 년 동안 살아왔던 마을 공동체는 순식간에 흔적
도 없이 사라졌다. 그곳에 살았던 미크맥인은 그 순간 전멸했다.

폭발에 따른 화재로 13,600가구가 집을 잃었고, 9,000여 명이 중
상을 입었다. 멀리 떨어진 집에서 폭발 소리를 들은 수백 명은 폭풍
파가 창문을 덮쳐 깨지면서 실명했다. 폭발 충격으로 핼리팩스 전
역의 스토브와 램프가 뒤집어지면서 화재가 발생하여 많은 주민이
사망하거나 화상을 입었다.

문득 일본의 저주받은 도시 히로시마가 번개처럼 머릿속을 스쳐
지나갔다. 1945년 8월 6일 발생한 히로시마 원폭 피해는 핼리팩스
대폭발보다 7배나 위력적이었다.

히로시마 도심 600m 상공에서 폭발한 '리틀보이'는 근처 온도를
4,000℃로 상승시켰고, 반경 1.6㎞ 내 모든 생명체가 증발했다. 폭
발과 함께 화재가 발생하여 9만 명이 즉사하고, 원폭 휴유증으로 16
만 명이 사망했다.

도시 전체가 역사의 희생물인 히로시마 전쟁 박물관을 찾았을 때

(좌) 프랑스 화물선과 노르웨이 선박 충돌에 이은 대폭발로 폐허가 된 핼리팩스 2
(우) 항구 대폭발 사고로 산산이 찢긴 배의 철 파편

나는 온몸이 얼어붙은 듯 전율했다. 눈에 보이는 비극의 현장은 지옥에서조차도 떠올리고 싶지 않을 만큼 처참했다. 분노나 경악이라는 언어조차도 사치스러울 뿐이었다. 세상 빛이 퇴색된 듯 온통 하얗게 보였고, 뒷머리를 둔기로 강타당한 듯 그저 멍할 뿐 아무런 말도, 아무런 생각도 떠올리고 싶지 않았다.

　최근 러시아와 북한이 핵 단추를 만지작거리며 주변국을 위협하고 있다. 핵무기는 전략무기이든 전술무기이든 보유해서도, 사용해서도 안 된다. 인류 파멸을 초래할 수 있는, 위험하기 짝이 없는 무기이기 때문이다. 우리는 서로가 탐욕을 내려놓고 대화와 타협을 통해 상생의 지혜를 발휘한다면 이 땅에 평화를 정착시키고, 공동 번영을 이룰 수 있는 방법을 얼마든지 찾을 수 있다. 문명의 빛으로 반짝이는 과학을 오용하거나 관심을 소홀히 할 때 엄청난 불행이 초래된다는 사실 앞에 우리는 좀 더 숙고하고, 좀 더 진지하게 대처해야 한다.

핼리팩스 산책

둘째 날 핼리팩스 공원Halifax Public Garden을 찾았다. 핼리팩스 성 역사지구 옆에 있는 핼리팩스 공원은 노바스코샤에서 으뜸으로 추천하는 명소다. 빅토리아 시대인 1867년 설립된 이 공원은 빅토리아풍의 영향을 받아서인지 작지만 화려하게 꾸며졌다.

형형색색 아름다운 꽃과 분수로 어우러진 멋진 조각상이 공원 곳곳에 놓여 있다. 도시 가운데에 있으면서 이렇게 편안함과 안락을 주는 공간은 다른 어떤 도시에서도 찾아보기 쉽지 않을 것 같다. 공원에서는 자선단체 회원들로 보이는 연주 단원들이 컨트리뮤직을 연주하고 있었다.

인종, 성, 연령은 다를지라도 감미로운 음악을 듣고 기분 좋게 느끼는 감정은 비슷한가 보다. 벤치에 앉아 연주를 들으며 주변을 살폈다. 음악을 듣는 사람, 형형색색 다양한 꽃의 아름다움에 탄성을 지르는 사람, 독서 삼매경에 빠진 사람, 사진 촬영에 열중인 사람, 벤치에 앉아 소곤소곤 속삭이는 사람들의 표정이 재미있다.

공원 카페에서 아이스크림을 사서 한입 베어물었다. 달콤한 과일향이 입안에 미끄러지듯 감돌았다. 미소를 가득 머금은 사람의 행복한 기운이 나에게도 밀려와 전해지는 것 같았다.

입구에 서 있는 선간판으로 미루어 짐작건대 이런 음악회는 일회성 이벤트 행사가 아니라 매번 다른 장르의 연주회가 한 주에 한 번

씩 연중 계속되는가 보다. 매주 장르가 다른 음악회를 개최하는 일이 그리 쉬운 일은 아닐 텐데, 시민을 위하는 세심한 배려가 가슴 훈훈하게 다가왔다.

핼리팩스 국립 사적 요새 성이 동산 언덕에서 시내를 굽어보고 있다. 요새로 들어가는 주변 사방에는 별 모양의 해자垓字가 깊이 파여 있고, 두께는 20여 m나 되며 석벽으로 둘러싸인 성이다. 그 요새를 경비병이 무장한 채 경비하고 있다. 요새 안에는 요소마다 대포가 설치되어 있고, 곳곳에 군인들을 위한 경비실, 병기고, 탄약고가 숨겨져 있다.

관광객을 위한 재현이겠지만 19세기 전투병 복장을 한 병사, 이

핼리팩스 요새 성

요새 내부

요새 내부를 순시하는 경비병

동 막사, 군인 가족 숙소, 음식과 조리 방법을 당시 모습대로 재현해놓고 설명까지 곁들여 흥미를 더했다. 우리 눈에는 익숙하지 않은 스코틀랜드풍 치마를 입고 서 있는 경비병 모습이 우스꽝스러웠다.

프랑스 침공에 대비하여 세워진 이 요새를 사이에 두고 영국과 프랑스는 160년 동안 서로 빼앗고 빼앗기며 치열한 접전을 벌였다. 현재 캐나다는 미국과 어깨를 나란히 하고 세계 정치와 경제를 선도해 나가는 우방이지만 한때는 이 요새와 영토 소유권을 두고 미국과도 서로 격전을 벌였다는 사실이 흥미롭다. 국제적 이해관계가 충돌할 때는 영원한 적도 영원한 친구도 없다는 사실을 냉정한 시각으로 바라보지 않을 수 없다.

셋째 날 아침 일찍 핼리팩스 중앙도서관을 찾았다. 이곳에 오기 전 지인으로부터 "세계에서 가장 아름다운 도서관이며, 시민과 함께하는 도서관의 모델이니 방문해보라"라는 권유가 생각났기 때문이다.

도서관은 핼리팩스 공대 옆 스프링가든로에 있다. 건물도 특이하거니와, 5층 전체의 외장이 투명 유리로 되어서 밖에서는 도서관 내부가, 내부에서는 도서관 밖이 다 보이는 구조로 지어졌다. 국경일을 제외하고 매일 아침 9시부터 저녁 9시까지 연중 개관하는 이 도서관은 누구에게나 자유롭게 열려 있다. 한국어로 쓰인 책도 몇 권 눈에 띄어 반가웠다.

여타 도서관의 엄숙함과는 거리가 있었지만, 시민은 물론 외국인일지라도 각종 자료를 접할 수 있는 열린 공간이다. 어린이와 함께 온 부모가 정보를 검색하거나, 컴퓨터로 함께 학습하는 장면도 눈에 뜨였다. 1층에는 어린이들이 놀이 활동을 하며 학습할 수 있는 아동 친화적 프로그램도 있고, 5층에는 핼리팩스 시내를 조망하며 차를 마실 수 있는 카페와 야외 정원까지 있어 도서관이라기보다 안락한 휴게실처럼 느껴졌다.

밴쿠버 중앙도서관과 외형만 다를 뿐 분위기가 흡사하다. 빙글빙글 돌며 자료를 뒤적이다가 4층에서 한국전쟁과 1·2차 대전 당시 핼리팩스인 705명이 참전하여 활동했던 기록이 담긴 책을 발견했다.

한국은 캐나다인들에게 생명의 빚을 지고 있다. 캐나다는 6·25 전쟁 당시 군인 2만 6천 명을 파병했으며, 전쟁 중 516명이 전사했다. 미국, 영국에 이어 세 번째로 많은 수다.

한국전쟁에 참전했던 군인들과 그 전쟁에서 목숨을 잃은 참전용사들의 희생을 기리며, 죽은 이를 위해 한동안 묵념했다. 우리는 그들의 고귀한 희생에 무엇으로 갚아야 할지를 자문하며….

디자인이 특이한 핼리팩스 중앙도서관

중앙도서관 내 2차 세계대전과 한국전쟁 관련 자료

참다랑어

석양이 질 무렵 페리 터미널 근처를 지나는데 어디에선가 환호 소리가 들렸다. 여행자에게는 이국의 조그마한 관심거리에도 흥미를 느끼게 된다. 자세히 보니 은빛으로 반짝이는 거대한 참치가 낚싯배에서 크레인으로 올려지는 중이었다.

사람들 틈을 헤치고 들어가 바라보았다. 몸체 길이가 4m는 족히 넘어 보이는 참치다. 그 옆에 참치만큼이나 체구가 큰 사나이 세 명이 아직도 흥분이 진정되지 않은 표정으로 참치 낚은 과정을 장황하게 설명하고 있었다. 그들에게 "이렇게 거대한 참치를 작은 낚싯줄로 어떻게 낚았는가?" 하고 물었다. "아침에 핼리팩스 앞바다에 나가 갓 잡은 생고등어를 미끼로 4시간 사투 끝에 낚았다"라고 한다. "계측한 결과 294kg 나간다"라고 하며 자랑하기 바쁘다. '데이비드'라고 이름을 밝힌 그 낚시꾼은 "그동안 여러 차례 바다낚시를 했지만 이렇게 큰 참치는 처음 낚았다"라며 상기된 표정을 감추지 못했다.

은빛으로 빛나는 싱싱한 참치는 바라보는 것만으로도 군침이 돌게 했다. "낚은 참치를 어떻게 처리할 계획이냐?" 하고 물었더니 "일본으로 급송할 차량이 이미 와서 대기 중에 있다"라고 한다.

후에 참치 전문가에게 사진을 보여주고 감정을 요청하니 "참다랑어가 틀림없다"라고 하며, "참치는 지중해, 북태평양, 일본 근해, 남태평양, 호주 근해에서 많이 잡히고 참치 종류만 해도 참다랑어, 눈다랑어, 황다랑어 등 10여 종류나 되지만, 참다랑어라고 불리는 지중해산 블루 핀Blue Fin을 최상품으로 쳐준다"라고 한다.

참다랑어 가격은 잡히는 지역, 시기, 크기에 따라 다르지만, 국제 경매시장에서 평균 kg당 5만 원에서 10만 원 정도 하며, 100kg 정도 크기 1마리당 보통 일천만 원에서 일억 원에 거래된다. 가장 비싼 값에 경매된 기록은 일본인에 의해 16억 원에 낙찰되었다는 기사를 읽은 적도 있다.

참다랑어는 다랑어 가운데 최고로 꼽아주는 생선이다. 부드럽고 고소한 생선회 식감과 씹는 느낌에 있어 타의 추종을 불허한다. 이웃 나라 일본의 참치 애호가들은 어느 횟집에서 얼마짜리 참치 먹었다는 것을 자랑삼아 이야기한다. 그래서 유명 횟집들은 질 좋은 참치를 경쟁적으로 비싼 값에도 경락을 받아 고객에게 서비스한다. 물론 가게 상호 선전이 첫째 목적이지만, 단골 고객에게 감사 차원에서 서비스하는 상술이기도 하다. 은빛으로 반짝이는 참치를 바라보니, 나도 당장 낚시 채비를 챙겨들고 바다로 나가고픈 충동이 일었다.

낚시꾼 데이비드 일행이 낚은 대서양 참치

맥주 축제

토요일 저녁 개리슨 광장에서 맥주 축제가 떠들썩하게 벌어지고 있었다. 개리슨은 핼리팩스 페리 터미널 옆에 있는 양조장 이름이다. 핼리팩스 유일의 양조장이지만, "타 지역 맥주에 비교하여 맛과 질이 뛰어나다"라고 자랑이 대단하다. 축제 분위기 때문인지, 다음 날이 일요일이라서인지 축제에 참여한 모두는 신이 났다.

음악 소리, 박수 소리, 환호 소리가 축제의 흥을 한껏 돋우었다. 한 색스폰 연주자가 축제 마당 한가운데로 나와 스포트라이트를 받으며 모두의 시선을 집중시켰다. 온몸을 비틀며 혼신의 힘을 다해 연주하는 그의 제스처는 악기 연주 소리보다도 더욱 인기를 끌었다.

핼리팩스 도심을 걷다 보니 타 도시에 비해 유난히 펍과 레스토랑이 자주 눈에 뜨인다. 페리선 입출항이 잦은 항구도시이기 때문인지, 이민자들이 오가는 창구이기 때문인지, 아니면 주민 대다수가 낙천적이고 술을 좋아하는 문화 때문인지 모를 일이다. 주류 종류도 와인보다는 맥주를 더 선호하는 것 같다. 카페나 음식점에 앉아 있는 옆 테이블을 힐끗 넘겨보면, 맥주잔을 기울이는 경우가 더 자주 보인다.

맥주의 질을 결정하는 요소는 호프, 물, 발효과정의 기술이다. 캐나다 중부 서스케처원이나 매니토바 평원에서는 양질의 호프가 생산된다. 수질도 더할 나위 없이 좋다. 세계 각지 명성 높은 양조업자들이 자신들의 양조 비법을 가지고 와서 질 좋은 원료로 품질 우수한 맥주를 경쟁적으로 생산해낸다.

퀘벡에 머무는 동안 MUSEE DU FORT 레스토랑에서 퀘벡시가 자랑하는 세 종류의 맥주(Jouffloue, Indian Pale Ail, CiBolve)를 시음했던 기억이 떠올랐다. Jouffloue와 Indian Pale Ail은 다른 맥주와 비교할 수 없을 만큼 향이 독특했고, CiBolve는 부드럽고 연한 맛에 야생화 꽃향기가 느껴졌던 것으로 기억된다.

게리슨 맥주와 퀘벡 맥주를 비교해보고 싶어, 소믈리에에게 이곳의 베스트셀러를 추천해달라고 요청했다. 10종류 맥주 가운데 TAN, PEC, NU+, IPA, PAS를 선정해주었다. 종류가 각기 다른 5가지 맥주는 와인만큼이나 섬세하게 맛과 향이 달랐다. 개인적 견해를 밝힌다면 TAN의 맛과 향이 가장 특이하고 내가 좋아하는 취향이었던 것으로 기억된다.

페리 유람선이 정박해 있는 핼리팩스 페리 터미널 옆 PIER 21에 이색적인 건물이 눈에 뜨이기에 물었다. '이민자 박물관'이라고 한다. 이민자들이 세운 나라에 이민자 박물관이라니…. 그 박물관에는 어떤 역사와 어떤 사료가 기다리고 있을지 궁금하다. 내일은 이민자 박물관에 가서 이민자들이 세운 나라의 이민 역사를 살펴보아야겠다.

GARRASON이 자랑하는 5종의 맥주

핼리팩스 요새 성에서 바라본 핼리팩스 항구와 대서양 해양박물관

3. 이민자 박물관

피어 21 항구

고적을 답사하거나 박물관에서 시간을 보내는 것이 나로선 참 행복하다. 그곳에는 수천 년, 수만 년, 아니 수억 년 지구 역사가 압축되어 있다. 인류 문명사가 농축되어 있다. 이 땅에 먼저 와서 살다 간 사람들의 숨결과 진한 땀 냄새가 배어 있다. 영감과 재능을 번뜩이며 당대의 예술혼을 불태웠던 작가들의 작품도 만날 수 있다.

지난 일백만 년 역사를 통해 우리보다 먼저 이 세상에 와서 살다 간 사람들 총 숫자는 대략 일천오백억 명가량 된다고 한다. 대영박물관이나 루브르박물관은 아닐지라도 유적지에는 우리보다 먼저 왔던 사람들이 살면서 남긴 흔적이 여과 없이 남아 있다.

나는 그곳에서 과거 사람들이 일구어놓은 역사와 문명을 더듬어 보고, 그들이 남긴 유물과 묵언의 대화를 통해 삶의 지혜를 얻는다. 우리가 지나간 역사를 관심 있게 살펴보는 이유는 지난 역사를 통해 과거를 조명하고, 현재를 올바르게 해석하며, 실수하지 않고 미래를 준비하는 데 있어서 지혜를 얻을 수 있기 때문이다.

피어 21은 캐나다 국립역사유적지이자 캐나다 이민자 박물관이 있는 곳이다. 그동안 세상 이곳저곳 기웃거리며 많은 것을 보았지만 이민자 박물관이라는, 조금은 생소하되 많은 것을 생각하게 해주는 박물관을 핼리팩스 항구에서 마주했다.

핼리팩스 Pier 21 캐나다 이민자 박물관

캐나다 이민자 박물관은 나라의 기틀이 세워지는 과정을 박물관이라는 공간에 넣어두고 이민의 역사를 기리는 아이디어가 특이한 박물관이다. 핼리팩스 항구 산책로에 세워진 이민자 기념상도 이민자 박물관과 맥을 같이 한다. 어린 아기를 가슴에 안고 애처로운 표정으로 배웅하는 아내와, 그런 부인과 자녀를 뒤로한 채 꿈과 희망을 안고 신세계를 향해 발걸음을 내딛는 가장의 표정에는 비장함이 서려 있다.

이민자 기념상

6·25 전쟁 참화를 겪은 직후 우리나라 가장들이 사랑하는 가족을 고향에 남겨둔 채, 새로운 가능성을 찾아 서울이나 해외로 치닫던 모습과 크게 다르지 않다.

이민 역사를 설명하는 큐레이터와
설명을 듣는 방문객

아카디언의 농업 이민

　캐나다 이민 역사는 삐에르 몽Pierre du Gua de Mons과 사무엘 샹플랭Samuel de Champlain의 선도하에 1604년 캐나다 동부에 이주한 프랑스인들의 아카디아Acadia 정착과 농업 이주로부터 시작되었다.

　이민자 박물관에는 아카디아 정착기부터 최근까지 시대별로 프랑스, 영국, 유럽 이주자들의 식민지 개척사와 이민 역사가 사진 자료와 함께 정리되어 있다. 캐나다 이민 출발점이 농업이었다 하더라도 농업이 이 땅에 사업으로 정착한 것은 130여 년에 불과하다.

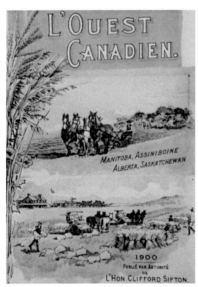

1900년 매니토바주, 서스케처원주, 앨버타주 농업 이민자 모집 홍보 포스터

　넓은 땅을 개척하고 경작하기 위해서는 많은 인력이 필요했다. 하지만 당시 유럽인들에게는 혹독하리만큼 춥고 겨울이 긴 캐나다가 경작지로서 그리 매력적인 땅은 아니었다. 16세기 초 동부 아카디아에서 시작한 농업 이주가 세인트로렌스 강을 따라 몬트리올을 거쳐 오대호 평야로 이어지는 데 이백 년이 걸렸다.

　1870년대에 처음으로 잉글

랜드 이주자들이 서스케처원 강 유역에 정착하고 농사를 짓기 시작
했다. 캐나다 중부 대평원 프레리 땅에까지 농업의 훈풍이 불고, 곡창
지대를 이루까지는 다시 일백오십 년이 필요했다.

농경지를 개척하고 경작해서 땀의 열매를 수확할 때까지의 수고에
비하면, 손쉽게 얻을 수 있고 비싸게 거래되며 농사보다 훨씬 이득이
많은 모피 거래가 농업과 비교할 때 훨씬 매력 있는 사업이었다.

캐나다에 국가가 설립되는 산파 역할을 한 HBC가 세워질 당시인
1670년 북아메리카는 잉글랜드보다 이백여 배나 컸다. 하지만 캐
나다 땅의 방대한 규모와 진정한 가치를 제대로 파악하지 못했음이
분명하다.

그들의 눈에 캐나다는 얼음으로 덮이고 아무짝에도 쓸모없어 보
이며, 오직 눈에 보이는 것은 동토에 밀림과 짐승뿐이었기에 허드
슨 만에 접한 광활한 땅의 독점적 모피 교역권과 통치권을 HBC에
허가했을 것이다.

이민은 농업으로 시작했지만, 광대한 대륙을 연결하기 위해서는
철도와 다리 건설이 필요했
다. 또한, 사회 기간산업시
설을 확충하기 위해서 많은
노동력이 필요했다.

캐나다 대륙을 관통하여
캐나다 서부 밴쿠버로 가는
태평양철도Canadian Pacific
Railway가 1881년부터 건설
되기 시작했다. 유럽, 아프

미국 네브라스카주에서 온 농업 이주자 가족

리카, 인도, 중국으로부터 많은 노동자가 신생 캐나다 개척 대열에 합류했다. 그들 가운데는 숙련된 기술자도 있었지만 많은 중국인이 단순 육체노동자로 참여했다.

캐나다 드넓은 땅을 경작하기 위해서는 더욱 많은 인력이 필요했다. 이민자 숫자는 1913년 절정에 이르렀다. 한해 40만 명 이상의 이주자들이 영국, 미국, 유럽으로부터 유입되어 들어왔다. 캐나다 태평양철도가 1885년 완공되고, 캐나다 동부에서 서부까지 인적·물적 교류가 활발해지자 캐나다 이민에 새로운 지평이 열렸다.

더 이상의 단순노동 인력이 불필요해지자 육체노동 이민을 제한하고, 중국인 이민자에게는 1인당 $50의 세금을 부과했다. 1903년부터는 모든 비숙련 노동자들의 입국 시에 세금을 부과했다.

이민 짐을 가득 실은 마차

미국 콜로라도에서 특별열차를 타고 앨버타주 Bassano로 이주한 이주민 열차

인도주의적 이민

　캐나다는 정치적 망명과 인도주의적 이민에 관대하다. 1849년 아일랜드 기근 당시 50만 명의 아일랜드인이 기아와 굶주림을 피해 캐나다로 이주했다.

　1850년부터 1860년 사이 미국 흑인 노예 10만여 명이 국경을 넘어 노예제도가 금지된 캐나다 여러 곳으로 비밀리에 보내졌다. 1891년부터 1941년 사이에는 17만 명이 넘는 우크라이나인이 캐나다로 이주해 왔다. 이들 대다수는 서스캐툰에 정착했다. 서스캐툰에는 그들만의 역사박물관도 세워졌다.

　2차 세계대전 중에는 독일군의 런던 포격으로 집을 잃은 영국 어린이 6천여 명이 전쟁 위험을 피해 캐나다로 입양되었다. 1968년 소련군의 프라하 침공과 프라하의 봄 민주화 항쟁 때는 12,000명의 체코슬로바키아 피난민 이민이 허용되었고, 1975년 4월 월남 패망 이후 베트남을 탈출하여 보트를 타고 전 세계 바다를 유랑하던 베트남 난민 6만여 명의 입국을 허용하는 인도주의 정신을 발휘하기도 했다.

　핼리팩스는 세계 각지에서 캐나다로 입국하는 이민자들의 관문이었다. 캐나다 전체 인구 가운데 21%는 외국에서 태어난 이민자다. 항공기가 없던 그때, 밴쿠버가 도시로 발전하기 이전까지 대다수 이민자는 배를 타고 대서양을 건넜다. 바다를 건너는 긴 항해를 마치고 이 관문에 도착한 이민자는 배에서 내리자마자 피어 21 이민

인도주의적 이민에 관대했던 캐나다

베트남 보트피플 6만 명

제2차 대전 중 영국 난민 어린이가
독일군의 런던 포격을 피해 입양됨

아프리카 피난민

이민선 Queen Elizabeth호

이민자들이 타고 왔던 이민선

이민자들이 들고 왔던 짐 가방

이민자 대기실에 앉아 불안한 표정으로
입국 순서를 기다리던 이민 대기자들

심사국에서 입국심사와 검역을 마치고 캐나다 전역으로 흩어졌다.

통계에 의하면 약 550만 명의 이민자들이 피어 21 관문을 거쳐 갔다. 캐나다 인구 38,566,289명 가운데 적어도 1/7은 피어 21과 관련이 있다는 얘기다. 이민자들이 선호하는 정착지는 온타리오주 42%, 퀘벡주 19%, BC주 16%, 앨버타주 12% 순이다.

사진을 통해, 처음 도착한 캐나다 땅에 대한 호기심과 불안이 교차하는 눈빛으로 미래를 주시하던 이민자들의 조심스러운 심정이 읽혀진다. 꿈과 열망으로 가득 찬 젊은 도전자의 패기와 개척정신이 전해온다.

이민자 박물관이 있는 피어 21 항구는 1·2차 대전이 발생했을 때는 참전용사들이 평화의 결의를 다지며 해외로 떠났다가 돌아온 항구이기도 하며, 전쟁 신부들이 캐나다 남편을 배웅하고, 다시 만나기 위해 가슴 졸이며 찾았던 항구이기도 하다.

그 항구는 또한 평화를 지키기 위해 뜨거운 열정으로 떠났다가, 차가운 시체로 변해 말없이 돌아온 가슴 아픈 항구이기도 하다. 6·25 전쟁이 발생했을 때는 캐나다 군인 2만 6천 명이 한국을 돕기 위해 이 항구에서 배를 타고 출항하여 한국전쟁에 참전했기에 우리와도 밀접하게 관련되어 있다.

미크맥인의 땅 핼리팩스

미크맥Mikmaqm인의 땅 핼리팩스! 일만여 년 전부터 바닷가에서 수렵과 사냥을 하며 이 땅 주인으로 살아왔던 미크맥인의 정신적 고향이 핼리팩스다. 1749년 에드워드 콘웰리스 총독과 약 2,500명의 영국 군인이 핼리팩스에 들어와 요새를 세우면서 미크맥인의 삶은 송두리째 바뀌었다. 총독이 약속한 신사협정은 지켜지지 않았고, 핼리팩스는 영국의 노바스코샤 식민지 수도가 되었다.

캐나다로 독립하고 정부가 바뀌었어도 그들에게 주인으로 행세할 감격스러운 날은 찾아오지 않았다. 아니 경쟁 사회에서 자유경쟁의 룰을 이해하지 못하는 그들은 변화와 문명화를 꺼리며 자꾸만 소외의 길로 가고 있는지도 모르겠다.

핼리팩스 해안가 터프트 만에 둥지를 틀고 일만여 년 동안 살아왔던 미크맥 마을 공동체는 핼리팩스 폭발사고가 몰고 온 해일로 1917년 12월 6일 순식간에 흔적도 없이 사라졌고, 수천 년 동안 해안가에 둥지를 틀고 살았던 미크맥인은 전멸했다. 섬 전체에 흩어져 있는 미크맥인들은 문명사회와 교류를 꺼리며, 질병과 출산율 저하로 소수민족으로 전락하여 이제는 거의 모습을 감추었다.

이민자들이 세운 도시 핼리팩스에는 스코틀랜드, 잉글랜드, 아일랜드, 네덜란드, 독일 등 유럽계 이주자들이 주류를 이루고 살아가지만, 이들 가운데는 프랑스계 아카디언Acadian의 후손들도 10여 곳에서 자신들만의 타운을 형성하여 살고 있다.

지식과 정보가 일시에 전달되고, 의사결정이 동시에 이루어지는 정보화 시대에 국적은 그리 큰 문제가 아니라고 할 수도 있지만, 교육과 환경은 삶의 의지 이상으로 중요하다. 일찍이 맹자 어머니가 맹모삼천지교孟母三遷之敎를 통해 '환경과 교육이 인생의 미래를 결정하는 중요한 요소'라는 가르침을 남겼듯이, 우리가 어떠한 체제에서 어떤 가치관을 가지고 이웃과 삶을 나누고 공유하느냐 하는 점도 간과할 수 없는 문제다.

핼리팩스 이민자 박물관을 나서면서 풍요와 자유가 넘치는 이 땅 주인은 과연 누구인가를 묻는다. 토착민인지, 북유럽 이민자의 후손인지, 아니면 미래를 향해 모자이크 문화의 새 시대를 열어가는 모두가 주인공인지를.

다국적 사람들로 구성된 캐나다 아이덴티티

4. 타이타닉호의 잔상

*
*
S.O.S.

    다급하게 구조를 요청할 위급한 상황을 보면 S.O.S.라는 용어가 먼저 머릿속에 떠오른다. 'Save Our Ship' 또는 'Save Our Soul'이라는 의미의 약어가 아닐까 생각되기도 한다.

    하지만, 사실은 선박이나 항공기가 조난당하거나 위급한 상황에 있을 때 보내는 긴급조난무선부호다. 1952년 '부에노스아이레스 국제전기통신조약 부속 무선규칙'에 의해 세계 공통의 긴급조난신호로 규정된 S.O.S.는 무선전신만이 아니라 전반적인 위험신호로도 자주 사용된다.

    "삐삐삐 삐이-삐이-삐이 삐삐삐" 하고 보내는 무선신호인데, 이 신호를 수신하는 수신국은 모든 통신에 우선해서 구조에 필요한 조치를 취할 의무가 있다. 그리고 근처 선박은 구조를 요청하는 장소로 긴급히 가야 한다.

조난

세계 최첨단 초호화여객선 타이타닉호가 1912년 4월 15일 새벽 북대서양에서 뉴욕으로 향하던 중 다급하게 S.O.S. 신호를 보내고 인근 선박에 구조를 요청했다. 새벽 0시 05분, 사고 지점으로부터 90㎞ 떨어진 곳에 있던 여객선 RMS 카르파티아호가 이 조난신호를 수신했다. RMS 카르파티아호는 타이타닉호가 조난당한 지점을 향해 전속력으로 질주했다.

새벽 3시 55분 타이타닉호가 조난당한 뉴펀들랜드 해안 동쪽 640 ㎞ 지점에 도착했다. 그러나 구조를 애타게 기다리던 타이타닉호는 이미 1시간 30분 전에 대서양 깊은 바다 밑으로 침몰한 후였다.

대서양 해양 박물관 2층 전시실에 있는 타이타닉호 축소 모형

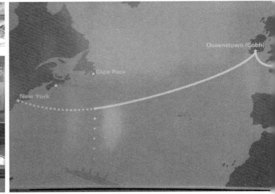

타이타닉호의 항해 루트와 침몰 지점

이 배는 영국 사우샘프턴을 출항하여 미국 뉴욕으로 처녀항해 중이던, 세계 최첨단 기술로 제작된 세계 최대 호화여객선 타이타닉호였다. 배에 타고 있던 2,224명 가운데 1,513명이 영하 2도의 물에 빠져 동사했고, 구명보트에 타고 있던 711명만이 구조되었다.

당시 타이타닉호 침몰 위치에서 16㎞ 떨어진 곳에는 여객선 SS 캘리포니아호가 있었다. 타이타닉호가 빙산과 충돌하기 10분 전, 캘리포니아호 조타실에 있던 통신사는 무선기를 끄고 잠이 들었다. 그는 전날 밤 북극해에서 밀려온 커다란 유빙이 바다 위를 떠다니므로 조심하라는 경고신호를 근처 선박에 수차례 보냈다. 그런데 타이타닉호 조타실 통신사로부터 "닥쳐! 닥쳐! 지금 케이프 레이스와 교신하는 중이다"라며 통신에 방해가 되니 송신하지 말라는 퉁명스런 면박만 받았다.

타이타닉호 통신사들은 출항 전부터 빙산 경고를 6통이나 받았다. 게다가 주변 선박으로부터도 빙산과 유빙이 떠다닌다는 통신문을 수차례 받았기에 빙산의 위험을 익히 알고 있었다.

SS 캘리포니아호 선장은 유빙 위험을 간파하여 밤 10시경 배 운항을 중지하고, 다음 날 빙산이 잘 보일 때 운항할 것을 명령했다. SS 캘리포니아호 통신사는 또다시 주변 선박에 유빙 위험 경고 메시지를 수차례 보냈다. 그러나 타이타닉호 조타실로부터 퉁명스러운 면박만 받고는 썩 유쾌하지 않은 기분으로 잠이 들었을 것이다.

UN은 세계 도처 해저에 100만 척 이상의 선박이 침몰해 있다는 조사 보고서를 공개한 바 있다. 노바스코샤주 핼리팩스에 있는 대서양 해양박물관에 가보면 북대서양 주변 해역을 운항하다 침몰된 배의 명칭과 위치가 빨간 점으로 무수하게 표시되어 있다.

우리나라에서도 오래전 침몰된 화물선이 신안 앞바다나 근해에서 간간이 발견된 예처럼, 세계 도처에도 각종 선박 침몰사고가 자주 있었다.

핼리팩스는 오래전부터 유럽인들이 캐나다 식민지를 개척하는 항구로 활용되어왔으며, 어선은 물론 여객선과 화물선이 빈번하게 출입하던 곳이다. 더구나 핼리팩스는 1·2차 대전 기간에는 미국, 영국, 프랑스 등 연합군의 해군 기지로 활용되었고, 현재도 캐나다 해군 기지가 있는 중요 항구다.

핼리팩스 앞 대서양에서 발생한 타이타닉호 침몰 사건이 유독 많은 주목을 받는 이유는, 그 배가 세계 최첨단 기술로 지어진 초호화

노바스코샤 근해 침몰선 표시

여객선인 데다가, 사고 발생 경위의 특수성, 결과의 참혹성 때문이다. 배를 제작한 영국 해럴드 앤 울프사는 그 당시로서는 획기적인 방수대책을 도입했기에 "지구상에서 가장 큰 호화유람선인 타이타닉호(길이 270m, 높이 30m, 넓이 28m, 선적용량 52,310톤, 최대속도 42.6㎞/h)는 절대 침몰하지 않는 배!"라고 장담했다.

역사상 가장 유명한 침몰선으로 기억되는 타이타닉호와 관련하여 그동안 여러 장르의 소설, 영화, 드라마, 뮤지컬 작품이 발표되어 사람들의 관심과 흥미를 끌었다. 세기적 관심을 끌었던 초호화여객선 처녀출항과 침몰 과정에서 생긴 일들이 상당히 드라마틱하기 때문이다.

제임스 카메론이 감독한 영화 '타이타닉'은 타이타닉호의 실제 설계 도면을 바탕으로 배를 제작하고, 철저한 고증을 거치며, 실제 상황과 비슷한 재연을 통해 타이타닉호 침몰 과정을 다큐멘터리식으로 리얼하게 연출한 재난영화다.

영화에서는 유명 배우 레오나르도 디카프리오와 케이트 윈슬렛을 잭과 로즈로 등장시키고 젊은 남녀 사이의 사랑 이야기로 각색하여, 우리에게는 사건의 비극보다는 애잔한 사랑 이야기로 더욱 기억에 남는다. 그러나 타이타닉호 안에 담겨 있는 비밀의 문을 열고 들어가 자세히 살펴보면 낭만적 사랑 이야기로만 바라보고 넘길 일이 결코 아니다.

타이타닉이라는 용어가 매력을 주는지, 한동안 타이타닉 게임에 이어 타이타닉주(酒)까지 등장해서 사람들의 흥미를 유발시켰다. 타이타닉주는 술자리에서 친한 친구들 사이에 흥미를 높이기 위해 즐기는 술 마시기 벌칙 게임이다.

큰 그릇에 맥주를 가득 붓고 그 위에 술잔을 띄운 후 여러 사람이 돌아가면서 순차적으로 술잔에 양주를 조금씩 따라 부어서, 술잔을 가라앉히는 마지막 사람에게 맥주와 양주가 섞인 술을 다 마시도록 하는 게임이다. 당사자들은 재미로 하는 게임이지만 타이타닉에 담겨 있는 아픈 역사를 되새긴다면 절대 놀이로 해서는 안 될 게임이다.

*
*

비극의 잔해

타이타닉호 관련 역사의 현장을 보기 위해 핼리팩스 항구에 있는 대서양 해양박물관을 찾았다. 대서양 해양박물관은 세계 해양 역사와 발전사를 볼 수 있는 해양 교육 박물관이다. 3층으로 된 전시실에는 원시 시대 통나무배로부터 상선과 유람선은 물론, 최신 항공모함과 잠수함에 이르기까지 역사 이래 있었던 모든 배 모형과 해양 발전 역사가 전시되어 있다.

2층으로 올라가자 타이타닉호 관련 특별 전시실 앞에 타이타닉호를 축소한 침몰선 모형이 전시되어 있었다. 입구에 들어서는 순간부터 영화 '타이타닉'에서 보았던 비극적 기억이 떠올라 마음을 처연케 했다.

안으로 들어서자 출항 당시 타이타닉호와 꿈의 땅 북아메리카를 향해 가슴 벅찬 여행을 기다리던 당시 여행자들과 이민자들 모습이 동영상 화면을 통해 생생하게 재연되고 있었다. 불과 몇 시간 후에 다가올 엄청난 불행을 알 길 없는 탑승객들은 환호하는 환송객을 향해 열광하며 손을 흔들고 있었다. 탑승객들의 그런 모습은 나의 마음을 전율케 했다.

전시실에는 사고 후 사건 수습 현장에서 찍힌 기록 사진, 특등실 호화 장식 부산물, 영화 속에서도 등장했던 선실의 나무 장식 등 바다에서 건져 올린 비극적 부유물들이 설명 문구와 함께 전시되어 있어 당시의 참혹하고 가슴 아픈 모습이 영화 속 한 장면처럼 지나갔다.

전시물 중에는 신대륙에 대한 부푼 꿈과 희망을 안고 탑승했던, 그러나 끝내는 죽음으로 이끌렸던 당시 탑승객의 3등실 승선표, 장갑 1짝, 주인을 잃은 채 전시된 3~4세 어린이의 구두 한 켤레가 전시되어 있어 더욱 마음을 숙연케 했다. 몇 년 전 우리도 아프게 겪었던 세월호 사건이 떠올라 가슴이 더욱 착잡했다.

침몰 직전 타이타닉호에 승선하는 승객들

특등실 선실 내부 모습

침몰선 타이타닉호 비극의 잔해 부유물

객실 승객 명단

2등실 선실 내부 모습

죽음으로 이끈 3등실 승선 티켓

주인을 잃은 어린이 신발

죽음에 맞선 위인들

타이타닉호의 사고와 죽음 앞에서도 의연하게 자신들에게 맡겨진 임무를 다하며 노블리스 오블리주를 실천하다가 품위 있게 최후를 맞이한 사람들도 있다. 구명보트에 탈 수 있음에도 불구하고 끝까지 배에 남아 승객 구조를 지휘한 에드워드 스미스 선장Edward John Smith이 그러했다. 배가 바닷속으로 가라앉는 마지막 순간까지 전깃불을 밝히기 위해 안간힘을 썼던 조지프 G. 벨Joseph G. Bell 기관장과 화부들이 그러했으며, 마지막 순간까지 승객들을 구조하다가 최후를 맞이한 항해사와 선원들도 그러했다.

구명보트 승선을 거절하고 다른 사람들의 구명보트 승선을 도우며 죽음이 임박한 순간까지 미사를 드리며 마지막 순간 고해 송사를 집례한 토머스 바일스 신부가 그러했으며, 바닷물에 잠기는 최후의 순간까지 찬송가 '내 주를 가까이하게 함은'을 연주하며 사람들에게 희망과 용기를 주었던 바이올린 수석연주자이자 지휘자 월리스 하틀리Wallace Hartley와 8명의 연주자도 그러했다.

월리스 하틀리가 연주한 바이올린은 그의 약혼녀 마리아가 약혼 기념으로 선물한 것이다. 그는 마지막 순간에 이 바이올린을 넣은 가방을 목에 걸고 죽음을 맞이했다. 사고 후에 수습된 바이올린은 마리아에게 전해졌고, 마리아는 평생 혼자 살다가 예순을 앞두고 사망했다.

배 설계자인 토머스 앤드루스는 승객들의 구명보트 승선과 뜰

만한 물건들을 바다에 던지는 것을 돕다가 1등실 흡연실에 들어가서 배와 함께 최후를 맞이했다. 뉴욕 메이시스 백화점 소유주였던 이시도르 스트라우스와 아이다 스트라우스Mr. Isidor Strause & Ms. Ida Straus 부부는 제일 먼저 구명정을 탈 수 있음에도 불구하고 자신의 하녀에게 자신의 자리를 양보하고 죽음을 맞이했다.

억만장자인 철강업자 벤자민 구겐하임도 예복을 차려입고 "죽더라도 체통을 지키며 신사답게 갈 것이다"라는 말을 남기고 자신의 아내와 하인이 구명보트에 승선하는 것을 확인한 후 "내 임무는 다했다"라는 말을 남기고 최후를 맞이했다.

오늘날 미국의 전설인 뉴욕 구겐하임 미술관은 그의 형 솔로몬 구겐하임과 딸이 상속받은 재산으로 화가들을 후원하고 육성하며, 미술품을 모아 건립된 것이다.

위기 순간에 어린아이와 약한 여성을 위해 구명보트의 제한된 생명 자리를 양보하고, 배에 남아 자신의 목숨을 던지며 양심을 지킨 수많은 승객의 위대한 희생은 구멍 뚫린 가슴을 더욱 아프게 했다.

구조 선원들이 구명보트를 대기시키고 "여성과 아이들은 이리 오세요"라고 외칠 때, 사랑하는 남편과 아버지를 버리고 혼자 살아남기를 거부했던 많은 여성 승객들과 가족들의 사랑 이야기는 더더욱 말할 필요가 없다.

타이타닉호의 주요 승무원 50명 중 구명정 탑승객의 구조와 안전을 책임졌던 이등항해사 래히틀러 외에 승무원 전원은 자신의 삶의 자리를 여성과 어린이에게 양보하고 배와 함께 생을 마감했다.

선미가 차가운 물에 가라앉기 시작했을 때, 삶과 죽음의 마지막 순간 배에 남아 있던 사람들은 서로가 서로에게 외쳤다. "당신을 사랑해요! 당신을 사랑해요!"

타이타닉호가 남기는 교훈

나는 대서양 해양박물관을 나와 타이타닉호가 침몰한 대서양 바다를 바라보았다. 역사 속에 있었던 사실은 찰나에 지나가고, 기록과 기억만 남아 말 없는 교훈을 전한다.

출항 전에 안전사고에 대해 조금만 더 관심을 기울였더라면….

빙산을 조금만 더 일찍 발견했더라면….

빙산을 미리 볼 수 있는 쌍안경을 가져왔더라면….

빙산 경고 메시지에 통신사들이 조금만 더 주의를 기울였더라면….

빙산 경고 메시지가 선장에게 제대로 전달만 되었더라면….

배 속도를 조금만 더 늦추었더라면….

구명보트를 충분히 준비했더라면….

구명보트에 사람들을 꽉꽉 채워 태웠더라면… 하며 솟아오르는 끝없는 아쉬움이 머릿속에서 사라지지 않았다.

타이타닉호 사고의 절박한 상황 속에서도 의로운 사람들이 보여준 숭고한 행위에서, 말과 구호로만 외치는 사랑이 아니라 위기의 순간 자신의 목숨을 던져 희생함으로써 남을 구한 리더십과 사랑의 정신을 다시 떠올린다.

이 자리를 빌어 타이타닉호 의인들과, 목숨보다도 정의로운 신사도를 발휘하며 아름다운 최후를 맞이했던 탑승객과, 희생자들을 위해 사랑과 감사와 존경을 바친다.

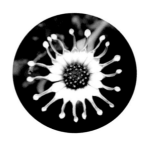

5. 케이프브레턴 섬

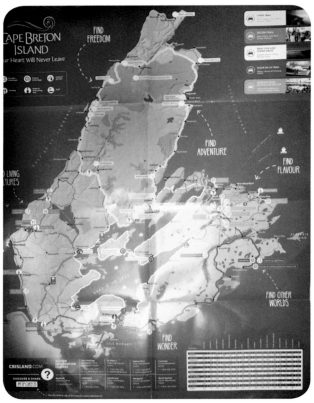

케이프브레턴 섬

튤립꽃 같은 섬 케이프브레턴은 진귀한 아름다움으로 가득 차 있다. 둥글게 만곡彎曲을 이루고 있는 이 섬의 크기는 10,311㎢로 경기도 면적과 비슷하다. 그러나 굴곡진 리아스식 해안은 우리나라 남해안보다도 훨씬 길고 복잡하다.

섬 곳곳 마을, 교회, 식당, 기념품 가게에는 켈틱 문화가 잔잔하게 녹아 흐른다. 섬 주민 대부분은 아일랜드와 스코틀랜드계 이주자들과 그 후손들이다.

이 섬 북동쪽 끝에 케이프브레턴 고원 국립공원이 있다. 고원이라지만 섬 평균 해발고도는 거의 해수면에 가깝다. 가장 높은 산이 해발 535m로 고원이라고 부르기도 계면쩍다. 그래도 이 섬에서는 가장 높은 봉우리다. 고원이나 저지대 개념은 상대적인가 보다. 해발 3,000m급 고봉으로 가득 채워진 로키의 산들은 고봉高峯임에는 틀림없으나, 그곳을 고산이라고 표현하는 것을 들어본 기억이 없다. 가뜩이나 작은 섬 중앙에는 바다만큼이나 커다란 브라스드어 호수Bras d'Or Lake가 놓여 있고, 호수 주변에는 화보에서나 본 듯한 고급 별장들이 산재해 있다.

관광이 활성화되기 이전, 섬 주민 140,000명은 어업과 사냥으로 생존을 이어갔다. 하지만 21세기 이후 섬의 주요 산업은 관광으로 바뀌었다. 섬 어느 곳에 가더라도 완벽한 관광 안내 시스템, 다양한 정보, 감격스러울 만큼 친절한 주민 환대에 놀라게 된다.

케이프브레턴 섬 해안선을 따라 이어진 298㎞의 고원 국립공원 일주도로는 '캐나다에서 가장 아름다운 드라이브 코스'라고 자랑이 대단하다. 나는 대서양 바다와 해안 절경을 바라보며 이 도로를 지나는 6시간 내내 전신을 타고 전해오는 감미로운 쾌감에 시간 가는 줄 모르고 지나갔다.

시드니 항구 거리

크루즈 유람선에서 하선하여 도시를 탐방하는 여행객

*
*

캐벗 트레일

노바스코샤 안내 브로서에 따르면 해안가 도로 옆 캐벗 트레일은 '세계에서 가장 아름다운 트레일'이라고 한다. 이 트레일은 전체가 하나로 연결된 길이 아니다. 해안과 산길을 따라 일주도로 여러 구간에 있는 3~10㎞의 길을 통칭하여 캐벗 트레일이라고 부른다. 나는 그 가운데 프레젠트베이 트레일Pleasant Bay Trail과 파티노이르 캐벗 트레일Patinoire Cabot Trail을 걸었다.

프레젠트베이 트레일

파티노이르 캐벗 트레일

세계에서 가장 좋다거나, 아름답다는 표현은 체험해본 사람의 느낌과 경험의 범주 내에서만 통용되는 상대적 개념이다. 캐벗 트레일이 아름다운 길임은 틀림없으나, 세계에서 가장 아름답다는 표현에 동의하고픈 생각은 들지 않는다. 세상에는 아름다운 길이 이 길 말고도 얼마든지 많이 있기 때문이다.

*
*

섬 일주도로

케이프브레턴 섬의 굴곡진 일주도로에는 보석같이 진귀한 풍경과 아름다운 마을이 곳곳에 숨겨진 듯 놓여 있다. 또 유럽 이주자들이 정착하고 거주하며 남겨놓은 켈틱 문화의 잔재들이 산재해 있어, 그들의 땀 냄새 농후한 역사유적지를 둘러보는 동안 심심할 겨를이 없다.

더욱이 역사·문화기행에는 지나간 역사의 실체적 진실에 접근해보는 기쁨이 있고, 문화 속에 녹아 있는 풍미 가득한 음식이 있으며, 지역 특산 와인이 곁들여지기에 보람 있는 체험이 즐겁지 않을 수 없다.

사면이 바다로 둘러싸인 이 섬에는 온갖 해산물 먹거리가 풍성하다. 예로부터 미국 동부와 캐나다 동부 해안가는 질 좋은 바닷가재가 많이 잡히기로 소문나 있었다. 바다에는 도미와 농어가 풍성하며, 홍합은 지천에 널려 있다. 심해에서는 북대서양 연어와 대구가 많이 잡히며, 참치나 고래 등 대형 어류도 심심치 않게 낚인다.

섬 일주도로를 지나다 보니 바다 낚싯배가 항구마다 정박해 있다. 고래, 해달, 바다사자 등 해양동물 관광선도 눈에 자주 뜨인다. 투명할 정도로 깨끗한 섬 주변 바다에서 잡히는 바닷가재는 맛이 좋고 품질도 뛰어나지만, 가격은 저렴하다.

여행지의 특산 음식에 관심이 많은 나로서는 바닷가재, 새우, 조개 등 미식거리를 바라만 보고 그냥 지나칠 수가 없다. 바닷가를 지나다가 해산물 전문 레스토랑으로 들어섰다.

이 레스토랑의 스페셜이 무엇인가 물으니 바닷가재와 조개찜이라고 한다. 바닷가재와 조개찜에 생맥주 한 잔을 주문했다. 접시에 담겨 나온 바닷가재는 크기가 30㎝는 됨직하고 조개는 어린이 주먹만큼이나 크다.

여행이 우리를 행복하게 해주는 이유는 미지를 탐사하는 동안 호기심의 뚜껑을 열고 사유思惟할 수 있는 기쁨이 있고, 지식의 지평을 넓혀주는 만남도 있지만, 맛있는 음식을 즐기며 유쾌하게 대화하는 기쁨도 있기 때문이다.

섬 북쪽 바닷가 North Shore를 지나는데 방파제에서 릴을 던지는 낚시꾼이 보였다. 바닷가에서 자주 보이는 낭만 가득한 풍경이다. PEI에서부터 낚시꾼을 볼 때마다 다음 기회에… 하면서 욕구를 억누르고 지나왔다. 그런데 섬에서 가장 아름답다는 동북 해안 갯바위에서 릴을 던지는 낚시꾼을 보니 더 이상 보기만 하고 지나치는 것은 자신에 대한 학대라고 생각되었다. 지나던 길을 되돌아 마을로 뛰어갔다. 바다낚시 용품점으로 점프하듯이 들어가서, 릴이 달린 낚싯대와 인조 미끼가 달린 바늘을 구입한 후 고기가 잘 물리는 포인트를 물었다.

낚시 가게 주인은 "근처 갯바위나 배가 정박한 선창가 어디든지 낚시만 던지면 고등어가 무수히 나온다!"라고 한다. 그리고는 "운 좋으면 1m급 농어도 낚인다!"라며, 고기를 낚으면 넣으라고 커다란 비닐 백까지 챙겨주었다. 그의 말은 활활 타오르는 나의 낚시 욕구에 불을 붙였다.

아내는 "낚싯대를 사는 비용이면 이곳에서 맛있는 생선을 얼마든지 사 먹을 수 있다"라며 극구 반대다. 바닷가에서 낚시하는 것을 바라보며 기다리는 것이 싫다는 의사 표시다.

"저녁에 싱싱한 고등어를 실컷 먹게 해주겠다"라고 호언장담하며 방파제로 뛰어갔다. 릴을 던지자마자 낚싯대가 부르르 떨리며 고등어가 한 마리 물려 올라왔다. 손가락으로 전해오는 짜릿한 떨림에 가슴이 뭉클 뛰었다. 북대서양 고등어는 한국 근해 고등어에 비해 씨알이 굵고 기름지다. '오늘 저녁에는 싱싱한 고등어구이로 만찬을 즐길 수 있겠다!'라는 즐거운 상상을 하며 릴을 던지고 또 던졌다.

그러나 그것이 처음이자 마지막 입질이었다. 이곳저곳 포인트를 옮겨가며 어둑해질 때까지 팔이 저리도록 릴을 던졌지만, 이곳 물고기도 이방인의 미끼는 분별하는지 입질이 없었다. "고등어도 이제 저녁 식사 시간이 끝난 모양"이라고 쑥스럽게 변명하며 아쉬운 마음으로 다음날을 기약했다. 그날 저녁 아내와 나는 300,000원짜리 고등어 한 마리로 눈물겨운 만찬을 즐겼다.

크루즈 유람선이 정박한 항구   해안가 마을

해안가 식당 바닷가재, 새우, 조개찜 요리   노스쇼어 갯바위 낚시

*
*

미크맥 원주민 마을

케이프브레턴 섬에는 미크맥Mi'kmaq이라 불리는 원주민 마을이 5
개 지역에 있다. 이들은 지역마다 400~500명씩 무리 지어 자신들의
커뮤니티를 형성하고 살아간다. 미크맥은 '우리들의 친구'라는 의미
다. 그들은 미크맥어Míkmawísimk라는 자신들만의 상형문자와 언어
를 가지고 있을 만큼 문명화된 민족이지만, 지금도 고립된 해안가

에서 어업과 사냥을 하며 살아간다.

미크맥의 존재는 1497년 영국 국왕의 지원을 받은 이탈리아 탐험가 존 캐벗John Cabot이 중국으로 가는 동방 항로 개척 임무를 띠고 이 지역을 지나다가 미크맥인들과 만나면서 처음으로 알려졌다. 그들은 1543년 프랑스 이주민들의 북아메리카 정착 초기에 개척민들의 정착을 도와주었을 만큼 우호적이며 개방적인 민족이다.

미크맥 문자

미크맥인들은 기독교를 받아들이고 뉴 프랑스의 백인 정착민들과 통혼하며 문물을 교류하기도 했지만, 자신들만의 커뮤니티를 벗어나는 경우가 많지 않다.

미크맥인의 정신적 회합과 종족 회의장이자 묘지가 섬 서쪽 브라스드어 호의 채플 섬에 있다. 인류학자들은 이들이 "바이킹의 후손들이며 아일랜드와 그린랜드를 거쳐 이 땅에 유입되었다"라고 말한다. 내가 보기에 그들의 외형이나 갈색 피부로 미루어 볼 때 차라리 아시아인에 가까워 보인다.

루이스버그 요새를 지나는 길에 미크맥인의 정신적 고향이라는 브라스드어 호의 채플 섬을 찾아갔다. 채플 섬은 유네스코가 문화유

미크맥 마을 입구에 세워진
종족표지석

미크맥인의 정신적 고향 브라스드어 호수 안의 채플 섬

가톨릭 성당

미크맥 민족학교 역사 교사와 학교
앞에서 기념촬영

미크맥 민족학교

산으로 지정했을 만큼 아름다운 호수 안에 있는, 그림보다도 더 그림 같은 섬이다.

섬은 맑고 고요하기 이를 데 없다. 호수 건너편 섬 중앙에는 18세기 초 세워진 가톨릭 성당이 있고, 성당을 중심으로 마을이 형성되어 있다. 겉으로는 지극히 평온해 보이지만, 마을 안에 사람의 흔적이라고는 전혀 보이지 않는다. 마을로 갈 수 있는 배조차도 눈에 뜨이지 않았다.

한동안 섬 앞을 서성이며 유령의 섬이 아닌가 생각하고 있는데, 한 쌍의 남녀가 차를 타고 와서 섬을 바라보고 있다. 그들에게 섬으로 가는 방법을 묻자 "이 섬에는 아무도 거주하지 않으며, 일 년에 한 차례씩 종교행사와 St. Anne 축제가 열리고, 그 기간에만 개방된다"라고 한다.

전 세계에는 약 32,000명의 미크맥인이 있다. 이들은 캐나다 동부와 미국 메인주 해안가에 살고 있으며, 일부는 북아메리카 전역으로 퍼져나갔다. 그들 말에 따르면 유태인 역사 속의 디아스포라처럼 "전 세계에 흩어져 있는 모든 미크맥인들은 6월 말부터 7월 초 축제행사 기간에는 반드시 회귀하여, 영성이 강한 성지에서 전통의식에 따른 영적 수련을 하고, 종족회의와 축제를 통해 화합을 다진다"라고 한다.

아카디언 마을

　해안가에는 프랑스계 후손들만 모여 사는 아카디언 마을도 있다. 아카디아는 1605년 프랑스가 캐나다 동부 노바스코샤, 뉴브런즈윅, PEI에 세웠던 식민지를 지칭하는 말이다. 그 당시 아카디아 지방에 뿌리를 내리고 살았던 프랑스계 개척민들과 그 후손들을 아카디언이라 칭한다.

　영국과 프랑스 사이에 벌어진 오랜 전쟁 끝에 프랑스가 패배하여 프랑스의 캐나다 식민지가 영국 관할로 들어간 후, 케이프브레턴 섬에 살던 아카디언들은 프랑스로 추방되거나 북아메리카의 프랑스령 버지니아 식민지로 강제 이주되거나 영국으로 끌려가 감옥에 수감되는 수난을 겪었다. 작은 보트에 강제로 태워져 대서양 바다를 건너던 상당수 아카디언은 배 위에서 굶어 죽거나 행방불명되었다.

　노바스코샤주만 해도 8개의 아카디언 마을이 있으며, 케이프브레턴 섬에도 아카디언 11,100여 명이 체티캠프Cheticamp와 데스코세D'Escousse 근처 해안에서 살고 있다.

　체티캠프의 아카디언 뮤지엄에서 만난 한 아카디언 여인은 "우리들은 1605년 프랑스에서 펀디 만으로 이주해 온 프랑스 민족의 후예로, 프랑스인이나 퀘벡인들과 다른 프랑스어를 사용하는 캐나다인"이라고 강조했다. 그리고는 "남편은 아일랜드인이며 이제 민족 개념은 많이 사라졌다"라고 말했다.

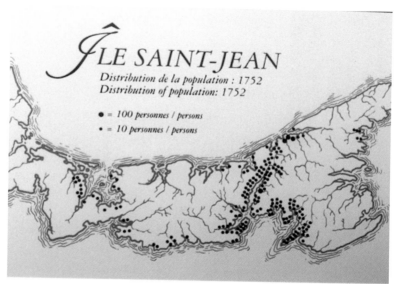

1752년 PEI의 아카디언 거주 분포

 그러나 아카디언 마을에서는 출신이 다른 캐나다인이나 외국인을 만나면 영어를 사용하지만, 아카디언 사이에는 여전히 아카디언 언어로 소통하며 그들만의 독특한 전통과 관습을 이어가고 있다.

 아카디언이나 퀘벡인, 프랑스인은 모두 불어를 사용한다. 하지만 그들은 서로가 사용하는 불어를 알아듣기 어려워한다. 프랑스에서 쓰이는 불어와 퀘벡 불어가 다르고, 아카디언 불어도 조금씩 다르기 때문이다. 17세기에 프랑스에서 쓰이던 불어가 오랫동안 서로 다른 지역, 서로 다른 문화 속에 용해되어 쓰이다 보니 서로가 알아듣기 어려운 언어로 변했다.

 친절하기 그지없는 케이프브레턴 사람들은 동양인인 우리 행색에 꽤나 관심이 있나 보다. 우리가 카페나 식당에 앉아 있으면 몇 사람은 꼭 다가와서 우리의 여행 루트와 행선지에 대해 이것저것 묻고, 우리가 궁금해하는 점을 설명해주기도 하며 관심을 보였다.

관광대국 스페인 까미노 길을 걷던 시절, 외국인에 대한 그곳 사람들의 감격적 친절이 떠올라 미소 짓곤 했다. 길을 가다가 낯선 외국인을 만나면 "올라!" 하며 환하게 미소 짓는다. 그들이 지나갈 때 "올라!" 하고 먼저 인사를 건네면 기다렸다는 듯 "올라! 부에노스 디아스!" 하며 화답한다. 한 사람이든 열 사람이든 모두가 "올라! 부에노스 디아스!" 하며 합창하듯 화답하는 것이 무척 인상 깊었다. 마치 자판기에 동전을 넣으면 커피가 자동으로 주르륵 쏟아져 나오듯이, 지나가는 사람에게 길을 물으면 입에 침이 마르도록 가르쳐준다. 언어가 잘 소통되지 않으면 손을 잡고 목적지까지 직접 길을 안내해주는 것도 여러 차례 경험했다.

이 고장 사람들의 친절도 스페인 사람 못지않다. 케이프브레턴 섬의 빼어난 아름다움, 캐벗 트레일, 켈틱 문화의 잔재, 해안가 고즈넉한 풍광, 온갖 해산물과 풍미 가득한 음식, 그리고 섬사람들의 친절에 흠뻑 빠져 지내다 보니 십여 일이 하루처럼 지나갔다.

아쉬운 발걸음을 뒤로하고 케이프브레턴 섬에서 나왔다. 아내는 "다시 태어난다면, 프린스에드워드 아일랜드나 케이프브레턴 섬에 살고 싶다"라며 섬을 떠나는 것을 못내 아쉬워했다.

아카디언 깃발이 펄럭이는 Cheticamp 아카디언 마을

아카디언 뮤지엄에서
수공예 작업 중인
아카디언 여인

케이프브레턴 섬 해안가 마을

6. 루이스버그 요새

루이스버그 요새

    케이프브레턴 섬 앞바다는 오래전부터 유럽 어부들이 고래, 참치, 대구를 잡기 위해 비밀리에 오갔던 황금어장이다. 300여 년 전부터 유럽 탐험가들은 아시아와 아메리카 항로 개척을 위해 이 섬 앞바다를 오갔다. 식민지 개척 대열에 동참한 유럽 이주민들도 이 섬 앞을 지나갔다.

    케이프브레턴 섬은 17세기 초부터 프랑스가 베이 프랑세스(현재의 대서양 펀디 만)에 집중한 아카디아 개척·정착지다. 영국과 프랑스가 식민지 제국을 운영하던 17~19세기 케이프브레턴 섬은 두 나라가 북아메리카 제해권을 장악하는 데 전략적으로 매우 중요한 위치였다. 지금도 퀘벡이나 몬트리올로 가는 여객선, 화물선, 어선이 모두 이 섬 앞바다를 지나가며 캐나다 해군 기지도 이 섬의 주도인 핼리팩스에 있다.

핼리팩스 북동쪽 250㎞에 있는 이 섬은 육지와 분리되어 있고, 섬과 대륙 사이에 대서양이 흐르기에 공식적으로는 섬이다. 그러나 노바스코샤주 본토와는 한강을 사이에 두고 나누어진 강남과 강북만큼이나 지근거리에 있고, 강남과 강북이 다리를 통해 오가는 것처럼 이 섬과 노바스코샤주와는 칸소 제방과 다리로 연결되어 있다.

*
*

요새의 전략적 가치

루이스버그 요새 국립유적지Fortress of Louisbourg Nat'l Historic Site는 케이프브레턴 섬 동편 루이스버그에 있다. 1492년 콜럼버스의 신대륙 발견에 자극받은 영국과 프랑스는 식민지 확보에 경쟁적으로 나서게 되었고, 북아메리카를 식민지화하는 데 관문이 되는 이 섬의 전략적 중요성에 눈독을 들이지 않을 수 없었다. 북아메리카의 대서양 방어 전략 거점이고, 해군 주둔지이자 전함 은신처인 이 섬을

전성기 시절의 루이스버그 요새 조감도

서로 차지하기 위해 영국과 프랑스는 1700년부터 160년 동안 서로 빼앗고 빼앗기는 치열한 쟁탈전을 벌였다.

요새 이야기가 나오니 지난 역사를 되돌아보지 않을 수 없다. 원래 케이프브레턴 섬과 루이스버그 요새는 1629년 프랑스가 캐나다 동부에 농업 식민지 개척을 위해 세운 군사기지였다. 프랑스는 자국에서 캐나다 동부로 이주시킨 정착민을 보호하고, 대구잡이와 모피 무역을 활성화하며, 영토를 확장시키기 위해 이 기지를 세웠다. 하지만 프랑스는 세인트로렌스 강 주변 퀘벡, 온타리오, 오하이오, 인디애나, 일리노이 등의 식민지와 프랑스령 루이지애나의 방대한 농업 식민지에 관심을 집중하느라 케이프브레턴 섬에 대한 지배를 소홀히 했다.

영국은 뉴펀들랜드에서부터 플로리다까지 행사하던 지배권을 북쪽으로 확장하여 프랑스를 압박했다. 위기를 느낀 프랑스는 펀디 만 식민지와 루이스버그를 영국으로부터 지키기 위해 1719년부터 이곳에 요새 건설을 시작하여 1745년 완성했다. 요새가 완공되고 식민지 경제가 성장함에 따라 이 요새 성은 프랑스의 해외 주요 군사기지이자, 캐나다 동부 식민지와 북아메리카 남부 식민지를 연계하는 상업 중계지인 동시에, 대구잡이 어선의 거점 도시가 되었다.

*
*

영국이 최초로 발견한
뉴펀들랜드

뉴펀들랜드는 영국 국왕 헨리 7세Henry Ⅶ의 명을 받은 이탈리아 탐험가 존 캐봇John Cabot이 1497년 새로 발견한 땅을 'New Found Land'라고 부른 데서 비롯되었다. 영국은 존 캐봇이 헨리 7세의 지원을 받아 탐험하다가 처음으로 발견했다는 근거를 들어 이 지역이 영국 소유임을 주장했다. 이 주장은 루이스버그 요새를 포함한 캐나다 동부지역 식민지 패권을 두고 프랑스와 끊임없는 다툼으로 이어지게 했다.

냉정히 생각하면 뉴펀들랜드를 최초로 발견한 사람은 존 캐봇이 아니라 그린랜드의 바이킹이며, 더 거슬러 올라가면 이 섬에 최초로 정착한 토착민이다. 바이킹들은 존 캐봇보다도 수백 년 먼저 뉴펀들랜드에 도착하고 오갔지만, 토착민들의 힘에 밀려 쫓겨났다. 스페인 바스크 지역 어부들도 오래전부터 뉴펀들랜드를 비밀리에 오가며 고래와 대구잡이를 해왔다. 스페인 어부들은 어종이 다양하고 어족자원이 풍부한 이 황금어장을 외부 세계에는 숨긴 채, 자신들만이 풍어의 축제를 즐기며 향유해왔다.

표면적 이유는 다를지 몰라도 인류 역사 이래 모든 전쟁은 먹거리를 해결할 경제적 문제와 지배권 확장 때문에 발생했다. 캐나다 동부지역에 영국보다 먼저 진출한 프랑스는 세인트로렌스 만 일대와 오대호, 미국 오하이오, 인디애나, 일리노이, 루이지애나, 미시시피 유역에서 식민지를 넓혀나갔다. 프랑스보다 한발 늦게 진출한 영국이 식민지를 확대해나가자 프랑스는 영국 식민지를 동과 남과 북에서 압박하기 시작했고, 두 나라는 식민지 패권을 두고 유럽과 북아메리카에서 17세기 초부터 1763년까지 160여 년간 격돌했다.

루이스버그 요새 정문, 요새 내부, 포대병

영·불 7년 전쟁

영국과 프랑스는 유럽에서 중세부터 끊임없는 다툼 속에 앙숙으로 살았다. 영국이 산업혁명에 성공하고 아프리카, 인도, 북아메리카로 진출하여 세력을 확장하는 과정에서 식민지 패권을 두고 프랑스와 충돌하는 것은 당연한 귀결이다. 두 나라는 1756년부터 1763년까지 7년 동안 유럽과 북아메리카에서 치열하게 싸웠다.

그러나 전제군주가 지배하던 봉건적 농업국가 프랑스는 유럽 여러 나라와 오랫동안 분쟁을 벌이는 동안 국력이 쇠약해질 대로 쇠약해졌다. 더욱이 미국이 영국과 독립전쟁을 벌일 때 막대한 자금을 미국에 지원하여 재정적 여력이 없는 데다가, 산업혁명에 성공하여 대량생산체제를 구축하고 산업화의 길로 들어선 영국의 막강한 전력을 당해낼 수 없었다.

프랑스가 식민지 개척을 위해 공들여 세운 군사기지 루이스버그 요새는 영국 해군과 격전 끝에 1745년에 6월 16일 영국에게 함락되었다. 1748년 10월 18일 엑스라샤펠조약에 따라 요새는 프랑스에 반환되었지만, 요새가 가지는 전략적 중요성 때문에 영국은 프랑스와 치열한 접전 끝에 1758년 7월 26일 이 요새를 다시 함락시켰다.

요새를 재점령한 영국은 프랑스군이 다시는 이 요새를 이용할 수 없도록 철저히 파괴했다. 이 요새를 점령함으로써 영국은 세인트로렌스 강 항로를 확보하여 퀘벡 침공에 성공하고 캐나다 동부지역을 장악함으로써 캐나다를 식민지화하는 문을 활짝 열었다.

캐나다 국립 사적지로 지정된 이 요새는 캐나다 정부가 정확한 복제를 위해 루이스버그 요새 설계도 원본을 참고하고, 고고학자, 역사학자, 건축가를 동원하여 철저한 고증을 거쳐 복원했다. 복원에는 건축 당시 사용된 석재를 최대한 활용하고, 18세기 프랑스식 석공 기술과 건축 기법을 도입하여 1920년 원래 모습의 1/4 크기로 축소하여 개축했다. 10,000여 평의 요새 언덕에는 석벽을 높게 쌓아 요새 안과 요새 밖 공간을 구분했고, 요새 밖으로는 깊은 해자垓字를 파놓고 해자 안으로 바닷물이 흐르도록 방어 장치를 마련했다.

요새 밖에 있는 요새 도시는 프랑스 식민지 정착민 거주지로, 정착 생활에 필요한 주택, 거실, 가구, 말 사육장, 어부들의 가옥, 그리고 당시 생활 모습을 원래대로 재현하여 프랑스 요새보다 더 프랑스다운 성으로 재탄생시켰다.

복원된 루이스버그 요새

요새 탐방

석조 요새와 요새 도시는 견고하기가 이를 데 없다. 성벽 안 은신처는 지금 당장 고급 맨션으로 사용해도 손색이 없을 만큼 잘 복원되었다. 요새 주위에는 엄청나게 큰 대포가 설치되었고, 내부에는 탄약고와 병사들의 방어 은신처가 여러 곳에 숨겨져 있다.

요새 안에는 18세기 프랑스식 군복을 입고 총과 칼로 무장한 군인들이 요소요소에 배치되어, 당시 방어진지 운용 방식과 무기 용도에 대한 현장 체감도를 높였다. 요새 한편에는 병사들의 식용을 위한 닭과 칠면조 사육장까지 재현해놓아, 시간의 바퀴가 18세기로 돌아간 듯한 느낌이다. 거미줄처럼 서로 연결된 미로 곳곳에는 생활하는 데 필요한 전략회의실, 교회, 병원, 침실, 식당, 주거용 공간 등 온갖 편의시설이 갖추어져 있다. 특히 루이 14세와 루이 15세 초상화가 걸려 있는 집무실은 지금 당장 사용해도 손색이 없을 만큼 훌륭하며, 연회장과 침실까지도 깨끗하게 꾸며져 있다.

전시실 곳곳에는 18세기 무기, 가구, 집기, 생활용품 등이 당시 용도대로 분류·진열되어 있다. 그런데 전시물 내용이 너무도 생생하여 어느 구석에서인가 총을 든 군인들이 문을 박차고 튀어나올 것만 같아 주변을 자꾸 두리번거렸다.

견고한 요새, 다양한 공간, 거미줄 같은 미로로 보건대 이 요새를 영원히 소유하겠다는 굳은 각오가 서려 있다. 화려한 도자기와 생활용품 전시실에는 일부 품목이 원형 그대로 보존되기도 했지만, 산산이 부서진 도자기와 파편들을 보면 7년 전쟁이 얼마나 치열하고 격렬했었는지 가늠된다.

요새 성 내부

요새 내부를 설명하고 안내해주는
아카디언 대역 장교와 성문 경비병

루이스버그 요새 집무실

벽난로

경비병 침실

전쟁으로 산산조각 난 도자기

요새 식탁

부엌 겸 주방

한때 유럽의 맹주로 세계를 호령했던 프랑스는 영국과 벌인 수차례 식민지 쟁탈전에서 패한 후, 파리조약 협정에 따라 이 섬을 영국에게 양도한 후 쇠락의 길을 걷는다. 이 요새를 통해서 어리석은 지도자는 국민에게 패전의 쓰라린 아픔, 전쟁배상금 지불에 따른 경제적 빈곤, 패전국의 서러움, 전후 회복의 쓰라린 고통을 전 국민에게 골고루 안겨준다는 교훈을 상기하게 된다.

프랑스 군복을 입고 근무하는 요새 경비병에게 국적을 물었다. 대부분이 프랑스계 후예인 아카디언이라고 한다. 300년 전 적으로 만나 치열하게 싸웠던 군인의 후손들이 이제는 친구나 동료로 어우러져 살아가는 세상을 바라보면서, 역사 이래 수많은 전쟁에서 서로 뺏고 빼앗기는 싸움이 되풀이되었지만 인류에게 행복과 번영을 가져다준 전쟁이 과연 있었는지 되묻지 않을 수 없다.

프랑스군 지휘관 복장의 또 다른 사람에게 물었다. 당시 성을 지키는 군인들은 어떤 사람들이었으며, 그들의 규모와 처우는 어떠했는지를. "약 500명에서 700명의 군인이 성에 상주했으며, 대부분 가난한 농부나 노동자 출신이었으며, 그들의 처우 수준은 지금 기준으로는 상상하기 어려울 정도로 낮았다"라고 한다.

요새에서 체류했던 프랑스 군인 가운데 결혼할 능력이 있는 사람은 2%에 불과했고, 나머지 대부분은 빈곤을 벗어나지 못하고 일평생을 전쟁의 그늘에서 살다가 삶을 마쳤다고 한다. 당시 산업혁명의 성공으로 형편이 좋았던 영국군 사병 하루 급여가 $4 정도에 불과했다고 하니, 재정이 열악했던 프랑스 군인들 처우 수준은 말할 나위가 없다.

그림으로 남아 있는 루이스버그 요새의 실제 모습

프랑스는 식민지를 고착화하고 종족을 번성시키기 위해 심지어는 20세 미만 여자 고아나 불우한 가정 소녀들을 '왕의 여자들'이라는 이름으로 끌어모았다. 그리고는 식민지로 이주시켜 군인이나 정착민들과 결혼시키기도 했다. 그러한 식민지 정책이 성공을 거두어 오늘의 퀘벡이나 몬트리올로 발전했지만, 이제 현대적인 모습으로 변모한 캐나다에서 영국이나 프랑스 식민지 역사는 존재하되 식민지의 흔적은 찾기 어렵다.

요새가 전하는 메시지

    프랑스 왕정이 베르사이유 궁전과 화려한 성당, 루브르박물관의 눈부신 보물들을 통해서 인류에게 남긴 문화유산은 우아한 아름다움과 화려함의 극치다. 그러나 그 이면의 역사를 가만히 들여다보면 전 국민의 98%에 해당하는 노동자, 농민, 그리고 군인들의 피맺힌 땀과 눈물 위에 세워진 죄스럽고 오만한 유산이다.

    프랑스대혁명을 떠올릴 때마다 인간의 존엄과 자유를 회복하고 현대 민주주의의 초석을 이룬 대혁명도 권력과 부를 독점한 왕과 귀족계급, 가톨릭 성직자 등 전 국민의 2%에 해당하는 소수 권력자로부터 자유와 기본적 인권과 인간적인 삶을 지키려는 98% 민초의 피맺힌 항변이 아니었나 되짚어본다.

    프랑스대혁명의 첫 번째 대상이 되었던 루이 16세! 빵을 달라고 외치는 배고픈 민중의 함성에 민중의 고통을 알 길이 없어 "빵이 없으면 고기나 과자를 먹으라"라고 엉뚱한 답을 했던 마리 앙투와네트! 민중의 지도자이자 벗이었던 당통! 혁명의 양심으로 불리었던 로베스 삐에르! 혁명의 화신 생 쥐스트! 그들 모두 단두대 기요틴에서 혁명의 이슬로 사라졌다. 그 혁명은 자유와 평등을 향한 인류의 거대한 함성이었으며, 통제될 수 없이 분출하는 시대적 양심이 겪을 수밖에 없는 비극과 모순의 극치였다.

    요새 밖으로 나오면서 먼발치에서 다시 한번 루이스버그 요새와 요새 도시를 바라보았다. 요새 밖에는 영국 국기와 캐나다 국기가

요새를 오르는 계단에 있는 프랑스 국기와 루이스버그 요새기

석양 바람에 펄럭인다. 요새 안 2층으로 올라가는 계단을 오르면서 눈에 뜨였던 요새기가 기억 속에서 아물거린다. 역사 속으로 사라졌지만, 참 아름다웠던 요새기라고 기억된다.

이 요새가 영국군에 함락된 지도 300여 년이 흘렀다. 요새기도 이제는 박물관 속 유물로만 남아 있다. 캐나다가 영국 식민지에서 독립한 지도 150년이 흘렀다. 영욕의 역사는 지나갔으되 흔적만 남아 우리에게 무언의 교훈을 남긴다.

역사 속에서 이루어졌던 모든 투쟁은 부패, 지도자의 무능, 과도한 욕심에 대한 민초의 생존을 위한 울부짖는 항변이었고, 인류 역사는 진리와 자유와 정의의 방향으로 끊임없이 나아가야 한다. 인간의 존엄과 인류의 번영과 복된 미래를 위해서라면, 설사 그것이 진보를 향한 뼈아픈 혁명일지라도….

| 글을 맺으며 |

7월 초에 시작한 캐나다 대륙 횡단이 3개월이 지난 10월에서야 끝났다. 태평양에 접한 밴쿠버 섬을 출발하여 대서양에 접한 케이프브레턴 섬과 루이스버그 요새까지 가는 데만 100여 일이 걸린 셈이다.

세계에서 두 번째로 영토가 넓은 캐나다는 북대서양 서단에서 태평양 동단까지 길게 이어져 있다. 북쪽으로는 북극해에 접해 있으며, 남쪽으로는 미국과 세계에서 가장 긴 국경을 마주하고 있다. 유럽 전체를 합친 면적보다도 넓은 영토다.

끝이 보이지 않는 평원은 세계 최대 곡창지대이고, 넓은 땅 곳곳에서는 온갖 천연자원이 끝없이 쏟아져 나오며, 산림자원은 무한대에 가까울 만큼 빽빽하게 우거져 있다. 개발되지 않고 방치되어 있는 북부의 광활한 산림지대까지 고려한다면 발전 가능성이 대단한 나라다.

어쩌면 광대한 땅의 수많은 이야기를 한 권의 책에 풀어놓기에는 시도조차도 무모하다고 생각되었다. 생각보다 거대하고 아름다운 캐나다는 바라보는 시각에 따라 전혀 다른 느낌으로 다가왔다. 태고의 밀림 속에 원시 자연이 조용히 꿈틀거리는가 하면, 세계 최고 비경 로키에는 신들이 내려와 축제를 벌이다 남겨놓은 듯한 눈 덮인 산과 눈부신 호수와 기암괴석이 온 산을 가득 메우고 있다.

로키 산맥을 지나면서 캐나다 동부까지 평평하게 이어지는 평원에는 밀, 카놀라, 감자, 콩, 해바라기 농장이 끝없이 이어져 있다. 세계 최대 곡창지대 광활한 평원에서 산출되는 곡물은 우리가 상생의 지혜를 발휘한다면 전 지구인을 넉넉히 먹이고도 남을 것 같다는 생각을 가지게 한다.

지식기반 정보화 사회에서 현대인들은 1차산업인 농업을 그리 중요하게 여기지 않는다. 그러나 사람은 누구나 하루 세 끼 먹어야 살 수 있다. 우리가 먹고 사는 음식물의 대부분은 곡물이나 곡물을 통한 가공식품이다.

세계 3대 투자가로 꼽히는 짐 로저스는 경작지와 식량 산출이 제한된 지구에서 농업은 앞으로 가장 역동적이고 매력적인 투자산업이 될 것이라고 예견했다. IT, BT, NT 등 첨단산업이나 의생명공학과 우주산업이 아무리 발전한다고 할지라도 우리가 지식이나 기술을 먹고 살 수는 없지 않은가!

캐나다는 식민지 시대를 거쳐 발전한 나라이기에 프랑스와 영국 식민지의 잔재가 아직도 곳곳에 남아 있지만, 1931년 웨스트민스터법에 의해 새로 탄생되었기에 도시마다 각기 다른 활력이 넘쳐나고, 용이 하늘을 날아오르는 것처럼 힘차게 비상飛上하는 힘이 느껴진다.

드넓은 땅에 매장된 천연자원은 실로 어마어마하다. 포타시, 목재, 우라늄, 아연, 니켈, 몰리브덴 생산량은 세계 1위이며, 샌드오일을 포함한 석유 매장량은 세계 3위다. 그 밖에도 막대한 양의 금, 은, 구리, 아연, 카드뮴, 주석, 리튬, 철, 우라늄, 천연가스가 출토되어 수출에 일조하기도 하지만, 국내 제조업과 각종 산업에 활력을 불어넣어준다.

이민자들이 만들어가는 나라이기에 세계 각국에서 온 전문 인력과 최고 교육기관에서 훈련받은 젊은 영재들이 바이오산업, 의생명산업, 제약산업, 항공·우주산업, 철강·금속산업, 영화·애니메이션산업 현장에서 첨단 기술로 신문명 시대를 열어가고 있다.

한 나라가 강대국으로 발전하는 데는 부존자원도 중요하고 국민의 질과 역할도 중요하지만, 지도자의 능력과 리더십이 가장 중요한 역할을 한다. 독립된 이래 90년이 지나는 동안 캐나다가 세계 최강국 대열에 오른 것은 식민지 시절 다져놓은 탄탄한 토대 위에 올바른 방향으로 정책을 세우고, 미래를 준비했던 식견 있는 지도자들이 국민의 신뢰를 바탕으로 나라를 잘 이끌었기 때문이다.

캐나다는 출신 국가가 어디든 개인의 성실과 정직을 액면 그대로 신뢰하고, 인권을 존중하며, 원칙에 따라 법을 집행하는 나라다. 또 국가 전 구성원들을 하나로 통합하여 국민 개개인이 자발적 애국심을 발휘토록 하는 용광로의 힘을 발휘하는 나라다. 겉으로 보기에는 어리숙하게 보일지 몰라도, 그 내면에는 가톨릭 정신을 바탕으로 인권을 존중하며 자유와 평등 이념에 따라 정의로운 나라를 세우고자 했던 토마스 모어Thomas More의 유토피아 정신이 정치체제 속에 살아 있다.

코로나가 창궐하기 2년 전 여름방학 기간에 미국 동부 명문인 하버드 대학교, 예일 대학교와 캐나다 명문 맥길 대학교, 토론토 대학교를 방문하고는 깜짝 놀랐다. 캠퍼스 거리를 오가는 사람들 절반 이상이 동양인 학생과 학부모들이었다. 재학생도 있지만, 방학 기간 동안에 미국과 캐나다 대학을 방문하여 수학 기회를 타진하려는 예비 대학생과 학부모들이었다. 그 학생들은 학업을 마친 후 세계적 기업에서 주류 세력으로 자리 잡거나 자신의 조국으로 돌아가서 미래를 견인할 두뇌들이다.

지금 우리나라 전역은 공시족 열기로 뜨겁다. 공무원이 되기 위해서다. 전국 취업 준비 수험생이 30만이라 한다. 노량진 학원가에만 약 50,000명에 달하는 공시족 젊은이들이 하루 13시간 이상을 학원과 고시원에서 취업 시험 준비에 매달리고 있다. 대단한 열기가 아닐 수 없다. 공시족 가운데 공무원 합격률은 평균 1.8%밖에 되지 않는다. 2%도 안 되는 가능성에 자신의 미래 운명을 걸고 비좁은 공간에서 젊음을 불태우는 현실이 참으로 안타깝다.

공무원이 되어 일평생을 보장받는 편안한 삶을 살기 위한 희생치고는 가혹하지 않은가? 설사 시험에 합격해서 공무원이 된다 하더라도, 그렇게 우수하고 똑똑한 영재들이 공무원 사회에서 변화와 혁신을 주도하고 자신의 실력을 발휘하며 일평생을 행복하게 살아갈 수 있을지 의문스럽다. 게다가 98.2%의 낙오자들은 어디에서 무엇으로 그들의 젊음과 미래를 보상받을지 안타깝다.

더구나 취업에 실패하고 좌절과 의기소침으로 고립되어 은둔생활을 하는 청년이 서울시내에 15만 명이나 되며 전국적으로는 61만 명에 이른다고 한다.

21세기 혁신의 아이콘인 애플의 전 CEO·회장 스티브 잡스Steven P. Jobs는 스탠포드 대학교 졸업식 축사에서 "나도 청운의 꿈을 품고 애플 창업에 전념하던 젊은 시절 한때 깡통을 주워 팔아 생계를 유지한 적이 있었노라"라고 고백하면서 젊은이들의 기업가 정신과 개척자 정신을 강조했다.

이 세상을 사는 우리는 세상을 더 좋게 만들 의무가 있다. 그런 꿈과 희망이 있는 사람에게 기회는 항상 열려 있으며, 집중하고 바라보면 보이는 것이 참 많다. 어떤 시각으로 무엇을 하며 어떻게 인류에 기여할 것인가 하는 물음 앞에 자신을 진솔하게 점검하고 눈을 들어 세계를 바라보면, 도처에 창의적 사고로 도전하여 변화와 혁신의 주인공이 될 수 있는 분야는 얼마든지 있다.

마르코 폴로Marco Polo의 『동방견문록』은 1298년에 쓰인 세계 최초의 기행문이지만, 꿈이 있는 사람에게 희망을 주어 세계 역사를 변화시키고 새로운 세계사를 써나가는 초석이 되었다.
이 책이 캐나다 전체를 소개하기에는 역부족이지만, 한국의 젊은 이들이 한국과 캐나다를 발전시키고 자신의 미래를 새롭게 열어가는 데 일조할 수 있기를 바라는 마음으로 글을 맺는다.

김정수